김성진   첫 번째 희곡집

김성진 첫 번째 희곡집

ⓒ 김성진, 2024

초판 1쇄 발행 2024년 12월 3일

지은이   김성진
펴낸이   이기봉
편집   좋은땅 편집팀
펴낸곳   도서출판 좋은땅
주소   서울특별시 마포구 양화로12길 26 지월드빌딩 (서교동 395-7)
전화   02)374-8616~7
팩스   02)374-8614
이메일   gworldbook@naver.com
홈페이지   www.g-world.co.kr

ISBN   979-11-388-3828-3 (03810)

The first collection of plays

김성진 첫 번째 희곡집

김성진 지음

좋은땅

서문

　인생을 살면서 한 번이라도 미래에 작가가 될 것이라고 생각해 본 적이 없었습니다. 그저 짧게 글을 끄적이는 것을 좋아하고 책방에 볼 책이 없을 정도로 판타지 소설을 읽어 제끼던, 반에 으레 있을 법한, 특출나지도 못나지도 않은 그런 아이였으니까요. 그러다 우연히 글을 쓰게 되었고, 평범했던 삶에서 늘 판타지 같은 일을 꿈꿔 오던 제게 그런 세상이 펼쳐졌습니다. 이 세상은 제게 원하는 대로 살아 보라 이야기했고, 내키는 대로 만들어 보라고 이야기했습니다. 그렇게 하나씩 제 세상을 만들다 보니 어느덧 저는 작가라는 직업을 가진 어른이 되어 있었습니다.

　34년을 살았고, 글을 쓴 지 10년이 조금 안 된 시기에 희곡집이 나왔습니다. 늘 이 세상에 무언가 제 세상을 남기고 싶다는 목표가 아주 조금은 이뤄진 것 같아 감개무량한 마음입니다. 이제껏 써 왔던 수십여 개의 작품 중 오로지 다섯 작품만 선정하여 희곡집에 담았습니다. 정성스레 눌러쓰고 가슴 깊이 담아낸 만큼 많은 사람들이 제 글을 읽었으면 하는 마음입니다. 한 사람이라도 더 많은 사람들의 마음속에 기억되는 글을 쓰고 싶습니다.

　부족하고 모자란 놈이 인복은 좋아 귀인을 여럿 만났습니다. 그들이 없었다면 지금의 제가 없고, 앞으로도 없을 것입니다.

제 인생을 바꿔 주고 끊임없이 끌어 주는 정범철 작가님.
마치 친구처럼 늘 곁에서 응원해 주시는 선욱현 작가님.
몇 번의 만남으로 막힌 생각을 뚫어 주신 차근호 작가님.
수십 번 읽으며 희곡을 알 수 있게 해 주셨던 김원 작가님.
선생이자 동시대 작가로서 가르침을 주신 한민규 작가님.

이 다섯 분에게 특히나 감사의 인사를 드리며 저라는 작가와 함께 작업했던 모든 배우들에게 깊은 감사를 표합니다. 늘 제 곁을 지켜 주고 함께해 준 배우들이 없었다면 세상에 나오지 못할 작품들입니다.

취미였고, 별일 아니었던 글쓰기가 이제 인생이고 전부가 되었습니다. 오늘도 글을 쓰고, 내일도 글을 쓸 것입니다.

죽기 전날까지도 이야기를 구상하며 한 자 한 자 적는 미래를 꿈꿔 봅니다. 그렇게 나의 이야기가 끝난다면 그뿐, 한 점 후회 없을 겁니다.

2024년 7월
서울 도봉구, 아침이 밝아오는 새벽
내 작은 방에서.

김성진 첫 번째 희곡집

마리모에는 소금을 뿌려 주세요

등장인물

하연(18세, 여)

희숙(40세, 여)

때

현재

곳

하연의 방

무대

전형적인 1.5층 원룸 형태의 구조이다.

외부는 복도식으로, 안으로 들어오려면 커다란 창문을 꼭 지나쳐야 하는 형태이다. 내부엔 커다란 창 앞으로 침대가 놓여 있고, 그 옆으로 협탁이 보인다. 협탁 옆으로는 편안하게 생긴 의자가 하나 놓여 있다.

(*이 의자는 극에서 중요한 역할을 담당한다.)

바닥 전체에는 두꺼운 카펫이 깔려 있고, 신발장에서 안으로 이어지는 단 위에 평평한 판이 비스듬히 고정되어 있다.

제1장

칠흑같이 캄캄한 어둠.
신경질적인 하연의 목소리가 울려 퍼진다.

하연 여기서부터는 저 혼자 갈게요. 괜찮아요. 아니에요.
괜찮다고요. 나 혼자 코앞에 있는 집도 못 들어갈까 봐요? 나,
혼자 가요.

하연의 목소리가 들리면, 어둠 속에서 하연만이 비춰진다. 새하
얀 피부에 마른 체형을 가진 하연은 후줄근한 카디건을 걸친 채,
백 팩을 메고 서 있다. 동그란 얼굴 속 하연의 커다란 눈동자는
탁하다. 탁한 눈동자는 하연을 더욱 몽환적으로 보이게 만든다.

하연 ⋯누굴 진짜 병신으로 보는 거야, 뭐야.

하연, 주변 눈치를 보다가 곧 사람이 없다는 것을 느끼자, 가방
을 연다. 가방 속에서 접혀 있는 시각장애인용 스틱을 펴 든다.
바닥을 툭툭 쳐 보는 하연, 조심스레 앞으로 나간다. 하연이 앞
으로 나가자, 그 방향을 따라 빛이 서서히 들어온다. 하연, 곧 현
관문 앞에 도달한다.

하연 괜찮은 거야. 아무렇지 않은 거야. 어쩔 수 없는 거야. 난 이제
어른이니까. 감당해 내야 할 숙제가 많은 나이니까.

괜스레 어른스러운 척하는 하연, 어린이가 어른 흉내를 내는 듯 보인다. 스틱을 접어 가방 속에 집어넣고는 숨을 들이쉰다. 똑 똑, 현관문을 두드린다. 어둠 속에서 방 안 의자에 앉아 있던 희숙이 현관문을 쳐다본다.

희숙　열려 있으니 들어와.

끼익, 문을 열고 들어오는 하연.
희숙은 의자에 앉아서 하연을 맞이한다.
어두웠던 집 안, 하연이 들어와 양손으로 주변을 짚어 보면, 그곳들에만 빛이 퍼진다.

희숙　찾아오는 데 어렵지 않았어?

희숙의 목소리에 하연이 희숙을 쳐다보면, 희숙의 몸에 빛이 들어온다.
희숙은 소파와 같이 손 받침대가 있으면서도 소파처럼 푹신하지 않은 의자에 앉아 있다. 하연은 묻는 말에 대답하지 않고 방을 천천히 만져 본다.
하연의 손에 닿자 방의 물건들에 하나씩 빛이 들어온다. 방 안에서는 종종 삐걱대는 소리가 들린다.

희숙　일단 와서 좀 앉지 그래?

하연   …보이지 않으니 느껴야만 볼 수 있다구요.

희숙   선생님은?

하연   갔어요.

희숙   그럼 여기까지 혼자서 찾아온 거야?

하연   왜요. 나는 여기 못 찾아올까 봐요?

희숙   아니, 굽이굽이 골목이 많아서. 가끔 나도 헷갈린다.

하연   …요 앞에서 헤어졌어요.

희숙   그랬구나. 들어오시라고 하지. 인사나 좀 하고. 그래도 마지막
          인데.

하연   언제 또 볼 얼굴이라고 인사는.

희숙   맘에도 없는 소리 하긴.

하연, 여기저기 물건을 만져 보다 희숙의 근처까지 오게 된다.

희숙   여긴, 내가 있어.

하연   (희숙의 의자를 만지려는) 알아요.

희숙   잠깐. 다가오지 말아 줄래?

하연   …….

희숙   …우리가 아직 이렇게 가까이할 사이는….

하연   (자르며) 그럴 생각 없으니 김칫국 마시지 마세요.

훅, 희숙을 지나치는 하연.
문득 바닥 전체가 카펫으로 되어 있다는 사실을 인지한다. 카펫

을 만져 보는 하연. 생각보다 방바닥의 많은 부분을 덮고 있다는 사실을 알게 된다.

하연　웬 카펫? 그것도 이렇게 넓게. 나 때문에 깔아 놓은 거면…

희숙　(자르며) 너나 김칫국 마시지 말아 줄래? 아랫집에 누가 살아.

하연　살겠죠. 근데요?

희숙　방 안에서 뭘 하는가 자꾸 소리가 올라오더라.

하연　유난이네요. 그 사람이나 아줌마나.

희숙　아무 소리도 안 들리니?

삐걱거리는 소리 들린다.

하연　뭔가 삐걱삐걱대기는 하네요.

희숙　…카펫을 깔아 놓아 그나마 이 수준이야. 불편하지 않지?

하연　불편하면요.

두 사람, 민망한지 한동안 말이 없다.

희숙　할 일이 있어.

하연　갑자기 무슨?

희숙　마리모 키우기.

하연　마리모?

희숙　(마리모를 전해 주며) 자.

하연 이게 뭐예요?

희숙 네가 갖고 싶어 하던 마리모. 환영 선물이야.

하연 내가 갖고 싶어 하는지 아줌마가 어떻게 알아요?

희숙 향림원 원장님한테 들었어.

하연 그렇게 남의, 개인, 정보를 함부로 알려 줘도 되는 거예요?

희숙 뭘 개인정보까지야. 자, 열어서 만져 봐.

하연, 유리병을 이리저리 만져 본다.

희숙 아마 모르고 있었겠지만, 보고서를 써야 해.

하연 무슨 보고서요?

희숙 쉽게 말해서… 네가 잘 살고 있는지?

하연 그걸 누가 쓰는데요?

희숙 내가.

하연 왜요?

희숙 …거긴 일반 보육원이 아니니까. 네가 나오고 싶다고 해서 나왔
지만, 내가 생활재활교사도 아니고. 일단 활동보조사 자격증은
있지만, 완전히 믿을 순 없어서? 뭐, 종종 전화가 오기도 할 거
고. 일단은 내가 네 보호자니까.

하연 누가 들으면 웃어요. 지가 반병신 만들어 놓고 보호한다고 이야
기하면. 병 주고 약 주는 것도 아니고.

희숙 다시 한 번 말해 볼래?

하연 …지는 취소.

희숙 이러려고 여기 들어왔니?

하연 아줌마가 들어오라고 했잖아요.

희숙 아, 그래서 날 위해서 들어왔다? 그럼 나가. 나도 아쉬울 것 없
     으니까.

하연 …….

희숙 거기서 나오고 싶다고 한 사람은 너잖아. 어디 지낼 데 있으면
     이야기해 봐.

하연 그렇다고 날 부리려고 하지 말아요.

희숙 난 부리려고 한 적 없어. 아님 다시 돌아가. 향림원으로 바래다
     줄 테니까.

하연 말했잖아요. 향림원엔 더 이상. …아줌마도 먼저 제의한 거잖아
     요. 방을 구해 주겠다고 한 것도 아줌마고, 아줌마 쓰던 방이 있
     다고 들어오라고 한 것도 아줌마잖아요.

희숙 그렇다고 해서 너야말로 날 부리려고 하지 마.

하연 부리려면 이미 충분히 부렸을 거라구요.

     긴 사이.

하연 이 방은 원래 아줌마 방이에요?

희숙 그래.

하연 방을 왜 비워 놨대.

희숙 그냥. 사정이 좀 있어서. 그래도 다행 아니니.

하연, 신발장을 만지다가, 현관과 방을 이어 주는 단에 평평한
판이 놓여 있는 것을 느낀다.

하연, 희숙을 쳐다본다.

희숙 왜.

하연 아니에요.

희숙은 오자마자 하연에게 쏘아붙인 것이 신경 쓰인다.

하연 보고서는 뭘 쓰는데요?

희숙 형식이 딱히 정해진 건 없어. 그냥 너와 보낸 시간을 여기다가
채우기만 하면 될 일이지. 마리모 이리 줄래? 어디다 둘까?

하연, 협탁에 마리모를 둔다.

하연 아무 데나 두세요. 안 보이는데 다 무슨 소용이야.

희숙 보이는 것만이 다가 아니야. 협탁 아래에 소금이 있어. 여기 세
번째 서랍.

하연 소금?

희숙 마리모는 기분이 좋지 않으면 이렇게 바닥으로 내려서 가라앉
아. 그럴 땐 물을 갈아 주거나, 소금을 조금 뿌려 주면 다시 떠오
른다고 하더라. 그런데 이 친구는 도통 뜰 생각을 안 하네.

하연은 유리병을 열어 슬며시 마리모를 찔러 본다.

하연 행복해질 생각이 없나 보지.

희숙 삐뚤어져서는.

하연 그렇다면 떠올라야 정상이잖아요. 이 마리모는 기분 좋아질 생각이 없는 거라고요. 적어도 지금 우리한테는 말이에요.

희숙 그런가.

하연 그런데 난 매일 만져 보아야만 알 수 있는걸.

희숙 만져 보지 않아도 알 수 있을 때가 있지 않을까.

하연 그게 언젠데요.

희숙 글쎄. 마리모를 이해하게 됐을 때?

하연, 유리병 속 마리모가 자신의 처지와 비슷하다는 사실에 서글프다.

하연 일주일에 두 번이에요. 요일을 정하는 게 낫겠죠?

희숙 무슨 말이야?

하연 보고서가 필요하다면서요. 나도 프라이버시는 있는 거니까.

희숙 누가 보면 내가 너한테 매달린 줄 알겠다.

하연 나도 여기 있고 싶어서 있는 거 아니거든요.

희숙 밥은 먹었니?

하연 …엄마인 척 굴지 마세요.

희숙 뭐?

하연	나한테 엄마인 척 굴지 말라구요.
희숙	아니, 그냥 난 걱정이 돼서. 내가 못 할 말 했어?
하연	…….
희숙	그래. 갈게. 냉장고에 반찬 좀 해 뒀다.

삐걱대는 소리 들린다.
희숙, 가방 들고 나가려 하는데.

하연	거 봐.
희숙	뭐가.
하연	아니에요.
희숙	그래.

희숙, 현관문을 나와 창문을 지나치다 멈춰 하연의 뒷모습을 바라본다.

하연	…그때도 그렇게 도망갔잖아요.

희숙, 하연이 자신이 가지 않은 것을 알고 있다는 사실에 놀란다.

희숙	언제.
하연	그때요. 그때 나 만났을 때도 이렇게 도망갔잖아.
희숙	…….

하연   아줌마는 자기가 불리하면 언제든 도망치는 그런 사람이잖아.

희숙   그땐!

하연   왜. 화가 나서 뛰쳐나가야 했어요?

희숙   …….

하연   내가 그 이후로 아줌마를 찾지 않아서 화가 났죠? 당신 때문에 난 두 눈을 잃었어요! 내가 당신을 용서할 수 있을 거라고 생각해요? 대체 나한테 왜 이러는 거예요? 이런다고 우리가 달라질 수 있다고 생각해요? 내가 당신을 믿고 여기서 생활할 수 있을 거라고 생각하는 거냐고요!

희숙   (가방 떨어뜨리며) 그럼 왜 왔어! 여기 왜 왔는데-!

하연   나도 오기 싫었어!

사이, 삐걱대는 소리 들린다.

하연   난 나를 혐오해. 내가 이 꼴이 되어 버린 것이 아주 짜증나고 밉고 화가 나고, 답답해 죽겠어요. 난 장애를 혐오해.

희숙   그래, 네가 그랬지. 그때 사고가 나고 날 처음 만났을 때도. 이렇게 고래고래 소리를 질러 가며. 그렇지만 장애를 가진 모든 사람이 다 너처럼 그렇게 살진 않아.

하연   아줌마가 뭘 알고 그렇게 함부로 말해요. 아줌마가 장애가 뭔지 알아요? 한 치 앞도 보이지 않아서, 손으로 뻗어야만 그것이 뭔지 알 수 있고, 손끝에 닿았을 때 그 두려운 감촉을 아줌마가 이해할 수 있을 거라고 생각해요? 아니, 그런 경험을 해 보지 못했다면 전혀, 절대로 이해 못 해. 아줌마가 그때 날 차로 치지만 않았어도! 그래서 내 두 눈이 멀쩡했으면-!

희숙   김하연!

하연   하루에도 몇 번이나 죽고 싶다고 생각했는 줄 알아요?

희숙   ……

하연   차라리 사고가 나고 아예 찾아오지 말지 그랬어요. 그때 찾아오지만 않았어도, 나는….

사이.

희숙   …너만 세상에서 제일 불행한 거 아니야.

하연   위선자 같아요. 그런 말. 적어도 아줌마가 할 말은 아니야. …그런 아줌마를 내가 믿으라고요?

두 사람, 한동안 말이 없다.
그간의 감정을 스스로 정리하는 듯 보인다.

희숙   이미 지나간 일, 그만 이야기해.

하연   이기적이네. 아줌마는 이미 지나간 일이지만, 난 현재 진행형이야. 앞으로도 쭉.

희숙   …미안하다.

희숙, 집 밖으로 나가려는데.

하연 근데. (사이) 또 언제 와요.

희숙, 돌아본다.
삐걱거리는 소리가 중간중간 계속해서 들린다.

하연 오버하지 마요. 요일 안 정했잖아. 올 때 그, 책상 모서리에 붙이
는 것 좀 사 오라고요. 여기저기 좀 붙이게. 머리 찧어서 진짜 죽
어 버리면, 책임질 거예요?

희숙, 방 안쪽을 살핀 후 하연을 한참 쳐다본다.

하연 왜요. 싫음 말든가.
희숙 …사다 놓을게.

희숙, 퇴장한다.
희숙이 퇴장하자, 삐걱거리는 소리가 거짓말처럼 멈춘다.

하연 어, 멈췄다.

하연, 바닥에 귀를 대 본다.

하연 대체 뭐 하는 사람이야. 나까지 모를 소리라니.

하연, 침대에 앉아 가만히 생각한다.

하연 이러려고 여기 온 게 아닌데. 괜찮다 하기로 해 놓고. 이제 와서 뭐가 달라진다고. (사이) 그렇지만 잘못한 것은 아니잖아. 아무리 그래도 나한테 화내는 건 아니라고. (사이) 그렇게 강하게 이야기하지만 않았더라도… 그렇게까진 안 했을 텐데. 이건 쌍방이야. 둘 다 잘못이 있는 거라구.

침대에 드러누워 한숨 쉬는 하연.
하연, 벌떡 일어나 화장실로 향한다. 화장실로 향하다 문득, 멈춰서 협탁 위 마리모를 손으로 더듬어 만져 본다. 마리모를 들어 보이는 하연, 뚜껑을 열어 마리모를 쿡쿡 찔러 본다.

하연 이젠 더 닮아 버렸네. 이 방 안에 있으니 말이야. 유리병에 갇힌 너처럼. 너도 아무것도 보이지 않지?

하연, 서랍에서 소금을 꺼내 조금 뿌려 본다.
잠시 기다리지만 마리모는 떠오르지 않는다.

하연 떠오르지 않아. 마리모에게는 진짜로 소금이 필요한 걸까?

하연, 마리모를 내려놓고 화장실로 향하려다, 협탁 모서리를 만지게 되는데 하연의 눈에는 안 보이던 모서리 보호대가 부착되어 있다. 놀라서 다른 쪽 모서리도 만져 보니 보호대가 부착되어 있다.

하연   어? 뭐야. 다 붙여 놨잖아. (사이) 근데 왜….

하연, 희숙이 퇴장한 곳을 쳐다본다.

하연   치.

하연, 희숙이 자신을 위해 일부러 말하지 않았다는 사실을 깨닫고 희숙에게 짜증 낸 게 신경 쓰인다.

무대 암전.

제2장

무대가 밝으면, 오후.
시간이 많이 흐른 듯한 하연의 방이다.
책상과 싱크대 등 모서리가 보이는 곳에는 모두 모서리 보호대가 부착되어 있다. 싱크대에는 설거지 거리가 잔뜩 쌓여 있고, 세탁기 안에는 빨래가 가득하다.
여기저기 하연의 흔적이 방에 묻어 있다. 하연, 침대에서 창문을 바라보며 무릎을 세워 앉아 있다. 햇빛이 창문을 강하게 비추고, 하연은 햇빛을 정면으로 바라보고 있다.

하연, 돌아서 협탁 위 마리모에 소금을 뿌린 후, 마리모가 뜨는지 뜨지 않는지, 손으로 만져 본다.

하연   소금을 뿌리면 뜬다는 소린 거짓말인 거야. 거짓말쟁이. 한 달이 지나도록 그대로인걸.

마리모를 쿡쿡 찔러 보는 하연.

하연   이봐. 이제 그만 올라오지 않겠나. (사이) 그치. 너도 올라오기 싫지. 나도 그래. 헤, 널 볼 수 있으면 참 좋을 텐데. 우린 서로 보이지 않으니까 쌍방 과실이야, 그치? 이럴 때 쓰는 말 맞나.

희숙이 등장하는데, 희숙의 인기척이 들리자, 하연은 재빨리 마리모를 두고 침대에 눕는다. 창문을 통해 그 모습을 지켜본 희숙은 신기해한다.
희숙, 방 안에 들어와 익숙한 듯 가방을 내려놓고 설거지부터 시작한다.

희숙   인사는 좀 하시죠, 아가씨?
하연   로봇 같아. 설거지하는 로봇.
희숙   내가 온 건 귀신같이 알아맞히네? 창문도 닫혀 있는데.
하연   뭐야, 다 봤어?

하연, 이불을 걷어찬다.

희숙, 귀여운 듯 작게 웃는다.

하연 난 안 보이니 귀가 더 민감할 뿐이라구. 언제, 누가, 어디서, 어떻게 오는지 다 느껴져. 아줌마는 꽤나 인기척이 없는 편이지만.

희숙 그러니?

하연 발걸음 소리도 들리지 않는걸. 신기해. 도둑도 그렇겐 안 들어오겠다.

희숙 …발걸음 소리가 들리지 않는데도 맞추는 네가 더 신기한 걸.

사이.

희숙 오늘은 하루 종일 뭐 했어?

하연 맨날 똑같은 질문하면 안 지겨워?

희숙 답답하지 않아?

하연 뭐, 언젠 안 그랬나.

희숙 바람도 좀 쐬고.

하연 창문이면 충분해.

설거지하는 소리만 울려 퍼진다.

하연 아직. 무서워.

밥을 차리는 희숙.

세탁기 속 다 된 빨래를 바라본다.

삐걱거리는 소리 들린다.

하연 또 들린다!

희숙 너무 신경 쓰지 마.

하연 밤에는 아무 소리 안 들리는데.

희숙 빨래가 다 됐으면 내놓기라도 하래도. 안에 그냥 두면 냄새나서
 또 돌려야 해. 그 정돈 할 수 있지 않아?

하연 오자마자.

희숙 맨날 어른이라고 하더니. 그런 것도 아닌 것 같아.

하연 뭐라고?

희숙 됐고 앉으세요.

하연, 희숙과 밥을 먹는다.

하연 나도 알아서 할 수 있으니까 그냥 두면 안 돼?

희숙 말은. (사이) 향림원에서 전화 왔더라.

하연 왜 나한테 전화 안 하고?

희숙 네가 매번 신경질적으로 전화를 받으니까 나한테 전화한 거 아
 니야.

하연 아줌마가 무슨 부모님도 아니고.

희숙 그러니까 요즘 어떻게 지내는지, 생활은 잘하고 있는지 성심성

의껏 이야기하란 말이야. 그래도 너 열여덟까지 입혀 주고 재워 주신 분들인데.

하연   안 올 거야, 전화. 곧.

희숙   또.

하연   원장이랑 부원장이랑 이야기하는 거 들었어. 예전에. 그냥 나 얼른, 열여덟이 되었으면 좋겠다고 말이야. 그럼 거기 더 이상 있을 수 없으니까.

희숙   진짜?

하연   잠든 줄 알았겠지.

희숙   왜?

하연   뭐, 내가 좀 손이 많이 가는 스타일이잖아.

희숙   …….

하연   어차피 내 편은 아무도 없는걸.

희숙   난 네 편이야.

하연   죄책감을 없애려고 내 편이 되는 거라면 난 괜찮아. (사이) 아줌마도 어차피 곧 제풀에 지쳐서 오지 않게 될걸. 향림원에서 날 버린 것처럼, 우리 엄마가 날 버린 것처럼 말이야.

희숙   밥 먹자.

하연   왜? 이젠 아무렇지 않은데. 너무 오래 시간이 흘러서. 나한테 엄마가 있었던 것인지, 그냥 꿈을 꾼 정도였는지 기억이 잘 안 나. 근데 그거 하나는 기억난다. (사이) 우리 엄마는 거짓말쟁이였다는 거. 엄마는 아빠가 살아 있다 그랬었거든. 멀리 외국에서 일을 하는 거라고 말이야. 그래서 여덟 살에 보육원에 들어가서 다짐했어. 꼭 중학생이 되면 아빠를 찾아갈 거라고 말이야.

하연, 한동안 말이 없다.
희숙은 하연이 자신의 이야기를 하는 것에 약간 놀란다.

하연   (웃으며) 근데 보육원장님이 그러더라. 미혼모 가정이었다고.
그날 얼마나 배신감을 느꼈는지. 반전이지. 반전이지. 좀 웃겼
지? 깜짝 놀랐지.

희숙   그래.

하연   리액션이 왜 그러냐. 재미없게 영혼이 하나도 없네. (사이) 그때
부터야. 누군가를 믿지 않게 된 것. 아마도. 세상엔 거짓말쟁이
투성인걸. 믿음 따위 눈에 보이지도 않는다구. 보이지 않는 걸
믿는 바보들. 난 아무것도 보지 못하지만 그런 건 잘 알아. (밥
을 먹다) 아줌마 목말라. 나 물.

희숙   (물을 주며) 보이지 않아도 우린 믿을 수 있지.

하연   아줌마는 그래?

희숙   물이 보이지 않지만, 거기 있다는 건 모두가 알잖아.

하연   그건 느껴지니까 그렇지. 뭐든 만져 봐야 알 수 있는 거야. 그래
도 물이 있어서 다행이다. 물은 눈에 안 보이잖아. 이건 나만 안
보이는 게 아니야.

희숙   우리의 관계도 보이지 않잖아?

하연   그렇지.

희숙   그런데 변화한다는 건 너도 알잖아.

하연 변했지.

희숙 관계는 보이지 않는 걸.

하연 그렇지만… 우린 믿음이 없잖아.

희숙 …….

하연 아줌마 말이 맞아. 보이지 않아도 알 수 있는 게 있어. 아무것도 안 보이니까 아무한테나 이렇게 막 엄마 이야기하는 거 봐. 나 미쳤나 봐.

하연, 밥을 다 먹었는지 침대로 가 눕는다.
희숙은 설거지를 시작한다.
삐걱거리는 소리 들린다.
설거지를 하는 희숙의 뒷모습을 가만히 바라보는 하연.

하연 설거지할 거야?

희숙 설거지는 밥할 때 하는 게 아니라 밥을 먹고 나서 하는 거야.

하연 흥.

긴 사이, 덜그럭덜그럭 설거지 소리.

하연 이 마리모 말이야. 아줌마가 사 온 거야?

희숙 사긴 샀지, 내가.

하연 날 주려고?

희숙 아니, 그건 아니고.

하연 참 나.

희숙 누굴 줬던 거야.

하연 줬던 거? 그럼 내께 아니잖아.

희숙 줬던 건 아니고. 주려고 했던 거. 이젠 네 꺼야.

하연 그 사람이 누군데?

희숙 비밀.

희숙, 피식 웃는다.

하연 그럼 난 그 사람 대신인 건가?

희숙 그 사람 대신이면 왜, 별로야?

하연 기분이 조금 그렇네?

희숙 마음만 같으면 뭐 상관없지 않아?

하연 무슨 마음?

희숙 아니야.

사이.

하연 아줌마는 할 말 없어?

희숙 무슨?

하연 아줌마는 어때?

희숙 자꾸 뭐가.

하연 아줌마는 아줌마 이야기 하나도 안 하잖아.

희숙   그랬니?

하연   그랬니는 무슨. 다 알면서. …아줌마는 비밀이 너무 많아.

하연, 벽을 바라보며 돌아눕는다.

희숙, 설거지를 멈춘다.

삐걱거리는 소리 들린다.

하연   …설거지 다 했나?

희숙   설거지는 지금 안 해도 돼.

하연   언제는 밥 먹고 해야 하는 거라며.

희숙   그렇담…. 여긴 원래 내 방이었음.

하연   그 이야기는 예전에도 했어.

희숙   그렇지?

하연   지금은 어디서 지내는데?

희숙   음… 지금은 엄마 집에 살고 있음.

하연, 돌아서 희숙을 쳐다본다.

하연   아줌마도 엄마가 있구나. …그래, 당연하지. 당연해.

희숙   …여태껏 얼굴도 안 보고 지냈음.

하연   응? 왜?

희숙   엄마와 사이가 안 좋아서? 가출을 했었거든. 아주 오랫동안.

하연   가출….

희숙   버려진 건 너나 나나 마찬가지 아닐까.

두 사람, 한동안 말이 없다.
하연은 희숙의 사정이 안타까우면서도 동질감을 느낀다.

희숙   혼자인 것도 힘들지만. 혼자인 것이나 마찬가지인 것도 힘들어.

하연   참 나.

희숙   그리고 이젠 혼자가 아니잖아.

하연   그렇지. 이젠 엄마랑 같이.

희숙   나 말고.

하연   그, 그런데 왜 지금은 같이 살아? 혹시 나 때문이야? 이 방을 내
          줘야 해서?

희숙   이 방은 몇 년 동안 비워져 있었어.

하연   그럼 왜?

희숙   …….

하연   말하기 싫으면 하지 않아도 돼. 나도 그러잖아.

희숙   그런데 오늘은 왜 이렇게 술술 털어놓지? 조금만 자기 이야기가
          나와도 화냈으면서.

하연   (웃으며) 버려진 날 기념이랄까.

희숙   응?

하연   …오늘이 처음이야.

희숙   뭐가?

하연   처음 향림원에 들어간 날.

희숙, 하연을 빤히 바라보다가 대뜸 자신의 이야기를 한다.

희숙　······.

희숙　술집에서 일했어.

하연　뭐가?

희숙　아줌마 말이야.

하연　언제부터?

희숙　오늘 궁금한 게 많네?

하연　근데 요즘은 안 해?

희숙　그만둔 지는 좀 됐어.

하연　왜? 아… 미안. 질문 취소.

희숙　소중한 사람이 생겨서.

하연　대답 안 해도 되는데.

희숙　너도 맨날 네 마음대로 하잖아.

하연　웅?

희숙　나도 내 마음대로 하는 거야.

하연　오늘은 왜?

희숙　네가 비밀을 말해 줬으니까?

하연　뭐, 비밀까진 아니었고. (사이) 사랑하는 사람?

희숙　사랑, 하는 사람이었지. 아주 많이.

하연　그 사람이랑 결혼했어?

희숙　그 사람은 지금 여기 없어.

하연　아….

희숙　　결혼한 사람도 아니야.

하연, 희숙의 말이 의아하다.

희숙　　…죽으려 했었어.

하연　　또 딴 얘기.

희숙　　그래서 차를 몰았고.

하연　　뭐?

희숙　　그때 말이야. 네가 그렇게 되고 내가 이렇게 된 날.

하연　　그날 죽으려고 차를 몰고 나왔었단 말이야?

희숙　　그래.

하연　　그걸 왜 이제 말해! 왜?

희숙　　…….

하연　　왜 말을 하다 말아.

희숙　　내 마음이니까.

하연　　뭐야.

희숙　　말하고 싶지 않으면 이야기하지 않아도 괜찮다며.

하연　　치.

하연, 더 물어보고 싶지만 용기가 나지 않는다.

하연　　그렇담… 이렇게 찾아오는 것도 다 그것 때문인가. 죄책감.

희숙　　꼭 그렇지만은 않아.

하연　그럼?

희숙　…….

하연　아줌마는 늘 말투만 다정해.

희숙　말투만? 행동은 그렇지 않은가 보네.

하연　…이리, 와 봐요.

희숙　갑자기?

하연　응.

희숙　왜?

하연　그냥.

희숙　싫음. 이것도 내 마음.

하연　아줌마, 내 마음도 있어.

희숙　…….

하연　뭔가 불편해.

희숙　갑자기 뭐가? 이렇게 이야기 잘하고?

하연　내가 불편하지.

희숙　그렇지 않은데?

하연　아니야, 불편해. 하기사 아직 편하려면 시간이 좀 걸리겠지?

희숙　왜 이러니?

하연　아줌마가 그랬잖아. 우린 아직 다가갈 사이가 아니라고.

희숙　기억력도 좋다.

하연　아줌마는 왜 그래?

희숙　뭐가 또.

하연, 용기 낸다.

하연 다른 사람은 이런 이야기 하면 보통 와서 토닥여 주고 위로해
주잖아. 아줌마는 근데 왜 안 그래?

희숙 …….

하연, 슬슬 화가 난다.

하연 아줌마도 억지로지. 본인 죄책감 때문에 말이야.

희숙 하연아.

하연 왜.

희숙 모든 걸 너의 관점에서 보니까 그런 것뿐이야.

하연 나의 관점? 그게 뭔데.

희숙 넌 저번에 마리모가 방 안에 있었는데도 알지 못했잖아.

하연 갑자기 그 이야기가 왜 나와.

희숙 보이는 것만 믿는 것. 넌 너의 시선으로 모든 것을 바라보니까.

하연 그거랑 내가 말한 게 무슨 상관인데.

사이.

하연 아줌마는 비밀이 많아. 그러니 믿음이 없지. 거짓말. 아줌마는
거짓말쟁이야. 아니, 사람들은 다 거짓말쟁이야.

희숙 그래, 아줌마 거짓말쟁이야.

희숙, 격하게 반응하더니 일어나 가방을 들고 방을 나간다. 삐
걱대는 소리 크게 들린다. 창문 앞에서 하연이 희숙을 불러 세
운다.

하연 아줌마! 농담이야. 화, 났어?

희숙 화 안 났어. 집에 일이 생겨서 오늘은 일찍 가 봐야 해.

하연 그래.

희숙 잘 때는 창문 닫고 자.

하연 잠깐. 그, 내일… 바빠?

희숙 내일?

하연 응… 내일.

희숙 내일은… 글쎄.

하연 내일, 와요?

희숙 내일은 월요일이잖아. 우리는 수요일하고 일요일만….

하연 내일은 와도 괜찮은데.

희숙 내일은 아줌마가 일이 있는걸.

하연 그래, 그렇구나. 저기, 나 내일 생일인데.

하연, 희숙이 답이 없자, 창피했는지 창문을 닫고 커튼을 친다.
희숙, 창문 속을 한참 들여다보다가 퇴장한다.
하연, 베개에 얼굴을 묻고 이불킥 한다.

하연 죄책감 때문이 아니라고 확실히 말하면 어디가 덧나나. (사이)

잠깐만, 소리가 또 멈췄어.

하연, 바닥에 귀를 대 본다. 소리가 나지 않아 여기저기 귀를 대 보는데, 손을 뻗다가 침대 밑바닥에서 얇고 길쭉한 막대기 하나를 발견한다. 하연, 막대기를 들고 일어나 앉는다.

하연   이게… 뭐지? 볼펜?

하연, 막대기를 요리조리 만져 보는데 버튼이 눌린다. 하연이 가지고 있던 막대기는 녹음기로, 버튼이 눌리며 희숙의 음성이 나온다.

희숙   (신나고 떨리는) 그러니까 아, 아. 이렇게 하면 되는 건가?
하연   어?
희숙   오늘은 음… 0000년 1월 1일 새해다. 지금부터 이 녹음기를 통해서 앞으로 있을 약 20주 정도의 이야기를 담아 보려 합니다. 아니, 한다가 좀 나으려나. 담아 보려 한다. 이건 너와 함께하는 첫 태교 일기야.

희숙의 음성이 방에 울려 퍼진다.

무대 암전.

제3장

불이 밝으면, 식탁 위에 생일케이크가 놓여 있고, 희숙은 케이크를 잘라 하연에게 전해 준다. 하연은 희숙을 의심의 눈초리로 쳐다본다.

희숙 왜?

하연 뭐가.

희숙 케이크 먹으라구.

하연 아, 응.

희숙 뭐 기분이 안 좋은 일 있어?

하연 그런 거 없어.

희숙 아닌 거 같은데.

하연 아줌마가 날 뭐 다 알아?

희숙 (웃으며) 그럴 리가. 당신 같은 천방지축 여인네의 마음을 누가 알겠소.

하연 참 나.

희숙 어제 그냥 휙 가 버려서 그러니?

하연 그런 거 아니거든?

희숙 어제는 일이 있었대두.

하연 알아, 나도. 근데 어떻게 왔어?

희숙 뭘?

하연 오늘 말이야. 못 온다더니.

희숙 아, …일정을 좀 미뤘어.

하연　뭐야? 미룰 수 있는 일정이었으면서?

희숙　어이구, 힘들었거든? 어서 먹어.

하연　밥 먹자마자 무슨 케이크야.

희숙　누가 들으면 40 먹은 아줌마인 줄 알겠다. 어린애가 무슨.

하연, 찌릿 인상을 찡그린다.

희숙　알았어. 어린애는 취소. 진짜 별일 없는 거지?

하연　…아무 일도 없어요.

희숙　그래서 안 먹을 거야?

하연, 케이크를 한 입 먹어 본다.

하연　고구마 케이크.

희숙　고구마 케이크 싫어해?

하연　아니.

희숙　그럼 잘 골랐네. 요즘 잘 나간다고 해서 산 건데.

하연　괜찮네.

희숙　그런 말투라면 됐거든?

하연　…아니, 그게 아니라, 처음이라.

희숙　생일 케이크 처음 받아 보니? 보육원에서 한 번도 못 받아 봤어?

하연　아니거든! 고구마 케이크 처음 받아 봤단 소리거든?

희숙　아줌마가 그럼 네 생애 첫 케이크를 선물한 사람이 되는구나.

하연 아니라니까?

희숙 아줌마한테 거짓말쟁이라고 하더니 네가 오히려 거짓말쟁인데?

하연 어제 그렇게 이야기한 건 미안. 그냥, 그냥 어쩌다 보니 한 거야.

희숙 알아요. (사이) 무언가 숨기는 건 거짓말일 수도 있지. 네 말대로. (사이) 케이크를 너무 큰 걸 샀나. 이거 다 먹을 수 있을진 모르겠다.

희숙, 케이크를 넣어 정리한다.

하연 그냥 조각 케이크 사지, 뭘.

희숙 생일인데 그럴 수 있나? 거기에다 인생에 처음 받아 보는 생일 케이크라는데.

하연 아줌마.

희숙 (웃으며) 알았어, 알았어.

식탁을 정리하는 희숙.

희숙 미역국은 어땠어. 입에 좀 맞아?

하연 …뭐 맞고 안 맞고가 어디 있어.

희숙 그냥 고맙다고 하면 되지. 넌 참 말을 어렵게 한다?

하연 …….

희숙 생일날 그렇게 기분 안 좋아 있으면 안 돼. 생일날은 행복해야지.

희숙, 봉투에서 폴라로이드 사진기와 코르크판을 꺼낸다.

희숙   그럴 줄 알고 아줌마가 선물을 가져왔지.

하연   뭔데?

희숙   폴라로이드 사진기하고 음, 붙여 놓을 판때기 정도?

희숙, 웃는다.

하연   내가 생일인데 왜 아줌마가 행복해 보이냐.

희숙   너무 웃었니? 사실 한번 해 보고 싶었어.

하연   폴라로이드? 사진기가 뭔데?

희숙   즉석 사진기 있잖아. 이렇게 찍으면 윙 하고 나오는 거.

하연   아.

희숙   정면 봐 봐.

하연   이거 완전 자기 좋으려고 산 생일선물이잖아. 난 보이지도 않
는데.

희숙   남겨 두면 좋지 뭘 그래.

하연   됐거든.

희숙   정면 보래두? 왜 자꾸 고개를 숙여.

하연   몰라, 안 찍을래.

하연, 일어나 침대로 간다.

삐걱거리는 소리 들린다.

찰칵, 윙 소리 들리며 사진 찍힌다.

하연 아, 뭐야. 안 찍는대니까. 어디다 걸어 두려고, 이걸.

희숙 그냥 좀 방이 허하기도 하고 해서. 마음에 안 들어? 다른 걸로
바꿀까?

하연 …됐어. 이미 산 걸 뭐. 이리 줘.

희숙 틱틱대는 덴 아주 선수야. 아줌마 찍어 줄려고?

하연 내 사진인데 아줌마가 왜 나와.

희숙 그럼 줘 봐. 몇 장 더 찍게.

희숙, 사진을 몇 장 더 찍는다.
하연은 쑥스러운지 자꾸 고개 숙인다.
삐걱대는 소리 들린다.

희숙 여기 이 사진은 좋은 게 여기 사진 밑에다 글을 쓸 수 있거든.

하연 나도 본 적 있거든?

희숙 오늘이 며칠이더라. 00년 11월 8일 하연이 생일날.

희숙, 코르크판을 벽면에 붙이고 사진을 압정으로 꽂는다.

희숙 그러지 말고 너도 한마디 해 볼래? 아줌마가 적어 줄게.

하연 할 말이 없는데.

희숙 또.

하연   대신. 내가 말한 대로 적어야 한다.

희숙   그럼.

하연   사진기 줘 봐.

희숙, 사진기를 하연에게 건네주고 하연, 희숙을 찍는다. 희숙, 하연이 찍은 사진을 뽑아서 흔든다.

희숙   이게 뭐야. 이마 다 잘렸잖아.

하연   눈, 코, 입이라도 나온 걸 다행인 줄 아세요. 안 흔들렸어?

희숙   수전증은 없는 편.

하연   뭐라고?

희숙   (웃으며) 농담이야.

하연   자, 이제 적어. 예쁜 하연이가 찍은 못생긴 아줌마.

희숙   뭐?

하연   (웃으며) 내가 말한 대로 적는다며.

희숙   그래라. 참 나.

하연   적었어?

희숙   적는 중. 자, 다음은 내 차례.

희숙, 사진기로 하연을 찍는다.

희숙   자, 적을게. 예쁜 아줌마가 찍은 못생긴 하연.

하연   그런 거라면 이야기 안 해도 되거든?

희숙   (사이) 예쁘다.

하연   …참 나.

하연, 희숙의 말에 틱틱대지만 기분이 좋아 보인다.

희숙   기분이 좀 풀린 것 같네.

하연   뭐 언제 안 좋았다고. (사이) 사진 줘 봐.

희숙, 하연에게 사진을 전해 준다.

하연   나야, 아줌마야?

희숙   너야.

하연, 사진을 쓸어 본다.

하연   나, 요즘 이렇게 생겼구나.

희숙   (웃으며) 말이 뭐 그래.

하연   그냥 요즘 나는 어떻게 생겼나 해서.

희숙   그렇게 하면 알 수 있어?

하연   그럼. 난 다 느낀다니까?

하연, 자신의 얼굴을 만져 본다.

하연 나, 요즘 이렇게 생겼구나. (사이) 만져 봐도 돼?

희숙 …아줌마가 지금 화장이 두껍네?

하연 …볼 사람도 없는데 무슨 화장을 다 했어.

희숙 너는 다 느끼잖아.

두 사람, 신나 웃는다.

희숙 생일 선물이 마음에 드는 것 같아 다행이다.

하연 별로거든.

희숙 그래? 그렇다면 다른 소원 없어? 이제 열아홉이 되니까 어쩌면 어른이 되기 전 마지막 생일인데. 원하는 게 있으면 이야기해 봐.

하연 마지막 생일?

희숙 그럼 이제 10대는 다시 오지 않을걸?

하연 스무 살이 돼야 어른이야?

희숙 그럼?

하연 이제 열아홉이야. 이제 정말 어른이 된 거라구.

희숙 스무 살이 돼야 어른이지.

하연 열아홉은 9, 뭔가 꽉 찼잖아. 스물은… 0, 다시 처음으로 되돌아 가는 느낌이랄까. 어른이 돼도 아주 작은 어른이잖아. 그치만 열 아홉은 뭔가 꽉 찼잖아. 난 가득 찬 열아홉이 좋아. 뭔가 어린 완 성이랄까. 첫눈 오는 날 소원을 빌라고 하잖아. 그래서 난 그때 늘 열아홉이 되길 빌었어.

희숙 그럼 이제 진짜 열아홉이 되었으니 이번에 첫눈이 오면 무슨 소원을 빌 건데?

하연   몰라, 안 가르쳐 줄 거야.

희숙   어이구. 그래라?

사이.

하연   행복해지기. 올해는 그럴 거야. 소원은 내뱉으면 이뤄지지 않는
다는데 뱉어 버렸네.

하연, 창문을 만져 본다.

하연   여긴 창문이 커서 열기만 해도 눈이 들어오겠다. 어때? 그래?

희숙   글쎄, 그럴 것 같긴 하네. 밖에서 맞아 볼 생각은 없는가 보네?

하연   …향림원 밖을 혼자 나가 본 적이 없어. 그래서 아직은.

희숙   첫눈 오면 같이 맞으러 가는 거 어때?

하연   응, 별로야.

희숙   진심인데.

하연   응, 나도 진심이야.

희숙의 핸드폰이 울린다.
희숙, 전화를 받는다.
삐걱대는 소리 들린다.

| 희숙 | 여보세요. 네, 맞는데요. …예약 조정했는데요. 네, 체크해 보세요. 네, 네. 혹시 문제 생기면 전화 주세요. |

희숙, 전화 끊는다.

하연	누구?
희숙	…병원.
하연	병원?
희숙	응.
하연	어디, 아파?
희숙	그냥… 감기. 청소기를 좀 돌릴까?
하연	갑자기?

희숙, 일어나 청소기를 돌린다.
청소기를 돌리는 희숙을 바라보는 하연.
삐걱대는 소리가 여러 번 들린다.

하연	아줌마.
희숙	응?
하연	내가 또 거짓말쟁이라고 하면 가방 들고 밖으로 나갈 거야?
희숙	왜.
하연	어제 그랬잖아.
희숙	아까 이야기했잖아. 어제는….

하연 왜 마리모가 떠오르지 않아? 아줌마 거짓말쟁이.

희숙, 청소기를 끄고 하연을 바라본다.

희숙 마리모엔 관심도 없는 줄 알았는데 눈여겨보고 있었나 보네.

하연 눈여겨보고 있다고 할 순 없으니 그냥 매일 만져 봤다고 하시지.

희숙 아, 그래. 매일 확인하니? 아줌마는 하연이가 소금을 뿌리지 않아서 마리모가 안 떠오른다고 생각했는데.

하연 매일 조금씩 뿌려 줬는걸. 그치만 1cm도 떠오른 것 같지 않아.

하연, 세 번째 서랍에서 소금을 꺼내 협탁 옆에 올려 둔다.

희숙 정성껏 뿌리면 언젠간 떠오를 거야. 그렇지?

하연 …누구한테 한 말이야?

희숙 김하연.

두 사람, 한동안 말이 없다.

하연 나한테 할 말 없어?

희숙 무슨?

하연 그냥 아무거나.

희숙 없어.

하연 나한테 숨기는 거 있지.

희숙 그래서 하루 종일 꽁해 있었어?

하연 말 돌리지 말고. (사이) 자, 비밀이 있다면 지금은 이야기해도
좋아. 지금 이야기하는 건 다신 이야기 안 하기.

희숙 왜 이러니.

하연 자, 기회는 지금뿐이야. 어서.

희숙 없대두.

긴 사이.

희숙 아까 그랬지, 아줌마가. 숨기는 건 거짓말이 될 수도 있겠다구.

하연 응.

희숙 그렇지만 숨기는 것이 있어야 더 아름다운 사이가 될 수도 있지.

하연 그게 무슨 말이지.

희숙 알면 실망만 할 이야기는 굳이 할 필요 없잖아.

하연 상대가 실망할지 안 할지 그걸 왜 본인이 판단해?

희숙 …비밀은 우릴 아름답게 해.

하연 아줌마 생각은 틀렸어. 상대는 괜찮을 수도 있을 걸?

사이.

하연 날 믿지 않지.

희숙 믿어.

하연 그럼 다 털어놓고 이야기해 봐. 생일 선물 같은 건 필요 없어. 오

늘은 내 생일이잖아. 저건 아줌마가 사고 싶어서 사 온 거고. 아
니지, 아까 원하는 소원 있으면 들어준다고 하지 않았어?

희숙   (웃으며) 다음에.

하연   내 생일은 오늘 하루뿐이라며. 생일엔 행복해야 된다며.

희숙   으이그. 하연이가 어른이 되면.

하연   내가 지금 어리광 같은 거나 부린다고 생각하는 거야?

희숙   아, 그렇게 느꼈다면 취소….

하연   (자르며) 됐어. 취소한다고 그 말이 없어지나?

하연, 무릎에 고개를 묻는다.

희숙   하연아.

하연   …….

희숙   김하연.

하연   꼭 그렇게 해야 돼?

희숙   뭐가.

하연   꼭 그렇게 멀리서 이야기해야 돼?

사이.

하연   내가 징그러워서 그렇지.

희숙   그런 거 아니야.

하연   그런데 왜 그래?

희숙   …….

하연   지금 내 모습 어때? 머리도 못 감았고… 나 지금 어떻게 생겼어?
말해 봐.

희숙, 계속되는 몰아붙임에 말을 잃는다.

하연   못났죠. 그렇죠. 우리 이제 다가갈 사이 정도는 된 거 아니야?
(사이) 안아 줘요.

하연, 한참을 기다리지만 희숙은 다가오지 않는다.

희숙   이러지 마.

하연   이러지 마? 이러지 말라고?

희숙   그런 뜻 아니야.

하연   나는 아줌마한테 이렇게까지 해도 아줌마는 나한테 다가오지 않
잖아! 내가 무서워? 더러워? 징그러워? 죄책감 때문에 여기서 이
러고 있는 거라면 가도 돼. 나 아줌마 없어도 하나도 안 무서워!

희숙   아니라고 했잖아!

하연   지금… 나한테 화내는 거야?

희숙   됐어, 그만하자.

하연   그만하긴 뭘 그만해. 얘기해 봐.

희숙   …….

하연   맨날 믿음이 어쩌고 보이지 않는 게 어쩌고 말만 번지르르한 사

기꾼 같아. 알아? 아줌마가 나한테 그럴 자격이 있다고 생각해?

희숙 그만 얘기해-!

하연 아줌마는 죽으려고 그냥 무작정 들이댔겠지만 난 아니야. 난 죽으려고 한 적도, 이렇게 캄캄한 세상 속에서 살아가려 한 적도 없어!

희숙 네가 죽으려고 마음먹은 사람의 심정이 어떤지 알아? 너 때문에 죽지도 못하고 내가-!

하연 뭐라고?

희숙 아니다. 방금 한 말은….

하연 (자르며) 아줌마는 그럼 내 심정 알아? 아줌마는 나 절대 이해 못 해. 그렇게 멀쩡한 몸뚱어리로는 나 절대 이해 못 한다고-!

희숙 김하연!

하연, 손목을 들어 팔을 걷어 보인다.
손목에 칼자국이 가득하다.

하연 나는 죽으려고 안 한 줄 알지? 나 때문에 죽지도 못했다고? 당신 때문에 죽으려고 한 게 나야. 어디서 나한테 그런 소릴 해. 다른 사람한테는 다 해도 나한테는 하면 안 되지!

희숙 너….

하연 뭐!

희숙 언제 그런 거야.

하연 그게 지금 중요해?

희숙 왜 죽을 생각을 했어.

하연 그런 생각 안 하겠어?

희숙, 눈물 흘린다.

희숙 왜 죽을 생각을 했어.

희숙은 하연의 상처가 마음이 아프면서도 동질감을 느낀다.

하연 아줌마는 왜 그랬는데.

사이.

하연 진짜 끝까지 말 안 한다.

하연, 침대 밑에서 찾았던 녹음기를 꺼내든다.

하연 이게 뭔 줄 알아? 침대 밑에서 주웠어. 아줌마 목소리가 가득 담겨 있더라.

희숙, 자신의 녹음기임을 알아차리고 뺏으려 한다.

하연 이거 놔!

희숙   이리 줘!

두 사람, 몸싸움이 일어난다.
희숙은 그 과정에서 넘어진다.

하연   보이지 않으니까 내가 아무것도 모를 줄 알지. 나도 다 알아. 이 안에 아줌마가 무슨 이야기를 했는지. 왜 말 안 해! 대체 왜 나한테 숨기냐고!

씩씩대는 하연.

하연   (울먹이는) 애가 있었잖아. 그래서 그런 거잖아. 마리모도, 그리고 그거 때문에 나한테… 왜 말을 못 해.

희숙   이리 줘.

하연   됐어. 나가. 이 방에서 나가! 안 가? 내가 나가는 게 무서워서 못 나갈 거 같아? 그럼 내가 나가.

하연, 희숙을 지나치다 협탁 위 소금을 마리모에 모두 뿌린다.
마리모 위로 새하얀 소금이 뒤덮인다.

하연   소금을 들이부어도 마리모는 절대 떠오르지 않아. 무슨 소린지 알아? 난 절대 용서 안 해! 절대로 절대로 절대로 용서 안 해!

희숙   하연아… 하연아….

하연, 멈춰 선다.
하연, 울먹이며 돌아선다.

하연 끝까지 안 붙잡는구나, 정말.

희숙 빨리 나가.

하연, 희숙의 목소리를 듣고 희숙이 엎어져 있음을 알게 된다.

하연 왜 안 일어나고 그러고 있어. 왜! 그렇게 엎어져 있으면, 내가
용서해 줄 것 같아?

하연, 희숙에게 다가간다.

희숙 가까이 오지 마!

비명과 같은 희숙의 고함에 하연은 놀란다.

희숙 다가오지 마.

하연 아줌마?

희숙 제발.

하연, 희숙의 상태가 이상하다는 것을 깨닫고 바닥에 있는 희숙
을 찾는다. 곧 희숙이 일어나지 않는 것이 아니라 일어나지 못

한다는 사실을 알게 된다.

하연　아줌마, 왜 그래! 아줌마!

사이.

하연　아줌마, 다리가… 아파?

하연, 녹음기를 떨어뜨린다.
희숙, 하연을 쳐다본다.

무대 암전.

제4장

어두운 밤, 캄캄한 어둠 속에서 희숙의 목소리가 들린다.
(*녹음기에서 흘러나오는 희숙의 목소리다.)
하연은 벽에 기대 고개를 묻고 있다.
방 안에는 계속 있던 의자가 보이지 않는다.

희숙　오랜만이네…. 이 녹음기를 꺼내든 지도…. 널 떠나보낸 후 정
　　　말 처음이다. 그치. 말하는 것도 약간 어색하네. 사실 오늘 이걸
　　　꺼내들어 용기 내 너에게 이야기하는 이유는. (사이) 오늘 그 아
　　　이를 처음 만나러 가는 날이야. 두렵고… 무서워. 그날 널 잃고

충격에 휩싸여 차를 몰고 나가지만 않았더라도…. 그 아이는 두 눈을 잃었고, 너처럼 앞이 캄캄해. 아무것도 보이지 않는 어둠 속에서 그렇게…. (사이) 이제 이 방은 비우려고 해. 아무래도 너와 함께하려 구했었지만, 두 다리가 이 모양이 돼서 혼자서 생활이 불가능하지 뭐니. 당분간은 엄마 집에 가 있을까 해. 그곳에서 몸을 편안히… 마음까지 편할 수 있을지는 모르겠다만.

긴 사이, 녹음기의 내용이 넘어간다.

희숙   …예상대로였어. 그 아이는 나에게 소리쳤고 나가라고 말했어. 다신 찾아오지 말라고. 그 정도쯤은 예상했어. 죽고 싶다는 말에, 난 도망쳤어. 널 잃고 이기적이게도 그 아이를 보니, 네가 생각이 나더라. 너도 품어 주지 못한 주제에 말이야. (사이) 고백할 게 있어. 오늘은… 그러니까 이제 너랑도 마지막이야. 널, 놓아주려고. 그런데 그 아이에게 그 마음을, 줘도 될까.

녹음기 너머 희숙의 울음소리 들린다.

희숙   엄마는 이기적이야. 그래 이기적이야. 넌 나를 이해해 줄 수 있니? (사이) 그 아이는 장애를 혐오하고 있어. 아마도 본인이 몸이 성치 않은 탓이겠지. 그 아이를 내가 품을 수 있을까. 내가 이 꼴이 된 걸 알게 되면 뭐라고 할까. 일단은 말하지 않는 게 좋겠지? (사이) 유미야. 잘 살아. 그곳은 분명히 행복할 거야. 고마워. 안녕히.

툭, 녹음기가 꺼진다.

하연 그렇게 휠체어 끌고 나가 버리면 난 어쩌라고….

하연, 희숙에게 전화한다.
전화를 받지 않는 희숙.

하연 난 괜찮은데. 그것 때문에 그런 게 아닌데.

하연, 전화를 받지 않자 답답한 마음에 창문을 연다.

하연 그렇게 아무 말도 하지 않고 떠나 버리면 어떡하라고. 떠나? 떠나….

하연, 희숙이 영영 떠나 버릴 것 같다는 생각에 무섭다. 하연, 아무 말 않고 있으면 무대에 희숙이 휠체어를 타고 등장한다. (*여지껏 하연의 방 안에 있었던 의자와 아주 비슷한 모양새다.)
희숙, 천천히 하연의 방으로 오다가 창문이 열려 있는 것을 발견하고 놀라 창문 옆으로 등을 돌린다. 두 사람 창문을 마주하고 서로 등을 지는 모양새이다. 하연, 고개를 들어 정면을 한참보다가 핸드폰으로 전화 건다. 핸드폰을 확인하는 희숙, 받지 않는다.

하연 떠나지 않을 거야. 그런 일로 떠난다면 그건 비겁자야. 항상 도
망치는 비겁자.

사이.

하연 나 이제 알았어요. 왜 집 안 전체가 카펫으로 깔려 있었는지. 아
랫집에서 나는 삐걱대는 소리가 왜 아줌마가 있을 때만 났는지
말이야.

희숙, 하연을 바라보다 눈물을 흘리며 숨을 삼킨다. 녹음을 하
는 하연의 모습은 어딘가 마리모를 바라보는 모양새이다.

하연 나 그렇게 되고 나서, 5년 전에, 말이야. 그때 난 말했다시피 정
말 죽고 싶었어. 하루아침에 앞이 캄캄한 암흑이 되어 버렸으니
말이야. 그건 손을 뻗어 봐도 어디인지 한 치 앞을 알 수 없었고,
아주 깊었어. 내 앞으로 남은 나날들같이 말이야. 하루 종일 까
만 세상, 이 세상에 나 혼자 있는 기분이었어.

희숙은 하연을 엿보고 있지만 하연이 녹음을 하는 것이 자신에
게 직접 말을 하고 있는 듯한 기분을 느낀다.

하연 처음 그렇게 되고 나서, 처음으로 또 해 본 일이 있어. 내가 내 팔을 칼로 그어 보는 것. 한두 번 하고 나니까 이제는 익숙하더라. 고통도 익숙하더라. 그렇다면 이 캄캄한 어둠도 익숙해질까. 곧 익숙하게 앞을 가늠하게 될까. 죽으려 했지만, 죽고 싶지 않았어. 다만 죽을 용기를 내 봤달까. 그냥 나는 살기 싫다. 내가 이렇게 외롭습니다. 누군가 이걸 좀 알아주세요 하는 심정이 아니었을까. 사는 것도 힘들지만 죽는 것도 참 힘들더라.

하연, 큰 숨을 들이쉰다.

하연 사고가 나고 한 달 후에 나를 찾아왔지. 죄책감에 이제 찾아와서 미안하다고.

하연은 눈물을 흘린다.

하연 나 그때까진 언제 죽어도 이상하지 않을 아이였어. 아줌마가 그랬잖아. 잘 살아 달라고. …지금 살지 않으면 나를 더 죄인으로 만드는 것이라고. 그때부터 잘 살기 위해 노력했어. 누구 하나라도 내가 잘 살기를 바라는 사람이 있구나. 난 없는 줄 알았는데 그런 사람 따위. 그 한마디가 여태껏 나를 살게 해 줬어. 그래 이 상황이…

사이.

하연 누구의 잘못도 아닐 것이다, 어쩔 수 없는 거였다…. 왜 말하지
      않았어. 아줌마도 아프다고 말이야. 나처럼 아프다고 말이야.
      그랬으면 조금 더 빨리, 조금 더 빨리였을 텐데. 난, 난 아줌마가
      나를 떠나 버리면 어떡하나, 아줌마도 다른 사람들처럼 나를 그
      렇게 잠시만 품어 주고 영영 저 멀리 떠나 버리면 어떡하나. 그
      럼 나 혼자 어떡하나….

하연, 목이 메어 말을 잇지 못한다.

하연 이젠 용서할 때도 됐잖아. 내가 괜히 여기 들어와서 살겠다고
      했겠느냐고. 내가 어디 갈 데도 없어서 여기 왔겠느냐고.

하연, 자신의 감정을 추스른다.

하연 자, 내 이야긴 끝났어. 이젠 아줌마 차례야.

하연은 희숙이 있는 것을 알고 있었다는 듯 창문 쪽으로 고개
돌린다. 희숙, 순간 놀라 한참 말을 잃는다. 하연은 이를 가만히
기다린다.

희숙 술을 팔았고… 임신을 했어. 그리곤 유산을 했지. 왜 죽으려 했
      냐고 물었었지. 심한 우울증이 생겼어.

하연은 희숙이 있었다는 사실을 알고 있었다는 듯 당황하지 않는다.

희숙   그냥 흘러가는 대로 그렇게 살았어. 버림받은 내 신세가 그렇지 뭐 하면서. 그런데 애가 생기니까 누구 애인지는 찾을 수 없어도. 다르더라. 그 아이를 품어 주고 싶더라. 그래서 모든 일을 그만뒀지. 그저 행복하게 그 아이와 이 방에서…. (사이) 그 애는 무슨 죄가 있겠니. 그렇게 된 것이 모두 내 잘못 같았어. 내가 그동안 술을 그렇게 많이 마셔 대서 그런 건지. 아니면 지독한 스트레스에 시달려서 그런 건지. 깊숙한 나의 외로움이 그 친구에게도 전이된 건지. 그래. 어쩌면 나는 이 세상에 필요 없는 존재일 수도 있겠구나. 수술실 앞에서 대기하는데 그런 생각이 문득 들더라. 그래서 무작정 차를 몰았지. 그땐 정신이 잠깐 어떻게 됐었나 봐.

사이.

희숙   그러다가 널 만난 거야. 넌 나 때문에 두 눈을 잃었지만, 난 널 보면 그 친구 생각이 나더라. 맞아 네 말대로 난 이기적이야. 어두컴컴한 그곳에서 그 친구도 너처럼 하루 종일 까만 세상… 이 세상에 나 혼자 있는 그런 기분이었겠구나. 문득 죽으면 안 된다는 생각이 스쳐 지나갔어. 아, 내가 정신이 잠깐 어떻게 됐었구나. 내가 이 세상에 정말 필요 없는 존재라면 필요한 존재가 되면 된다.

사이.

희숙 하연이 널 품어야겠다고. 그것이 날 살게 해 준 이유라고.

하연 왜, 왜 말을 안 했어. 왜.

희숙 유산한 딸 때문에. 그런 이기적인 마음 때문에 널 보살피는 것 같아서. 행여나 네가 알면 날… 떠나 버릴까.

하연 바보. 아줌마는 바보 멍청이야. 그런 걸 나한테 왜 숨겨. 나는 상관없다고 그런 거. 나는 아줌마가 날 배려해서 모서리 보호대를 붙여 놓곤 모른 척하고. 그러지 않아도 된단 말이야. 나는 날 위한 배려로 비밀이 아니라 나는 그냥 나한테 말해 주면 되는 건데. 그냥. 난 난 캄캄한 게 이렇게 무섭고 모르는 게 답답한 아인데.

사이.

희숙 그런데… 움직이지 않더라. 다리가 말이야. 아 내가 내 삶을 버리려는 그 마음에 대한 대가구나. 나의 생명을 하찮게 여긴 대가라고 말이야. 넌 그랬지. 장애를 혐오한다고. 내가 혐오의 대상이 되어 버리면 어쩌나. 혹여 너에게 짐이 되진 않을까. 아니, 이 사실을 알면 네가 날 떠나 버릴까. 그게 두려웠어. 늘 너를 지켜 주는 존재가 되고 싶었는데. 널 지켜 주지 못하는 사람처럼 너에게 보인다면.

두 사람, 한동안 말이 없다.

하연　나는 그걸 꽁꽁 숨겼어.

희숙　나도 무서워서 숨겼어.

하연　우린 아닌 척 숨겼어.

희숙　믿는다는 건 쉽지 않네. 보이지 않으니 말이야. 깜깜한 어둠 속에서 보이지 않으니.

하연　나는 이제 보이는 걸. 이렇게 깜깜해도 이젠 다 보이는 걸.

희숙, 하연과 마주한다.

하연　손… 잡아 봐도 돼?

희숙은 손을 내밀고, 하연은 천천히 희숙의 손을 느낀다.

하연　따듯해. 아줌마 손 따듯해.

두 사람, 손을 잡으면 하늘에서 눈이 조금씩 날린다.

희숙　눈이 내려.

하연, 손을 잡은 반대 손으로 뻗어 본다.

하연　눈이 와. 느껴져.

눈발이 창문을 통해 하연의 몸에 떨어진다.
두 사람, 머리에 눈을 맞는다.

희숙　밥은… 먹었니?
하연　그럴 리가 없잖아.
희숙　장 보러… 같이 나갈래?

하연, 한참 말이 없다.

하연　기다려 줄래?

하연, 천천히 벽을 짚는다.
희숙은 자신의 외투를 벗는다.
하연, 밖으로 나오다가 이내 뒤를 돌아 마리모를 쳐다본다. 마리모에게 소금을 뿌린다. 그리고는 확인하지 않고 밖으로 나온다.

희숙　갈까.
하연　다가가도… 돼요?

희숙, 한참 말이 없다.

희숙   잡아 줄래?

희숙, 자신의 외투를 하연에게 입혀 준다.
하연, 희숙의 휠체어를 끌고 밖으로 나선다.
눈이 보이지 않는 탓에 여기저기 부딪힌다.

희숙   조금 오른쪽.
하연   여기 이렇게?
희숙   응.

벽에 부딪힌다.

하연   미안.
희숙   (웃으며) 괜찮아. 조금 틀어 볼까?
하연   네.

두 사람의 모습이 서툴지만 아름답다.

희숙   확인해 보지 않아도 돼?
하연   뭘?
희숙   마리모 말이야.

하연   확인하지 않아도 이젠 알아. 곧 떠오를 거라는 걸.

두 사람, 천천히 사라지면 서로 대화하는 소리와 웃음소리가 무
대에 퍼진다.
하연이 나가고 아무도 없는 방, 눈발이 창문을 통해 방 안에 쏟
아지고 있다.
협탁 위에 있던 마리모, 서서히 떠오른다.

막.

탄내

등장인물

승근(18세, 남자)   경민(18세, 남자)

민수(18세, 남자)   지은(18세, 여자)

승희(18세, 여자)   태호(18세, 남자)

때

현재

곳

학교 근처, 공사를 멈춘 공사장 한복판

무대

학교 인근의 공사가 멈춰진 공사장의 한 공터로 지저분하고 투박한 느낌의 무채색의 분위기를 띠고 있다. 여기저기 건축물이 미완성되어, 뚫려 있는 공간이 많이 보이는 철제 구조물이다. 공사가 멈춘 듯 여기저기 부서진 공간도 노출된다. 무대 한 쪽에는 배우들이 걸터앉을 수 있는 도구들이 존재하며 그 앞에는 머리카락이 가득 흩뿌려져 있다. 무대 뒤쪽에는 기름통이 여러 개 쌓여 있으며 몇몇 기름통은 엎어져 흐르고 있다.

일러두기

해당 작품은 과거 회상과 현재가 한 공간 안에서 파편적으로 오고 가며 때로는 과거와 현재가 한 무대 위에 공존한다.

프롤로그

막이 오르면, 영상이 비춰진다.

유튜브 라이브에서 방송을 진행하고 있는 승근의 초조한 얼굴
이 보인다. 계단을 오르는 승근.

라이브 제목.
'죄송합니다. 그만 살겠습니다.' 글귀가 눈에 띈다.

많은 시청자가 함께하고 있는 듯 채팅창이 빠르게 넘어간다. 채
팅창이 빠르게 넘어가며 소리가 중복되어 빠르게 들린다.

소리1   뭐야 지금 이거 실시간임?ㅋㅋㅋㅋ

소리2   실화냐ㅋㅋㅋ 저 새끼 패기 보소

소리3   근데 이거 누가 신고해야 되는 거 아니냐? 레알 꿀잼 각ㅋ

소리4   이거 낼 인기 동영상 간다 어디 학교냐

소리5   업로드하면 하루 만에 조회수 100만 찍을 듯ㅠ

소리6   그만하고 내려오세요 이런다고 달라지는 것 없습니다.

소리7   대체 왜 떨어지려는 거임? 죽으려면 안 아프게 죽든가

소리8   쌉선비 나가세여ㅋㅋㅋ

소리9   개꿀잼이니까 닥치고 있어라ㅋ 저 교복 어디서 본 거 같은뎅

소리10   형님 마지막이니까 후원 갑니다 저승 가서 쓰세여ㅋ

소리11   사탄도 이건 좀ㅋㅋㅋ

소리가 중복되어 나오면, 노을이 막 지고 있는 하늘이 옥상을
비춘다.
승근, 핸드폰으로 자신을 비추며 등장한다.

승근 떨어지면 혹시 모르잖아. 누가 날 기억해 줄지도.
소리1 중2병 오져 버렸곰ㅋㅋㅋㅋㅋ 몇 살이냐?

승근, 조용히 난간을 넘는다.

소리2 야, 난간 넘었어. 실화?
소리3 13650명 돌파 중 ㅋㅋㅋㅋ

승근, 정면을 바라보고 심호흡한다.

소리4 거기서 뭐 하는뎈ㅋㅋㅋ
승근 실험 중입니다.
소리5 뭔 실험? 개소리셈.
승근 사람이 얼마나 고통스러울 수 있는가에 대하여.
소리6 내려오세요!
승근 죄송합니다. 그만 살겠습니다.

영상 속 승근, 핸드폰을 돌려 옥상 아래를 보여 준다. 비명 소리
와 함께 영상은 10층 이상의 옥상에서 떨어지는 것과 같은 효과

로 땅을 향해 떨어진다. 그와 동시에 무대 위 승근, 옥상 아래로 떨어진다. 영상이 핸드폰 깨지는 소리와 함께 블랙아웃 되고, 무대에는 쓰러져 있는 승근만이 비춰진다.
블랙아웃 된 영상에 **타이틀 IN '탄내'**.

무대 암전.

제1장

불이 밝으면, 공사를 멈춘 학교 인근 공사장.
공사장 한쪽에는 머리카락이 흩뿌려져 있다.
태호, 까만 마스크를 착용한 채 등장한다.

태호   (마스크 벗으며) 미세먼지 씨발 진짜.

태호, 마스크를 주머니에 넣고 담배를 꺼낸다.
담배를 피우려 하는데 담뱃갑, 비어 있다.
짜증 나는지 담뱃갑을 발로 차 버리는 태호.

태호   되는 일이 하나도 없네.

태호, 장소가 익숙한 듯, 한쪽 자리를 차지하고 앉는다. 불안한지 연신 손을 만지작거리다가 핸드폰을 꺼낸다.

태호   (핸드폰 만지며) 진짜로 검색순위 1위라고? 말이 되냐고. 아니, 뒤질려면 곱게 뒤지지 왜 방송은 하고 난리야! (핸드폰 던지려다 멈추는) 뭐 이딴 사건에 관심 주고 난리야. 애새끼 뒤지는 거 하루 이틀도 아니고. 우리나라 자살률 1등이래매. 맞나? 씨발. 아니 근데 무슨 겜도 아니고 사람이 사라지냐고. 뒤지긴 뒤진 거야? (핸드폰 보는) 아무튼 이 상황에도 약속시간 지키는 놈들이 없어요.

태호, 욕을 내뱉고 있으면 민수, 등장한다.

민수   입에 걸레 물었냐.

태호   아, 깜짝이야. 수학인 줄 알았네.

민수   수학 왜?

태호   니랑 목소리 존똑이야.

민수   수업도 안 듣는 새끼가 개소리야. 농담할 상황이냐, 지금?

태호   찾았대?

민수   아니.

태호   애들은.

민수   몰라. 오겠지.

태호   아니, 씨발 진짜.

민수, 태호를 노려본다.

태호   …맨날 나만 일찍 오잖아.

민수   친구끼리 그럴 수도 있지 뭘. 쪼잔하게.

태호, 민수에게 불만이 있지만 티 내지 않으려 한다.

태호   그래서 뭐래?

민수   뭐가.

태호   이승근 그 새끼 말야. 빨개가 뭐래?

민수   또 얼굴 조따 빨개졌지 뭘. 내가 너한테 보고해야 되냐?

태호   아니, 학생회장이니까 빨개가 제일 먼저 찾았을 거 아니야.

민수   일이 좀 커질 것 같다.

태호   왜 왜?

민수   상황 파악 안 돼? 옥상에서 떨어진 새끼가 시체는 없지. 달랑 핸드폰만 하나 깨져 있고.

태호   무슨 SF냐고.

민수   일주일째 집에도 없어. 학교도 안 나와. 전국을 이 잡듯이 뒤지고 있잖아. 관종 새끼. 관심은 제대로 받았네.

태호   근데 무슨 일이 커져?

민수   있어 봐, 쫌. 괜히 내가 모이자 했겠냐? 지금 실종이든 뒤지든 그게 문제가 아니야. 엊그젠가 빨개가 상담하다가 김진수 그 새끼가 분 거 같더라고.

태호   뭘?

민수   뭘 뭘이야. 그 새끼 왕따라고. 방송반에서.

태호　김진수 미친 새끼. 그 새끼가 제일 문제야. 내가 조만간 조진다.

민수　걔 그냥 둬. 나 진수네 아빠한테 추천서 받기로 했어.

태호　…아, 김진수.

민수　나 대학 가야 돼. 안 가면 아빠한테 호적 파인다. 중학교 때부터 내가 긁는 카드 아빠 카든 거 알지?

태호　…….

민수　무슨 소린지 알아들었지?

태호　뭐가.

민수　난 안 된다는 소리야.

태호　아이씨, 앞뒤 짜르지 말고 말해! 우리 둘밖에 없는데.

민수　너 오늘 왜케 짜증이냐? 나 때매 지금 이렇게 됐어?

태호　…화낸 건 미안.

민수　빨개가 지금 주동자 찾겠다고 혈안이야. 경찰에서 그 새끼 찾고, 학교에선 뭐 하겠냐? 주동자 색출해서 조지는 거야.

태호　어차피 방송반에 우리만 있는 것도 아니잖아.

민수　네가 이래서 공부를 못하는 거야. 1학년 애들이 불면 진짜 개망하는 거야. 우리 다. 다 같이 뒤질래?

태호　이승근 그 새끼만 나타나면 다 끝나는데.

민수　뒤진 새낄 찾아서 뭐해.

태호　겁 좆나 많아서 우리 아니라고 할걸.

민수　우리?

태호　왜 뭐가.

민수와 태호, 묘한 긴장감이 흐르면 지은과 승희가 등장한다.

지은   찾았대?

민수   …아니.

지은   아니, 옥상에서 떨어진 애가 어디 갔냐고.

승희   선생님은? 뭐래?

민수   …진수가 불었어. 방송반에서 왕따라고.

지은   아, 김진수 이 새끼가 진짜.

지은, 나가려는데.

민수   김진수 건들지 마.

지은   왜. 니 뭔데.

승희   (사이) 왜 우리끼리 싸워. 어차피 걔 싸패라 우리가 뭐라 하면
          더 불지도 몰라. 냅둬.

지은   사이코패스 새끼.

지은, 짜증내며 머리카락이 흩뿌려져 있는 곳으로 향한다.

지은   재수 없게 왜 여기서 모이자고 했대.

태호   여기 오는 애들 없잖아.

지은   짜증 나서 그렇지. 머리카락은 치우지도 않았네.

태호   경민이한테 오면 치우라고 해야겠다.

지은 솔직히 그때 좀 심했나?

태호 뭘 심해. 장난인데.

민수 지금 심하고 안 심하고가 중요해?

지은 …그래, 그 새끼 그래도 싸잖아.

승희 그래서 어떡하실?

일동 침묵.

승희 빨리. 나 오늘 레슨 가야 됨.

민수 지금 레슨이 문제가 아니야. 레슨 오늘 못 간다고 해. 아프다고.

지은 그렇게 오래 할 이야기야?

민수 사람이 죽었다고.

지은 죽은지 안 죽은지도 모르잖아. 시체도 없는데 뭘.

민수 이지은! …빨리 못 간다 해. 내가 전화해서 잘 말해 줄게, 승희야.

승희 알았어. 민수가 하라면 해야지.

지은 (웃으며) 최승희, 너 민수가 죽으라면 죽을 거냐?

승희 (부끄러운 듯) 하지 마, 이지은!

지은 어구구, 그랬어요?

승희 아, 하지 말라 했다.

지은 (놀리는 말투로) 아써써써써써.

승희가 문자 보내면, 지은이 한쪽에서 담배에 불을 붙인다.

태호   야, 나도 하나만.

지은   이 새끼 맨날 나한테 달래. 맡겨 놨냐?

태호   아, 갚는다고!

지은   응~ 어제도 그 말 했고~.

태호, 지은 한쪽에서 담배 피운다.

지은   같이 안 펴?

민수   아빠 오늘 집에 있어. 쉬는 날이야.

지은   아빠 무서워서 어떻게 산대?

민수   시끄러 봐, 쫌.

민수, 심각하다.

민수   난 안 돼.

승희   (핸드폰 집어넣으며) 보냈다.

지은   뭐가?

승희   아프다고 함. 진짜 말해 줘야 된다.

민수   왕따 주동자 말이야. 이 정도면 징계 받고 나중에 대학 갈 때 문
제 생긴다.

지은   좆나 이기적이고~.

민수   …난 빠져도 되지. 내가 회장이니까 최대한 징계 적게 먹게 해
볼게.

일동, 긴장감 흐른다.

지은   그게 되냐?

민수   ……

지은   치사하게 지만 빠지려고 하네. 다 같이 살 방법을 생각해야지.

태호   살 방법이 없으니까.

승희   뭐?

태호   (민수에게) 아니야?

민수   아이씨, 진짜. 이지은, 담배 줘 봐.

지은   방금 쌍대였음. 내가 담배셔틀이냐?

민수   솔직히 다 같이 했잖아.

승희   그러니까… 같이 살아야 되지 않아? 그리고 솔직히 난 그렇게
        안 괴롭혔어.

지은   응~ 너도 이기적~.

승희   …뭐가. 그냥 가만히 있었지.

태호   방관도 죄야. 방관죄 몰라?

지은   공부 잘하는 척하지 마.

민수   (사이) 한 명만 감당하면 되잖아. 그 새끼가 다 시켜서 그런 거
        라고 말 맞추면 되잖아. 우리 어차피 말 맞춰야 돼. 최악의 상황
        까지 생각하면.

        일동, 잠시 생각하다 민수를 쳐다본다.
        경민, 등장한다.

경민   미안, 미안.

경민이 등장하는데, 기름 냄새가 나는 듯 코를 막는다.

태호   미친 새끼야, 시간이 몇 시야.
경민   …냄새.
태호   뭔 냄새.
경민   기름 냄새.
태호   아무 냄새도 안 나는데? (둘러보며) 뭔 냄새 나냐?
지은   모르겠는디.
경민   그래?
태호   왜케 늦게 오냐고.
경민   선생님이 말할 거 있대서.
민수   뭐. 뭔데.
경민   뭐가?
민수   뭐 물어봤냐고!
지은   너 불었냐?
태호   미친 새끼, 이 새낄 생각 못 했네.
경민   아니, 그런 이야기 안 했어. 너네 이야기 하나도 안 했어.
민수   뭔 이야기 했는데!
경민   그냥… 너네랑 친하기 전에 방송반 승근이랑 같이 들어왔으니
       까 혹시 아는 거 있냐고 했는데 나 진짜 모른다고 했어. 진짜야.

민수, 경민의 눈을 살핀다.

민수   진짜야?

경민   (눈가 촉촉한) 민수, 진짜야.

태호   저 새끼 또 짜겠다. 그만해라.

승희   아직 못 찾았대?

경민   응. 민수야, 믿어 줘.

지은   넌 오타쿠니까 알겠지. 이승근 어디로 갔냐. 4차원 세계로 넘어
          간 거냐?

태호   (웃는) 4차원 세계.

경민   나 잘 모르겠어. (진지) 근데 넘어가는 방법이 있다고 듣긴 했어.
          해 보진 않았지만.

민수   (태호에게) 쪼개지 마, 새끼야.

경민   근데….

민수   또 뭐 새끼야!

경민   실험을 한다 그랬어.

지은   뭔 실험?

경민   영상 못 봤어? 무슨 실험한다고.

태호   무슨 실험을 해?

경민   사람이 얼마나 고통스러울지.

지은   싸패냐? 어우.

민수   실험? …실험을 한다고? 뭔 소리야, 대체.

경민   근데 왜 이렇게 다섯 명만 부른 거야? 방송반 많잖아.

지은   넌 항상 눈치가 없냐. 주동자잖아.

경민   누가?

지은   에? 니 말야, 니.

경민   나? 나….

민수   (경민이의 어깨 잡으며) 왜 넌 아닌 거 같아?

승희   난 그럼 여기 왜 있어.

민수   네가 그랬잖아. 이제부터 우리들이랑만 놀겠다고. 아니야?

경민   그건 승근이랑 같이 다니면 나도 그렇게 될 거라….

민수   조용히 해. 누가 선택했는데?

경민, 말이 없지만 불만 가득한 표정이다.

민수   이승근 없으면? 앞으로는 어떻게 될 거 같은데?

다들 말없이 경민의 입만 바라보고 있다.

경민   …그래서 어떻게 하기로 한 건데?

지은   몰아 주재.

태호   한 명만 주동자로 감당하고 나머지는 살아남기로.

경민   그게 돼?

승희   안 될 건 뭐야. 입만 맞추면.

태호   하긴, 살 사람은 살아야지.

지은   최선이면 할 말 없긴 한데.

경민 한 명이 누군데?

사이.

민수 아무튼 난 안 돼. 이유는 설명했다.

경민 이유? 무슨 이유?

민수 …내가 너한테 언제 이유 설명했냐?

경민 아니… 그냥 난 궁금해서.

승희 (손 들며) 나도 안 돼. 나 뭐 하고 싶은지 알지?

지은 미친년. 오디션이 붙어야 되는 거고.

승희 아무튼! 잘되다가 옛날 일 때매 망하는 애들 못 봤어?

지은 으휴, 연예인병.

승희 조심하자는 거지, 조심.

지은 애초에 끼질 말던가.

승희 난 안 괴롭혔대니까?

지은 (놀리듯이) 뉘에 뉘에.

승희 민수야. 나… 나 안 돼.

지은 (손 들며) 나도 안 됨. 대학 가야 됨.

태호 말도 안 되는 소리 하지 마시고.

지은 아, 진짜야.

태호 네가 뭔 대학.

지은 네가 그렇게 말하니까 되게 웃기다. 너보단 잘해.

태호 니나 나나.

민수 그건 태호 말이 맞아.

지은 (경민 가리키며) 그냥 저 새끼 시켜. 별 이유도 없어 보이는데. 지금 그럴라고 모인 거 아니야?

경민 나… (눈가 촉촉한) 나는 왜.

지은 너 이유 없잖아. (킥킥대며) 연예인 할 거냐?

경민 그게….

사이.

태호 근데 저 새끼가 혼자 주동자라고 하면 빨개가 믿겠냐?

승희 아, 그러네.

지은 부전승 지렸고.

태호 처음으로 부러웠어.

민수 태호 넌.

태호 뭐가.

민수 딱히 이유 있냐? 이번 한 번만 네가 희생하면 안 되냐?

태호 나는….

지은 오케, 이유 없는 사람 발견.

태호 아니, 씨발, 이럴 거면 제비뽑기해!

승희 뭔 제비뽑기.

태호 이유 없는 사람이 왜 뒤집어써야 되는데. 야, 그리고 이지은 니도 이유 없잖아.

지은 대학 가야 된다고.

태호 (친구들 보며) 야, 솔직히 이거 인정되냐?

민수 그건 안 돼.

지은 네가 뭔데. 네가 신이야? 네가 다 결정하게?

민수 애들도 다 그렇게 생각할걸?

지은 아, 씨발.

지은, 담배 꺼낸다.

민수 쌍대래매.

지은 뭐, 어쩌라고!

지은, 담배 피운다.
말없이 지은을 기다리는 사람들.

지은 …안 그래도 이승근 그 새끼가 조건 소문내서 병신 됐는데 여기에 학폭까지 뒤집어쓰라고? 나는 이유 있어. 그 새끼가 나 걸레라고 소문냈잖아. 한 번 한 거 가지고. 니들은 알잖아. 나 원래 안 그러는 거. 몰랐대니까. (사이) 그리고… 안 했어. (경민에게) 뭘 꼬라봐, 오타쿠 새끼야!

경민 아니, 나는 저기 봤어.

지은 솔직히 내가 뒤집어쓰는 게 맞냐?

태호 뒤집어쓰는 건 아니지. 아니었던 건 아니니까.

지은 야.

민수   그래. 이건 아닌 거 같다. 깔끔하게 태호 네가 감당해. 이제 말
           이나 맞추자.

태호   잠깐만 내 의견은!

           민수, 태호 노려본다.

태호   솔직히!

           태호의 말에 주목하는 아이들.

태호   김민수가 주동자 맞잖아!

민수   야, 허태호!

태호   솔직히 다들 인정하잖아. 입 밖에 안 꺼내서 그렇지.

           아이들, 한동안 말이 없다.

민수   네가 미쳤구나?

태호   나 혼자 못 뒤집어써. 내가 왜? 네가 한 거잖아. 난 네 따까리니
           까 그냥 도운 거고. 아니야?

지은   (킥킥대며) 허태호 머리 개큼.

태호   이지은 솔직히 맞잖아.

지은   누가 아니래?

태호   최승희, 말해 봐.

승희 난… 잘 몰라.

태호 이 새끼 김민수 좋아한다고 또 감싸네, 진짜.

승희 …….

태호 박경민, 말해 봐.

경민 우리끼리 싸우지 말자.

민수 너 진짜 이렇게까지 해야겠냐?

태호 너야말로 이렇게까지 해야 했어?

민수 너 감당할 수 있겠냐?

태호 …이리 죽으나 저리 죽으나.

민수 …오케이. 내가 뭘 시작했는데.

지은 굳이 한 명 고르자면 네가 맞긴 하지. 이 머리카락도 네가 자른 거잖아.

민수 그건! 장난이래매 아까.

태호 박경민 이승근이랑 친한데 떼어 놓은 것도 네가 한 거잖아.

민수 …….

태호 너 솔직히 단톡방 그때부터 별로 마음에 안 들어 했잖아.

지은 아, 맞네.

승근, 등장하면 시간은 과거로 흐른다.

이후 회상 장면은 그 당시 사건에 등장하는 인원들은 과거에 있고, 그렇지 않은 인원들은 현재에 있는 듯, 현재와 과거가 맞닿아 있다. 현재에 있는 인원들은 마치 그 이야기를 듣는 입장으로 관망하고 있고, 과거에 있는 인원들은 그때의 상황을 재연한다.

(*헷갈림 방지를 위해 과거와 현재는 글씨체로 구분한다.)

승근 미안. 갑자기 모이라고 해서. 방송반 선생님이 이거 오늘까지 제출해야 된다고 해서.

태호 너 솔직히 방송 따까리지.

승근 그런 거 아니야.

태호 아니긴 뭘. 아니면 좋아하나?

승근 아, 아니라고.

태호 (웃으며) 발끈하는 거 봐.

승희 빨리 줘 봐. 나 빨리 하고 레슨 가야 돼.

지은 근데 왜 우리만 이거 쓰래?

승근 2학년만 쓰나 봐. 선배들은 이제 방송반 생활 못 한대. 대학 가야 된다고.

지은 그놈의 대학, 대학! 지겨워, 으휴.

경민 근데 이거 뭐라고 쓰는 거야?

승근 잠깐만… (설문지를 보며) 그니까 우리가 1년 동안 방송반 앞으로 계획을….

태호 야, 근데 민수는? 민수는 왜 안 불러?

승희 단톡방에 없던데?

지은 뭐야, 학생회장이라고 빼 주나?

승근 민수? 아, 민수. (핸드폰 열며) 아, 민수 초대 안 했네.

지은 김민수 아싸 지렸다.

태호 와, 이승근한테 먹혔네.

자은 (웃으며) 인싸인 척 혼자 다 하더니.

태호 너 클났다, 이제. 민수 빡쳤다.

승근 깜빡했어. 아. 잠깐만.

승근, 퇴장하려다 민수와 마주친다.

민수 뭐야? 왜 다 모여 있어?

승근 민수야, 그게….

태호 뭐 할 거 있어서 불렀다는데 단톡방에 너 초대 안 함.

자은 아싸 지림.

민수 뭔 소리야.

승희 승근이가 너 깜빡하고 초대 안 했대.

민수 …진짜? 왜?

승근 진짜 깜빡했어. 미안.

민수 (둘러보며) 사람이 6명인데 까먹는 게 말이 되냐?

승근 내가 정신이 어떻게 됐나 봐.

태호 도전이지. 암, 이건 도전이야.

경민 아니야, 그런 거. 진짜 생각 못 한 걸 수도 있어.

태호 그럼 더 문제네. 아예 생각도 안 한 거니까.

민수 닥쳐, 허태호.

태호 불똥 여기로 튀죠. 암튼 난 다 썼으니 이만 갑니다.

태호, 설문지를 승근에게 넘기고 퇴장하면, 아이들 하나둘 설문지를 승근에게 넘긴다. 승근과 민수만 남는다.

민수 (설문지 쓰며) 너 뭐야?

승근 응? 왜? 모르는 거 있어?

민수 너 뭐 되게 잘났냐?

승근 …미안.

민수 씨발. 맨날 미안, 미안, 미안. 너 미안하긴 하냐? 너 나 싫지.

승근 아니야, 그런 거.

민수 난 너 싫어.

승근 …….

민수 왠 줄 알아? (사이) 넌 아무 이유 없이 누구 싫어한 적 없어?

승근 …….

민수 있지? 그 소리가 뭔 줄 알아? 이유 없이 누군가를 싫어할 수 있단 소리야. 누구나. (사이) 그게 네가 될 수도 있다고.

승근 응….

민수 (웃으며) 응은 시발. 난 사람 안 때려. 그냥 혼자서 꼬꾸러지게 만들지.

승근 민수야….

민수, 승근에게 다가간다.
승근, 뒷걸음친다.
민수, 승근에게 설문지 건네주며 크게 웃는다.

민수 농담이야. 쫄아 가지고. 친구끼리 그럴 수도 있지 뭐.

승근 …….

민수 너 이런 걸로 뭐라고 했다고 생각하면 안 된다. 장난도 못 치냐?

승근 (웃으며) 미안. 눈치가 좀 없어 가지고.

민수 먼저 가. 난 좀 있다 갈게.

승근 같이 가자.

민수 아니야. 먼저 가.

승근 …….

민수 (눈빛 변하며) 가라고 했다.

승근, 퇴장한다.

민수, 승근이 퇴장한 곳을 한참 동안 쳐다보다가

담배를 꺼내 문다. 민수, 핸드폰 들고 어딘가 전화한다. 승근을 제외

한 배우들 등장하면 시간이 약간 흐른 후다.

태호 뭐? 왜?

승희 그래서 어떻게 한다고.

지은 꿀잼.

경민 나 찾았어?

일동, 경민을 쳐다본다.

민수, 현재로 돌아온다.

민수   잠깐. 너 말 잘해라, 진짜.

과거의 경민, 민수를 쳐다본다.

민수   실수하지 말란 소리야. 잘 기억도 안 나는데 이상한 이야기 지
어낼 수도 있잖아.

현재의 민수, 경민을 주시한다.
과거의 경민, 말을 하는데 입만 벙끗거릴 뿐 들리지 않는다.

경민   …….
승희   근묵자흑?
경민   …….
태호   어려운 말 쓰지 마.
경민   …….
자은   아무튼 대가리 안 돌아가는….
태호   너도 몰랐잖아.
경민   …….

과거의 경민, 벙끗거리며 민수 눈치를 본다.
현재의 민수, 경민의 멱살을 움켜잡는다.
경민, 멱살이 잡히면 일동 현재로 돌아온다.

민수 말 똑바로 하라고, 이 새끼야-!

경민 (잔뜩 주눅 들며) 기… 기억이 잘 안 나서.

태호 왜 말을 하다 말아. 진짜 기억 안 나?

경민 …응, 난 잘 모르겠어. 진짜야. 믿어 줘!

태호 구라 치고 있네, 미친놈이.

민수 뭐가.

태호 …….

지은 허태호. 기억나면 네가 말해.

태호 …짜증나게.

승희 그래도 단톡방 초대 안 해서 빠친 건 맞잖아.

지은 올. 최승희.

민수 그건 장난이라고. 그 새끼도 인정했잖아.

경민 우리끼리 싸우진 말자.

민수 (사이) 그래. 그리고 내가 웬만하면 말 안 하려고 했는데, 내가 그 새끼한테 그렇게 띠껍게 대했던 건 다 이유가 있어.

태호 뭐?

민수 내가 유치하게 단톡 때매 그랬을 거 같냐?

지은 그럼 왜 말을 안 했는데?

민수 (사이) 학생회장이잖아.

승근이 등장하면, 승근과 민수의 시간은 과거로 흐른다. 다른 학생들은 현재에서 과거를 관망한다.

승근은 공사장의 한 관물함을 마치 학교 사물함처럼 조심스럽게 열

고 있다. 승근은 관물함 속에서 핑크색 수첩을 하나 꺼내 자신의 가
방 속에 넣으려는데.

민수   누구냐?

승근   (돌아보며) 어, 민수야.

민수   너 내 사물함에서 뭐 해.

승근   (당황하는) 아니, 그게 아니고.

민수   너 가방 줘 봐.

지은   미친, 사물함 털었다고?

승근   아니, 그게 아니라 민수야.

민수   (가방 뺏으며) 이 수첩 내 꺼지.

승근   …….

민수   너 왜 남의 물건에 손을 대. 이 수첩이 네 꺼야?

승근   …미안.

민수   너 이거 도둑질인 것 아냐? 범죄라고.

승근   …….

민수   이 수첩이 왜?

승근   …그냥 그게.

민수   가지고 싶으면 말을 하지.

승희   아니, 대체 그 수첩이 뭔데?

태호   뭐라고 쓰여 있었는데?

승근, 뒤돌아 터벅터벅 걸어가는데.

민수 야, 이승근.

승근 (뒤돌며) 응?

민수 (수첩을 던지며) 너 가져라, 그냥.

승근 (수첩을 한참 동안 바라보는) …….

민수 싫어?

승근 고마워.

민수 비밀로 해 줄게. 앞으론 그러지 마.

승근 알았어.

승근이 뒤돌아서 다시 걸어가며 퇴장하면, 모두 현재로 돌아온다.

민수 그냥 아무것도 안 쓰여 있었어. 그 새끼가 내 사물함에서 뭘 가져려고 했는지는 나도 모르지.

태호 더 캐물어 보지.

민수 근데 그 수첩이 그 새끼 꺼냐고 물어보는데, 날 쳐다보는 눈빛이 미친놈 같았다니까. 하도 기분이 더러워서 수첩 그냥 준 거고.

태호 아무것도 안 쓰여 있는 수첩을 대체 왜 가져가려 한 거야?

승희 다른 거 훔치려다가 그랬을 수도 있지.

경민 …원래 그런 친구는 아닌데.

지은 (흥분) 뭘 그런 새끼가 아니야. 원래 그런 새끼지-!

경민 지은아.

승희 그건 맞아.

지은 솔직히 까놓고 말해서 걔 좀 이상한 건 사실이잖아. 냄새도 좀 났고. 그리고 그 새끼가… 그 새끼가….

지은, 흐느끼며 엎어지면 태호의 시간이 과거로 흐른다.

태호   왜 이렇게 늦게 와. 시간 다 돼 가는데.

승근, 체육복을 입은 채 체육복을 들고 허겁지겁 뛰어온다.

태호   빨리 와. 종 치겠다.
승근   미안, 미안.

태호, 체육복 받아든다.

태호   망 좀 봐 줘. (승근을 스쳐 지나가는데 얼굴 찌푸리며) 체육복 누구
거야?
승근   내, 내 꺼.
태호   야, 너 먼저 나가라. 나 애들이랑 알아서 나갈게.

태호, 퇴장하고 승근이 무대 한복판으로 나오면,
지은이 벌떡 일어난다.
지은의 시간이 과거로 흐른다.

지은   어디 가나?

승근　어? 나 체육시간.

지은　클났다, 니. 체육 오늘 기분 안 좋잖아.

승근　왜?

지은　(칙칙대며) 여자친구랑 헤어졌대.

승근　아, 진짜?

지은　그니까 체육 근처에도 가지 마라. 괜히 걸렸다가 한소리 듣는, (코를 킁킁대는) 씨발, 이거 뭔 쓰레기 냄새야.

승근　…….

지은　어디서 걸레 냄새 같은 거 나지 않나?

승근　난, 잘 모르겠는데.

승희　뭐야. 체육복 때문에 그 소문 난 거야?

지은　좀 가만히 있어 봐. 말하고 있잖아.

지은　아, 씨발. (승근에게 다가가며) 너잖아. 아닌 척하네. 체육복 네 꺼냐?

승근　…응.

지은　어우, 좀 빨아 처 입어라. 냄새, 집에 엄마 없나?

승근　나중에 보자, 지은아.

지은　야, 입냄새 나. 아가리 닫어. 간다.

지은이 퇴장하면, 승근은 지은이 퇴장한 곳을 한참 바라본다.

체육복 윗도리를 벗어드는 승근, 시간이 경과한다.

태호, 등장한다.

태호　야, 냄새!

민수의 시간이 과거로 흐른다.

민수 뭔 냄새?

태호 이 새끼 소문 못 들었냐. 애 엄마가 생선 판대. 그래서 몸에서 냄새난
다고.

민수 비린내?

태호 머리 좀 감고 다녀, 인마.

태호, 승근의 머리를 쓸어 넘기는데.

태호 뭐야. 이 새끼 땜빵 있잖아?

승근 하지 마.

태호 오백 원짜리만 하네. 개쩐다.

민수 (웃음 참으려는데 웃음 터지는) 하지 마, 미친놈아.

태호 야, 괜찮아. 나도 어릴 적에 티비에 코 박아 가지고 여기 흉터 안 지
워지잖아. 그래서 애들이 볼드모트라고 놀림. (어깨 툭 치며) 힘내,
짜샤!

승근 고, 고마워.

태호 근데 인간적으로 머리는 좀 감고 다니자. 니 냄새난다고 전교에 소
문 다 났어.

민수 야, 시끄럽게 떠들지 말고 가자. 매점 닫겠다.

태호 (퇴장하려는 듯) 오케이.

승근 저기.

태호   (돌아보며) 뭐?

승근   땜빵 일은 비밀로 해 줘.

태호   나도 눈치는 있어, 임마.

태호와 민수, 퇴장한다.

경민   그럼 지은이가 잘못한 거잖아.

승희   (다급한) 태호는! 태호도 마찬가지잖아.

지은, 등장한다.

지은   야, 이승근.

승근   응?

지은   너 내 카톡 봤대매.

승근   그게 방송반 뒷정리하는데 책상 위에 있어서.

지은   너 내용 다 봤어?

승근   아니야, 안 봤어.

지은   진짜 솔직히 말해.

승근   …응. 많이는 아니고 조금. 모르고 본 거야.

지은   뭐 봤는데.

승근   그게….

지은   아니야! 말하지 마. 너 남의 핸드폰 몰래 보면 그것도 범죄인 거 알지?

승근   …근데 거기….

지은 (자르며) 어디다 말하고 다니지 말라고. 어차피 이거 아는 사람 너
밖에 없으니까.

승근 알았어.

지은, 퇴장하려다.

지은 (뒤돌아) 너 저번에 냄새 난다고 놀린 거 있잖아.

승근 …….

지은 난 그냥 친구니까 장난으로 놀린 건데 너무 커져 버렸더라. 기분 안
좋지.

승근 …아니.

지은 미안해. 진심으로. 그 얘기 하려고 온 거야.

승근 …….

지은 사과… 받아 주는 거야?

승근 …….

지은 생각할 시간이 필요해?

승근 ……아니야. 괜, 찮아.

지은 그래? 다행이다. 나 되게 걱정했잖아.

지은, 다시 퇴장하려는데.

승근 우리 엄마….

지은 응?

승근   아니야.

지은, 승근을 바라보며 멈춰 선다.

지은   미안해.

태호, 등장한다.

태호   미안해.

민수, 등장한다.

민수   미안해.

승근   …….

세 사람 (고함치듯) 미안해-!

승근, 그들을 쳐다보다 뛰며 퇴장한다.
승근이 퇴장하면 시간은 현재로 흐른다.

지은   난 사과했어. 그리고 이승근이 받아 줬다고. 근데 그딴 소문을
          퍼뜨려?

민수   사실은 사실이잖아.

지은   김민수!

태호   이승근이 말했다는 보장 있냐.

지은   내 핸드폰 본 새끼 그 새끼밖에 없어. 안 그러면 애들이 다 어떻게 아는데. 나는 걔 때문에 얼마나 괴로웠는 줄 알아? 그 새낀 그러니까 그렇게 되도 싸.

지은, 담배를 꺼내 한쪽에서 담배를 피운다.

태호   그러고 보니까 진짜 이상하긴 하다. 걔는 어차피 소문내면 지인 거 바로 들킬 텐데 왜 그랬을까.

민수   (지은 쪽으로) 좀 쉬었다 이야기할래?

지은   레알 개쪽팔림, 지금.

지은, 밖으로 나가면, 민수 뒤따라 나간다.
승희는 민수가 따라 나가는 걸 보고 함께 나간다.
태호는 담배를 꺼내 지은이 피우던 자리에 가서 담배를 피운다.
경민, 혼자서 한쪽에 걸터앉으면, 시간이 과거로 흐른다.
승근, 등장한다.

승근   오래 기다렸어?

경민   아니 별로. 웬일이야? 나 빨리 가 봐야 돼.

승근   어디 가?

경민   아니, 우리 팸 애들이 찾아서.

승근   …아니, 그냥 우리 너무 오랫동안 말도 안 했고.

경민   에이 무슨, 말하잖아.

승근   그런 거 말고. ⋯혹시 나한테 화난 거 있어?

경민   왜 그렇게 물어봐? 내가 화난 거 같아?

승근   아니, 있으면 말해 줘. 사과하고 풀게.

경민   그런 거 없어. 진짜로.

승근   진짜?

경민   진짜.

승근   경민아.

경민   ⋯⋯.

경민은 승근의 물음에 답을 하지만 입만 뻥긋거릴 뿐, 들리지 않는다.

승근   경민아. 박경민!

경민   ⋯⋯.

태호   야, 박경민!

태호의 외침에 경민의 시간은 현재로 돌아온다.
승근은 과거에서 말없이 경민을 바라보고 있다.

경민   어, 태호야.

태호   뭔 생각을 그렇게 해. 몇 번을 불렀는데 대꾸를 안 하네.

경민   아, 미안.

태호   으휴.

경민, 태호를 한참 쳐다본다.

태호 뭘 쳐다봐. 거기 머리카락 치워야 될 것 같다고.

경민 (머리카락 내려다보며) 승근이 머리카락이네.

경민, 주위를 둘러보다 빗자루를 찾는다.

머리카락을 한쪽으로 쓰는 경민, 쓸다가 한참 멈춰 있다.

경민 코가 먹먹하다. 오래 있으니까.

태호 뭐가.

경민 냄새 때문에.

태호 민감한 새끼. 익숙해지면 아무렇지도 않아.

경민 익숙해지면 아무렇지 않겠지. 그치? (사이) 태호야.

태호 왜.

경민 난 승근이가 죽지 않았으면 좋겠어.

태호 여기 그 새끼 죽었으면 좋겠는 사람도 있냐?

경민 어디선가 살아 있어서 다시 학교로 돌아왔으면 좋겠어.

태호 뜬금없이 뭔 소리야.

경민, 머리카락을 다 쓸어 넣은 후, 승근에 다가가면, 태호와 경민
의 시간이 과거로 흐른다.

경민 (승근의 어깨를 잡으며) 애들이 우리 아지트로 너 데리고 오래. 할

말 있다고.

경민의 말을 끝으로 민수, 승희, 지은이 등장한다.

민수　왔냐?

지은　올, 진짜 불렀음.

태호, 주머니에서 가위를 꺼낸다.

태호　애들 벌써 다 했어.

승근　뭐가?

태호　(너스레를 떨며) 아니, 뭔 두발 검사냐고. 머리 자르면 공부 잘한대?

승근　두발 검사?

민수　내일 학교 전체적으로 두발 검사한다고 했어. 빨개가.

태호　나 머리 안 보이냐? (웃으며) 혼자 자르다가 좆 됨.

승희　그니까 내가 잘라 준다니까.

태호　널 어떻게 믿어.

민수　넌 내가 잘라 줄게. 야, 가위 줘 봐.

일동, 승근을 바라본다.

승근　난 괜찮은데.

민수　너 빨개 눈에 찍히고 싶어?

승근	……
민수	일루 와 봐.

학생들, 승근을 가운데 놓고 서로에게 이야기한다.
이야기는 관객에게 들리지 않고 오로지 입을 뻥긋거림으로 표현된다.
민수가 승근의 앞을 왔다 갔다 하며 머리를 자르기 시작한다.
곧, 싹둑 소리와 함께 뻥긋거림은 멈춘다.

민수	아이씨.
지은	미친놈아.
승희	야, 어떡해.
경민	……
태호	(웃으며) 아, 웃으면 안 되는데.
민수	야, 어떡하냐. 실수했어.
태호	야, 땜빵 다 보이잖아.
민수	아, 진짜 미안.
지은	지가 해 준다고 할 때부터 알아봤다.
태호	거길 자르면 어떡해.
민수	아니, 연결이 여기서부터 되니까 그렇지. 승근아, 진짜 미안.
승근	…거울 있어?
민수	야, 거울 있는 사람.
승희	잠깐만.

승희, 가방에서 거울을 꺼내온다.

거울로 자신의 머리를 확인하는 승근.

민수　미안. 진짜. 아, 손 이거 미쳤나 봐.

승근　…….

민수　야, 미안하다니까. 실수잖아.

앉아 있다가 벌떡 일어나는 승근, 퇴장하려는데.

민수　야, 어디 가!

승근　(돌아보는) 나는 머리 그만 잘라도 안 걸릴 거 같아.

민수　아니, 사과했는데 그렇게 가 버리면 내가 뭐가 되냐.

승근　괜찮아. 머리는 어차피 또 기는데 뭐.

민수　기분… 상한 거 아니지?

승근　진짜 아니야. 괜찮아.

승희　어떡해, 진짜.

태호　야, 어차피 나도 비슷해. (웃으며) 같이 다니자.

승근　(웃음) 그래. 나 먼저 갈게.

민수　야, 그러지 말고 애들이랑 떡볶이 먹고 가자. 여기 앞에 새로 열었던데.

자은　나 어제 가 봄. 세트메뉴 가성비 미쳤어.

승근　아니야. 나 오늘은 학원을 가야 돼서.

민수　야, 친구끼리 왜 그래 진짜. 원래 친구는 항상 함께하는 거야.

자은　으, 오글.

승근   ······.

경민   승근아. (사이) 같이 가자.

승근   너희들끼리 가. (웃음) 나 떡볶이 별로 안 좋아하잖아.

승근, 퇴장하면 학생들의 시간이 현재로 흐른다.

민수   그건 실수잖아, 솔직히.

태호   근데 그렇게 하고 나서 사라진 거 아니야.

민수   그래서 그거 때문이라고? 우리가 같이 떡볶이 먹으러 가자고 했잖아.

지은   그리고 어차피 걔 학원 가야 돼서 우리랑 못 놀아.

태호   아니, 솔직히 그래서 우리가 잘못한 게 뭔데. 대체 몇 시간 동안 왜 이 이야길 하는 건데.

승희   나 오늘 레슨까지 뺐다고.

민수   경민. 너도 봤잖아. 그치?

경민   그건 맞아. 내가 마지막까지도 불렀는데 그냥 갔잖아.

태호   그리고 우리도 다 머리 잘랐고.

경민   그건….

태호   왜?

경민   그렇긴 하지. 근데… 두발 검사 안 했잖아.

민수   두발 검사 안 한 게 우리 탓이냐? 빨개 원래 좆나 변덕스러운 걸 어쩌라고.

지은   솔직히 좀 이상하긴 했지 뭐.

승희   뭐가?

지은   걔 말이야. 솔직히 우리가 잘못한 거냐? 난 인정 못 함.

민수   (머리카락 가리키며) 일단 저거마저 치워.

태호   그냥 집 갈래? 짜증나는데.

민수   말은 맞추고 가야 될 거 아니야.

경민, 아까 쓸었던 머리카락을 마저 치운다.

민수   야, 그거 안 보이는 데다가 버려라.

경민, 아이들이 담배 피우는 쪽을 두리번거리며 머리카락을 버
릴 곳을 찾는다.

지은   말 좆나 많이 했더니 머리 아픔.

경민   어?

경민, 머리카락 버릴 곳을 찾다가 수첩을 발견하고 꺼내든다.

경민   수첩….

승희   누구 건데?

민수   저거….

지은   왜? 네 꺼?

민수   내 건데. 그때 승근이 준 건데.

승희 언제?

민수 아까 이야기했잖아. 내 수첩 훔쳐 갔다고.

경민 이게 그거야? 근데 왜 여기다 두고 간 거야?

민수 나야 모르지.

태호 뭐 쓰여 있냐?

경민, 수첩을 훑어본다.

경민 (놀라는) 어.

태호 뭔데.

경민, 아이들이 보이게 수첩 펼쳐 보인다.

태호 우와, 빽빽하네.

지은 숨어서 공부하심?

태호 야비한 새끼.

승희 뭐라고 쓰여 있는데?

경민 이거… 일기 같은데.

민수 (심각한) 야, 줘 봐.

승근의 수첩이 민수에게 전해지고, 민수는 한가운데 앉아 수첩
을 읽는다. 아이들은 민수의 주위로 모인다.

태호 뭐야, 이거.

민수 이 새끼 일기를 왜 여기다 썼어?

지은 그냥 끄적거린 거 같은데?

승희 낙서 같아.

민수 날짜도 안 쓰여 있네. (이상함을 느끼는) 아.

태호 뭔데. 읽어 봐.

민수 그날이었다.

민수의 말을 끝으로 승근이 등장한다.

일기장 근처에 있는 인물들은 현재의 시간으로 진행되지만, 무
대 앞은 승근의 시선과 승근의 과거 시간이 펼쳐진다.

승근 (방백) 그날이었다. 악몽의 시작. 어떤 일이든 시작은 미약한 법. 나
에게 펼쳐진 일들 또한 그러했다. 그날, 비가 내린 지 얼마 안 돼서
운동장은 촉촉이 젖어 있었고, 그날, 아이들이 축구를 하다가 창문
을 깨 선생님이 한바탕 난리를 친 그날. 점심시간을 놓쳐 허겁지겁
갔다가 제육볶음 양념만 남아 밥 비벼 먹었던 그 맛. 방송반 선생님
이 설문지를 제출하라고 해서 아이들에게 연락을 한 그날. 선생님이
주신 설문지를 잡았던 그 감촉, 아이들에게 연락했던 시간, 6시 17
분. 그 시간. 새로 산 신발 탓에 뒤꿈치에 상처가 나 걸을 때마다 거
슬렸던 그 쓰라림. 그렇다. 악몽이 시작된 날은 지워 내려 해도, 씻어
내려 해도 절대로 내 머릿속에서 사라지지 않았다. (아이들에게) 미
안. 갑자기 모이라고 해서. 방송반 선생님이 이거 오늘까지 제출해야

된다고 해서.

학생들의 시간, 과거로 흐른다.
승근의 일기장에는 앞서 그들이 이야기했던 사건들이 빼빼이 기록되어 있으며, 그 일기장에 적힌 아이들은 괴기스러운 목소리로 마치 괴물과 같이 표현된다. 경민은 멀쩡한 목소리다.

태호   너 솔직히 방송 따까리지.

승근   (방백) 설문지 갖다주면 선생님 따까리냐.

태호   아니긴 뭘. 아니면 좋아하냐?

승근   (방백) 아무튼 말 함부로 하는 건.

태호   (웃으며) 발끈하는 거 봐.

승희   빨리 줘 봐. 나 빨리 하고 레슨 가야 돼.

지은   근데 왜 우리만 이거 쓰래?

태호   야, 근데 민수는? 민수는 왜 안 불러?

승희   단톡방에 없던데?

지은   뭐야, 학생회장이라고 빼 주나?

승근   민수? 아, 민수. (핸드폰 열며) 아 민수 초대 안 했네. (방백) 김민수. 김민수. 김민수. 김민수.

지은   김민수 아싸 지렸다.

태호   와, 이승근한테 먹혔네.

지은   (웃으며) 인싸인 척 혼자 다 하더니.

태호   너 큰났다. 이제. 민수 빡쳤다.

승근 (방백, 절규) 김민수—!

민수 뭐야? 왜 다 모여 있어?

승근 민수야 그게….

태호 뭐 할 거 있어서 불렀다는데 단톡방에 너 초대 안 함.

지은 아싸 지림.

민수 뭔 개소리야.

승희 승근이가 너 깜빡하고 초대 안 했대.

승근 진짜 깜빡했어. 미안.

민수 (둘러보며) 사람이 6명인데 까먹는 게 말이 되나?

태호 도전이지. 암, 이건 도전이야.

승근 (방백, 태호를 보며) 나는 네가 제일 나쁜 놈이라고 생각해.

경민 아니야. 그런 거 진짜 생각 못 한 걸 수도 있어.

태호 그럼 더 문제네. 아예 생각도 안 한 거니까.

승근 (방백) 허태호, 입 닫아!

민수 닥쳐, 허태호.

태호 불똥 여기로 튀죠. 암튼 난 다 썼으니 이만 갑니다.

태호, 설문지를 승근에게 넘기고 퇴장하면, 아이들 하나둘 설문지를 승근에게 넘긴다. 승근과 민수만 남는다.

민수 (설문지 쓰며) 너 뭐야?

승근 응? 왜? 모르는 거 있어? (방백) 제발. 별거 아니잖아. 그럴 수 있는 거잖아.

민수 너 뭐 되게 잘났나?

승근 …미안. (방백) 내가 뭘 그렇게 잘못했는데.

민수 씨발. 맨날 미안, 미안, 미안. 너 미안하긴 하냐? 너 나 싫지.

승근 (방백) 미안하다고 안 하면. 안 하면. 니네가 그냥 넘어가냐?

민수 난 너 싫어.

승근 (방백) 나도 너 싫어.

민수 왜 줄 알아? (사이) 넌 아무 이유 없이 누구 싫어한 적 없어?

승근 (방백) 없어.

민수 (웃으며) 난 사람 안 때려. 그냥 혼자서 꼬꾸러지게 만들지.

승근 (방백) 무서웠다. 진짜 사람을 죽일 수도 있을 것 같았다. 민수는 우리 학교에서 제일 잘나가니까.

민수, 승근에게 다가간다.
승근, 뒷걸음친다.
민수, 설문지 건네주며 크게 웃는다.

민수 농담이야. 쫄아 가지고. 친구끼리 그럴 수도 있지 뭐.

승근 (방백) 너넨 늘 그렇지. 상황이 이상해지면 그냥 장난이다. 농담이다. 당하는 사람 생각은 해 봤나?

민수 너 이런 걸로 뭐라고 했다고 생각하면 안 된다. 장난도 못 치냐?

승근 (방백) 친구? 대체 친구의 기준이 뭘까. 같은 나이? 같은 학교? 같은 반이면 그냥 친구인가. 그걸 왜 니들 맘대로 정하는 걸까.

민수 먼저 가. 난 좀 있다 갈게.

승근   같이 가자.

민수   (눈빛 변하며) 가라고 했다—!

승근, 민수가 있던 곳을 벗어나 혼자의 공간에서 꼬꾸러진다.

승근   (방백) 니네가 말하지 않아도 눈빛만 보면 알 수 있어. 나를 얼마나 병신같이 생각하는지. (한숨) 혼자 꼬꾸러지게 잘하네. 한결같은 새끼.

민수, 승근이 퇴장한 곳을 한참동안 쳐다보다가 담배를 꺼내 문다. 민수, 핸드폰 들고 어딘가 전화한다. 승근을 제외한 배우들 등장하면, 시간이 약간 흐른 후다.

태호   뭐? 왜?

승희   그래서 어떻게 한다고.

지은   꿀잼.

경민   나 찾았어?

민수   너 승근이랑 친하냐?

승근   (방백) 혼자 있는 시간이 좋았다. 그러기엔 공사장 안, 눈에 띄지 않는 여기만큼 좋은 장소도 없었지. 애들도 기름 가득한 이곳을 잘 안 찾으니까. 익숙한 냄새, 익숙해지는 것은 쉬운 일이다. 참으면 되니까. 처음에는 이 기름 냄새가 소름끼칠 정도로 싫었다. 그런데 그렇게 참다 보면 곧 코끝이 마비되는 듯 아무런 냄새도 나지 않게 된다. 난… 익숙한 게 익숙하나까. 난 언제쯤 익숙함이 익숙하지 않아 질까. 이 기름 냄새가 다른 냄새가 된다면 난 조금 나아질까. 내 코 가 냄새에 익숙해질 때쯤, 참아야 할 냄새가 또 생겨 버렸다. 난 앞 으로 이곳에서 일기를 쓰지 않을 것이다. 이곳에서 일기를 쓰지 않았 다면 이 지옥 같은 광경을 볼 일도 없었겠지.

승근, 아이들에게 시선 옮긴다.

경민 승근이 나 때문에 방송반 들어온 거야.

만수 너 근데 그거 알아? 근묵자흑이라고.

승희 근묵자흑?

태호 어려운 말 쓰지 마.

지은 아무튼 대가리 안 돌아가는….

태호 니도 몰랐잖아.

만수 검은 먹을 가까이하면 비슷해진다는 뜻이야 검게.

경민 검은 먹?

만수 우리 팸 들어올래?

경민 정말? 그래도 돼?

만수 그럼. 대신 우리 팸은 우리끼리만 다녀.

경민 그럼 승근이랑 같이 다니면 6명 짝수 딱이다.

일동, 경민을 쳐다본다.

경민 아…. 근데 그건… 그 승근이가 낯을 좀 가려서. 나 말고는….

민수 그래서 안 들어온다고?

경민 나 하루만 생각해 보면 안 될까?

민수 그럼 친구끼리 그게 무슨 문제야. 근데 혼자 다니는 거 싫지?

경민 …….

경민, 문득 그들은 다 같이 붙어 있고, 자신만 떨어져 있는 것을 느 낀다. 경민, 선택의 여지가 없음을 느낀다. 경민, 괴기스러운 목소리를 내며 괴물이 된다.

경민 …알았어. 생각해 볼게.

경민의 말을 끝으로 경민은 현재로 돌아온다.
나머지 아이들은 과거 속에서 핸드폰을 보며 웃고 떠든다. 웃고 떠 드는 아이들의 그림자가 커지며, 괴물처럼 변한다.

경민 아니야. 그런 게 아니라…. 너희들이 강요했잖아. 그게 왜 동참 한 거야. 내가 그렇게 안 하면 나한테 그랬을 거잖아. 나 공부는 못해도 눈치는 있다고. (승근이 퇴장한 곳을 바라보며) 아니야. 아니야. 아니야!

민수 (고함) 아니야-!

민수의 말을 끝으로 모두 현재로 돌아온다.

민수   말도 안 되는 소설을 써 놨네. 난 진짜 장난으로 한 거야. 진짜라니까? (경민에게) 그리고 새끼야, 기억 안 난다며.

경민   (울먹) 네가 내 멱살 잡았잖아.

민수   (멱살 잡으며) 또 잡으면?

승희   그만해!

민수   놔 봐.

승희   김민수!

민수   (멱살 놓는) 에이씨.

지은   (경민에게) 근데 우리가 너한테 이렇게 얘기했다고?

경민   니네가….

민수   말 똑바로 해라.

태호   난 기억 안 나.

민수   나도 안 나!

지은   아니, 엿듣고 있으면 우리한테 말하면 되잖아. 왜 말을 안 해?

태호   그리고 우리가 언제 그 새끼 왕따 시키자고 했냐?

민수   박경민, 말해 봐.

경민   …그렇게 말하진 않았어.

일동, 다시 일기장에 시선이 간다.

승근, 떨어진 공간에서 무대 앞으로 나온다.

승근   그렇게 말하진 않았지. 니들은 항상 그렇게 말하진 않았지. 항상. 그게 너네가 말하는 법이잖아.

승근의 말을 끝으로 다시 과거로 흐른다.

승근, 사물함에 가서 물건을 뒤지고 있고, 민수가 다가간다.

승근 (방백) 김민수. 김민수. 김민수. 김민수. 찾았다.

승근, 핑크색 수첩을 꺼내 가방에 넣는데.

민수 누구냐?

승근 (돌아보며) 어 민수야.

민수 너 내 사물함에서 뭐 해.

승근 (당황하는) 아니, 그게 아니고.

민수 (가방 뺏으며) 이 수첩 내 꺼지.

승근 (방백) 아니.

민수 너 왜 남의 물건에 손을 대. 이 수첩이 네 꺼야?

승근 …미안. (방백) 내 꺼니까.

민수 너 이거 도둑질인 건 아냐? 범죄라고.

승근 (방백) 이게 연기인지 진심인지. 네가 빌려달라고 하고 몇 번을 달라
고 했는데도 들은 척도 안 하더니.

민수 이 수첩이 왜?

승근 (방백) 안 주니까 가져가는 거 아니야. 안 주니까.

승근, 뒤돌아 터벅터벅 걸어가는데.

민수 야, 이승근. (수첩 던지며) 너 가져라, 그냥.

승근 (수첩을 한참 동안 바라보는) 넌 대체 날 어떻게 생각하고 있는 거야.

민수 싫어?

승근 고마워.

민수 비밀로 해 줄게. 앞으론 그러지마.

승근이 퇴장하고, 민수의 시간이 현재로 흐른다.

민수 기억 안 나. 빌려간 적 없어. 저거 내 꺼야. 이 새끼 지금 구라 까고 있는 거라니까? 진짜 기억 안 나.

경민 원래 빌려간 사람은 기억 못 해.

민수 뭐라고? 이 새끼가 돌았나. (멱살을 잡으며) 다시 말해 봐.

경민 (눈가 촉촉한) 빌려간 사람은 절대 기억 못 해. (사이) 네가 지금 차고 있는 팔찌. …그거 내 꺼야.

민수, 멱살 놓고 팔찌를 빼내 던진다.
욕 내뱉으며 바깥으로 퇴장하는 민수.

승희 민수야-!

승희, 민수를 따라 퇴장하려는데 시간이 과거로 흐른다.
승근이 등장해 승희와 마주한다.

승근 가져왔어?

승희 그만 좀 재촉해. 체육복에 무슨 금이라도 발라 놨나?

승근 아니, 나도 곧 체육시간이라…. 어제 빌려갔잖아.

승희 아, 준다고. (가방에서 체육복 꺼내는) 지금 주잖아.

승근 (방백) 맨날 빌려가고 늦게 주니까.

승희 아, 뭐 내가 체육복 입는다고 닳냐.

승근 (받아들며 체육복 확인하는) 고마워. …근데.

승희 뭐.

승근 아니야.

승희, 퇴장하고 태호가 과거로 들어온다.

태호 (승근을 스쳐 지나가는데 얼굴 찌푸리며) 체육복 누구 거야?

승근 내, 내 꺼.

태호 야, 너 먼저 나가라. 나 애들이랑 알아서 나갈게.

태호, 퇴장하고, 지은이 과거로 들어온다.

지은 어디 가냐?

승근 어? 나 체육시간.

지은 체육 앞에서 최대한 사려. 괜히 걸렸다가 한소리 듣는, (코를 킁킁 대는) 이거 뭔 쓰레기 냄새야.

승근 (방백) 최승희.

지은 어디서 걸레 냄새 같은 거 나지 않냐?

승근 난, 잘 모르겠는데. (방백) 그냥 가라. 가라.

지은 (냄새 맡으며) 어우, 좀 빨아 처입어라. 냄새. 집에 엄마 없냐?

승근 나중에 보자, 지은아.

지은 야, 입냄새 나. 아가리 닫어. 간다.

지은, 퇴장하면 승근은 지은이 퇴장한 곳을 한참 바라본다.
체육복 윗도리를 벗어드는 승근, 시간이 경과한다.
태호와 민수, 승근을 스쳐 지나간다.

태호 야, 냄새!

민수 뭔 냄새?

태호 이 새끼 소문 못 들었냐. 얘 엄마가 생선 판대. 그래서 몸에서 냄새난
다고.

민수 비린내?

태호 머리 좀 감고 다녀, 인마.

민수가 태호를 스쳐지나가며 퇴장하면, 지은이 등장한다.

지은 야, 이승근.

승근 (방백) 왜일까. 왜 이 새끼들은 심심하면 나를 찾는 것일까.

지은 너 내 카톡 봤대매. 어디다 말하고 다니지 말라고. 어차피 이거 아
는 사람 너밖에 없으니까.

승근   알았어.

지은, 퇴장하려다.

지은   (뒤돌아) 너 저번에 냄새 난다고 놀린 거 있잖아.

승근   …(방백) 용케 이건 기억을 하는구나.

지은   난 그냥 친구니까 장난으로 놀린 건데 너무 커져 버렸더라. 기분 안
        좋지.

승근   …(방백) 그거 아니. 네 장난으로 한 사람 인생이 바뀌는 거. 넌 모
        르지.

지은   미안해. 진심으로. 그 얘기 하려고 온 거야.

승근   (방백) 진심으로 사과하면 소문이 사라지나?

지은   사과… 받아 주는 거야?

승근   …(방백) 너희들이 말을 하는 법. (사이) 안 받아 주면 어쩔 건데.

지은   생각할 시간이 필요해?

승근   …아니야, 괜, 찮아. (방백) 그렇지만 난 평생 잊지 못할 거야.

지은   그래? 다행이다. 나 되게 걱정했잖아.

지은, 다시 퇴장하려는데.

승근   우리 엄마….

지은   응?

승근   (방백) 생선 장사 안 해.

지은, 퇴장한다.

경민, 말없이 뒤에서 승근을 쳐다본다.

승근, 경민의 인기척을 느끼고 돌아본다.

승근   오래 기다렸어?

경민   아니, 별로. 웬일이야? 나 빨리 가 봐야 돼.

승근   어디 가?

경민   아니, 우리 팸 애들이 찾아서.

승근   …아니, 그냥 우리 너무 오랫동안 말도 안 했고.

경민   에이, 무슨, 말하잖아.

승근   경민아, 경민아!

승근, 경민의 어깨를 강하게 흔든다.

경민, 정신을 차린 듯 괴기스러운 목소리가 사라진다.

경민   왜.

승근   나 요즘 너무 힘들다.

경민   …….

승근   넌 나 알지. 넌 나 알잖아.

경민   알지.

승근   요새 나한테 왜 이렇게 차가워?

경민   승근아 미안한데 나 지금 시간이 없어서.

승근   애들이 나랑 놀지 말라고 시켰어?

경민 ···시킨 거 아니야.

승근 그럼?

경민 내가 선택한 거야.

승근 무슨 말이 그래.

경민 (미안한) 미안한데. 난 너처럼 되고 싶지 않단 말이야.

승근 뭐?

경민 난 너처럼 살고 싶지 않다고! 난 무시당하면서 살고 싶지 않아. 내가 이렇게만 하면 아무도 나 무시 안 해! 무시 안 한다고!

승근 ······.

경민 네가 없으면 나야. ···그러니까 항상 여기 있어 줘. 날··· 지켜 줘.

승근 그럼 지은이 그 소문만 어떻게 해 주면 안 될까? 그거 내가 그런 거 아니야. 그거 진수가 그런 거야. 진수도 지은이 핸드폰 본 적 있단 말이야. 내가 봤어. 나 그거 때문에 지은이한테 완전 찍혔잖아. 그거만 아니었어도. 그거만 좀 말해 주면 안 돼? 내가 이야기해 봤자 들은 척도 안 할 거 분명하단 말이야.

경민 (긴 사이) 너 그거 때문에 지은이한테 찍힌 거 아니야.

승근 그럼?

경민 그게 아니어도 달라지는 건 없어.

승근 박경민!

경민 그리고 진수 건드리지 말랬어. 민수가.

경민, 퇴장하다 돌아서면 다시 괴물이 된다.

경민   (승근의 어깨를 잡으며) 이따 애들이 우리 아지트로 너 데리고 오래. 할 말 있다고.

승근, 주저앉는다.
민수, 태호, 승희, 지은 등장한다.

민수   왔나?

지은   올, 진짜 불렀음.

태호, 주머니에서 가위를 꺼낸다.

태호   애들 벌써 다 했어.

승근   두발 검사?

태호   나 머리 안 보이냐? (웃으며) 좆나 혼자 자르다가 좆 됨.

승희   그니까 내가 잘라 준다니까.

태호   널 어떻게 믿어.

민수   넌 내가 잘라 줄게. 야, 가위 줘 봐.

학생들은 승근을 가운데 앉히고, 뒤에서 낄낄거리며 귓속말한다.
앞서 학생들이 말하지 않았던 사건의 진상이 펼쳐진다.

승희   야, 너무 가는 거 아니야?

지은   괜찮음. 원래 인생 실전이야.

태호   (웃으며) 땜빵 이쪽이었나?

민수   (웃으며) 조용히 해, 들려.

승희   근데 허태호 앞머리 진짜 오바다.

태호   내가 리얼하게 보이려고 희생 좀 했다.

지은   오히려 잘 어울려. 그러고 다녀라, 너.

민수   야, 박경민. 너 표정 왜 그따구냐.

경민   (놀라는) 아니야, 아니야. 내가 뭘.

태호   맞장구 좆나 못 쳐. 아무튼.

승근은 앞을 보며 조용히 고개를 숙이고 있고, 학생들의 낄낄거림이
커진다. 이는 승근의 심리상태를 대변하는 것처럼 보인다. 학생들의
그림자가 커지면서 괴물처럼 비춰진다.

승근   (방백) 난 알고 있었다. 두발 검사 따위는 없다는 걸. 난 알고 있었
다. 애들이 무엇 때문에 나한테 이러는지. 그렇지만 반응할 수 없었
다. 나도 이런 내가 참으로 한심스럽다.

곧, 싹둑 소리 들린다.

민수   아이씨.

지은   미친놈아.

승희   야, 어떡해.

경민   …….

태호   (웃으며) 아, 웃으면 안 되는데.

민수   야, 어떡하냐. 실수했어.

태호   야, 땜빵 다 보이잖아.

민수   아, 진짜 미안.

지은   지가 해 준다고 할 때부터 알아봤다.

태호   거길 자르면 어떡해.

민수   아니, 연결이 여기서부터 되니까 그렇지. 승근아, 진짜 미안.

승근   …거을 있어?

민수   야, 거을 있는 사람.

승희   잠깐만.

승희, 가방에서 거울과 펜을 가져온다.

거울로 자신의 머리를 확인하는 승근.

태호, 펜으로 땜빵에다 그림을 그리려 한다.

태호   잠만. 이렇게 하면 티 안 날 수도 있어.

지은   뭐 해!

태호   있어 봐, 쫌.

태호, 땜빵에다 스마일 그려 넣는다.

태호   레알 개웃김.

지은   미친놈아!

민수 야, 그럼 내가 뭐가 돼!

지은 (웃음 참는) 이모티콘이냐고 무슨.

아이들, 태호의 행동을 나무라지만 웃음이 나온다.

웃음 참는 아이들.

승희 아, 웃으면 안 되는데. 스마일.

승근 …….

태호 (빵 터진) 야, 너 이거 맨날 나한테 검사 맡아라. 웃고 있는지 확인한다.

지은 혹시 아냐. 머리에서 땀나면 울게 될지도.

지은의 말에 아이들, 웃음 터진다.

승근, 벌떡 일어나 퇴장하려는데.

민수 야, 미안하다니까. 실수잖아. 어디 가!

승근 (방백) 이게 실수야? 너넨 이게 실수야? 항상 그런 식이지. 니들 마음대로 하고 실수, 농담! 그게 너희 방식이잖아!

민수 아니, 사과했는데 그렇게 가 버리면 내가 뭐가 되냐.

승근 (방백) 여기서 발끈하면 사람 한순간에 병신 만드는 너희들의 법. 이렇게 해 줄 때 얌전히 그렇다고 고개 끄덕이라는 그 눈빛.

태호 야, 어차피 나도 비슷해. (웃으며) 같이 다니자.

승근 (방백) 웃지 마, 제발. 소름 돋아.

만수 야, 그러지 말고 애들이랑 떡볶이 먹고 가자. 여기 앞에 새로 열었던데.

승근 아니야. 나 오늘은 학원을 가야 돼서.

경민 승근아. (사이) 같이 가자.

승근 (방백) 박경민. 네가 제일 쓰레기야.

승근, 퇴장하면 학생들의 시간이 현재로 흐른다.
경민, 주저앉아 머리 부여잡는다.

경민 나는… 나는….

긴 사이.

민수 과장 좆나 해 놨네.

경민 민수야.

태호 솔직히 자기 생각 쓰다 보면 없던 일도 만들어 내고 그런 거지 뭐.

경민, 태호를 돌아본다.
죄책감 없는 그들의 모습을 둘러본다.

지은 근데 아니면 아니라고 말을 하면 되지, 왜 말을 못 해?

태호 솔직히 나도 이해 안 감.

민수 (수첩을 훑으며) 피해망상 쩌네, 진짜.

승희 …….

민수 말했으면 이렇게까진 안 했잖아. 그리고 솔직히 태호 새끼가 땜 빵에 그림 그릴 때 웃은 사람.

말없는 아이들.

민수 그러니까 새끼야, 넌 왜 장난을 쳐.
태호 애초에 두발검사 안 한다는 거….

태호, 말을 멈춘다.

민수 알고 있었냐.
태호 모, 몰랐지.
민수 지은이 넌.
지은 말이라고 하냐?
민수 최승희.
승희 늦게 가서 잘 기억 안 나.
민수 박경민.

긴 사이.

경민 나도… 몰랐어.
민수 그래. 우린 몰랐던 거야. 아니, 몰랐어.

경민, 엎어져 울음 터뜨린다.

태호 아이씨, 짜지 말라고.

한참을 우는데, 민수, 다가가 경민의 뒤통수 때린다.

민수 너 왜 우는데.

경민 …….

민수 씨발, 왜 우냐고!

경민 …미안… 미안해서.

민수 뭐가?

경민, 입 밖으로 진실을 꺼내지 못하는 자신이 죄스럽다. 경민
의 울음이 잦아들 때쯤.

민수 태우자.

태호 뭘?

민수 일기장 말이야. 가지고 있어 봐야 좋을 거 뭐 있는데. 야, 라이터
쥐 봐.

지은, 말없이 라이터 건넨다.

민수 (불 켜며) 다들 동의한 거다.

민수의 손이 일기장에 닿으려는데.

경민   잠깐만.

민수   왜!

경민   이건 아닌 거 같아.

민수   또 뭐가 아닌데.

경민   …어쩌면 진짜 죽었을 수도 있는데. 아니, 진짜 죽었으면 이거 유언장 아니야? 유언장을 태우는 게 말이 돼?

민수   개소리하네, 또. 넌 아무것도 안 했냐?

경민   …….

민수   너는 너 자신이 떳떳해? 근데 왜 그 새끼가 지은이 핸드폰 안 봤다는데 혼자서만 알고 있었어? 네가 지금 어느 배를 타야 될지 아직도 모르겠냐?

경민이 달려들어 일기장을 뺏는다.
민수, 경민을 넘어뜨린다.

민수   정신 차려! 그리고 누가 이딴 거 믿어 줄 거 같아? 아니라는 사람이 여기 다섯이야. 다섯이라고, 이 새끼야! 개소리만 빽빽하게 써 놓은 걸, 이걸 가지고 뭐 하게!

경민   선생님한테 제출해야 해.

민수, 경민의 뒤통수를 여러 차례 때린다.

경민, 일기장을 가슴 속으로 움켜쥔다.

민수 기억 안 난다고. 기억 안 난다고! 기억 안 난다고-! 그런 적 없다
     고! 지 맘대로 생각하는 거라고!

태호 근데 난 진짜로 기억 안 나.

민수 이 새끼랑 똑같은 생각 하는 새끼 있냐?

민수, 지은과 승희를 쳐다본다.

지은 …라이터 줬잖아, 난.

민수 (승희를 보며) 자, 인정?

승희 나도 그건 아닌 거 같아.

민수 최승희!

승희 (엎어진 경민에게 다가가며) 난 애초에 승근이 왕따 시킬 생각
     없었어. 난 그냥, 난 그냥 지켜본 게 다야.

민수, 소리 지른다.

민수 누가 왕따 시켰는데 그 새낄-!

승희, 손가락으로 민수를 가리킨다.

승희 너, 너잖아! 네가 왕따 시켰잖아.

민수 (사이) 넌 그럼 아무 죄도 없냐? 생각해 보면 네가 제일 쓰레기
야. 애들이 괴롭히면 적당히 뒤에서 킥킥대고, 자긴 아니라고
방관하면서. 그리고 씨발, 네가 체육복만 안 빌려갔어도, 그 새
끼 땜빵 안 들켰어. 너도 주동자야. 너만 아니었으면 우리가 두
발 검사 있다고 거짓말 쳐서-!

민수, 말문 막힌다.

지은 그건 민수 말이 맞아.
승희 이런 식으로 하면 나 가서 다 이야기할 거야.
태호 최승희 네가 그렇게 말할 수 있다고? 그럼 아까 말한 네 꿈은?
승희 …아무튼 안 돼.

민수, 경민에게 다가가 일기장 뺏으려 한다.
승희, 그 모습을 방관한다.

민수 내놔, 새꺄-! 내놔-!

경민과 몸싸움을 하는 민수.
경민은 끝까지 일기장을 놓지 않는다.
힘을 빼서 헉헉대는 민수, 주위를 둘러본다.

민수 최승희. 이게 너야. 딱 너 피해 볼 거 같은 거에는 지켜보고, 안

그럴 때는 착한 말로 사람 좋은 척하고. 아니야?

승희   말 함부로 하지 마!

승희, 화가 나 민수에게 달려든다.
민수, 승희를 밀어 버린다.

태호   민수야-!

지은   최승희-!

민수   여기 나가면 다신 보지 말자. 이 개년아. 상황파악 안 되는 년.

경민, 민수에게 달려든다.

경민   네가 죽였어. 네가 승근이 죽인 거야. 네가 죽인 거야.

민수   이건 또 뭐야!

민수, 경민과 몸싸움하다 경민을 미는데, 경민, 벽으로 밀려 날카로운 곳에 다리를 찔려 비명을 지른다.

경민   아악-!

민수, 엎어져 있는 경민에게 가서 일기장을 뺏는다.
기어서 끝까지 물고 늘어지는 경민과 이를 힘으로 누르는 민수.
두 사람의 몸싸움이 일어난다. 민수가 일기장에 불을 붙이자 경민은 민수의 다리를 물어 버린다.

민수   아악-!

경민을 걷어차는 민수, 화를 주체하지 못한다.

민수   이 씨발-!

민수, 들고 있던 일기장을 멀리 던진다.
민수가 들고 있던 일기장이 공사장 안쪽 기름통이 가득한 곳으로 떨어진다. 펑 소리와 함께 기름통에 불이 붓는다.

태호   야! 야! 큰났어! 야!
지은   야, 불난다고!

민수, 흥분해 정신 못 차리다가 아이들의 말에 정신이 든다.

민수   큰일 났다.

승희, 고개를 들어 상황 파악한다.

민수   꺼야 돼.

민수, 주변에 모래를 퍼서 불이 난 곳에 던진다.

그러나 불은 점점 더 커진다.

태호, 뒷걸음치다가 도망간다.

지은, 태호가 도망가는 것을 보고 조용히 사라진다.

민수 꺼야 돼! 모래 더 가지고 와.

주위를 둘러보다 태호와 지은이 없어졌단 사실을 알게 되는 민수.

승희와 경민을 두고 도망간다.

경민, 기어가 불이 나는 곳으로 향한다.

경민 일기장… 찾아야 돼. …일기장.

승희, 경민을 두고 가차 없이 도망친다.

혼자 남은 경민, 흐느끼며 일기장을 찾는다.

경민 (콜록거리는) 냄새가 너무 독해. 승근아, 미안해… 승근아, 미
안… 일기장… 일기장….

불이 더 커지며 연기가 치솟아 오른다.

경민이 정신을 잃으려고 하는 그 순간,

민수와 태호가 다급히 뛰어 들어온다.

민수   야, 빨리-!

태호   이 새끼 죽으면 우리 진짜 망해. 인생 끝나고 싶냐.

민수   박경민 이 새끼야. 뒤질려면 혼자 뒤져!

경민   냄새가… 너무 독해. 냄새가….

태호와 민수, 콜록대며 경민을 끌고 퇴장한다.

무대 암전.

에필로그

무대 천천히 밝으면,

승근이 자살했던 옥상.

목발을 짚으며 경민이 올라온다. 옥상에서 한참을 멍하니 있던
경민은 서서히 흐느끼더니 이내 큰 소리로 운다.

경민   넌 무슨 생각으로 여기서 떨어졌을까. 승근아. 네가 바라던 게
이런 거였니.

긴 사이.

경민   미안해. 내가 한 번만 널 감싸 줬더라도 네가 이러진 않았을 텐
데. 내가 일기장을… 일기장을….

경민, 난간을 천천히 넘는다. 떨어지려 결심하는 찰나, 옥상 뒤 작은 창고에서 승근이 뛰어나온다.

승근 박경민! 지금 뭐 해-!

경민을 난간에서 끌어내리는 승근.
경민, 엉덩방아를 찧으며 자빠진다.

경민 이승근? 이승근이야?
승근 너 여기서 뭐 해.
경민 너 살아 있었어? 살아 있었구나!

두 사람 한참을 쳐다본다.

경민 …어디 있었어?

승근, 말없이 창고를 가리킨다.

경민 내가 얼마나 걱정했는데!
승근 …….
경민 너 여기서 뭐 해?
승근 …….
경민 너 여기서 뭐 하냐고! (사이) 너 때문에 지금 어떻게 된 줄이나 알아? 네가 실시간 중계로 자살해 가지고 학교고 경찰이고 난리 나고! 완전 떠들썩하다고. 떨어졌는데 사라졌다고 난리야, 난리! (사이) 잠깐만, 근데 어떻게 살아 있지?

승근   …핸드폰만 떨어뜨렸어.

허탈한 경민.

경민   너 때문에 난리가 났는데 넌 창고에 숨어 있었냐. 너 때문에 민수, 태호, 지은이, 승희 다! 개별 상담 들어가고, 앞으로 어떻게 될지 몰라. 너 이건 알아? 다 징계 먹게 생겼다고.

승근   …그래? 평소엔 관심도 없더니.

경민   뭐가! 누가!

승근   다.

경민   너 대체 여기서 뭐 했냐?

승근   기다렸어.

경민   뭐를. 나를?

승근   (머리를 젖혀 보이며) 땜빵이 가려져야 될 거 아니야.

경민   뭐?

승근   머리가 길어야 될 거 아니야.

경민, 어이없다.

경민   그럼 그 라이브 방송은 왜 한 건데?

승근 그냥… 내가 죽으면 누가 슬퍼할지 궁금해서.

경민 미친놈. (사이) 무슨 실험한대매. 말도 안 되는 소릴 하고 있어.

승근 실험… 했지.

두 사람 한참 동안 말이 없다.

경민 떨어지면 물어보고 싶은 게 있었어. (사이) 넌 누가 주동자라고
생각하냐.

승근 뭐가?

경민 너 왕따 말이야….

승근 왕따? 생각해 본 적 없는데.

경민 뭐?

승근 주동자가 누군지가 뭐가 중요해.

경민 민수는, 승희는, 지은이는, 태호는!

승근 …그 애들이 주동자야?

경민 …….

승근 그럼 너는? (사이) 그동안 관심 한 번 안 주던 선생님은? 도와달
라고 해도 쌩까던 우리 부모님은? 경찰은? 주동자가 누군데?

경민 …….

승근 그런 거 관심 없어.

경민 거짓말. 넌 지금 거짓말을 하고 있어.

승근 …….

경민 난 너 알잖아.

승근　아는데 그랬냐.

승근, 옥상 밖 하늘을 쳐다본다.

승근　경민아. 넌 왕따의 기준이 뭐라고 생각하냐.
경민　……?
승근　넌…? 넌 어때. 살 만해? (사이) 그래, 넌 나 알지.

침묵.

승근　상처가 나서 무서운 건 그 흉이 아니라 고통 때문이래. 흉은 금
방 지지만 고통은 다신 그런 상처를 만들면 안 된다고 경고하거
든. 그래서 상처가 날 일을 겪을 때마다 머릿속이 하얘진대. 어
릴 적 놀이터 2층에서 떨어져 고소 공포증이 생긴다든가 날카로
운 것에 찔려 선단 공포증이 생기는 것처럼 말이야. 상처는 있
잖아. 지워져도 고통은 지워지지 않아. 앞으로도 계속 내 가슴
속에서 날 머뭇거리게 하겠지. 그럼 난 어떻게 해야 될까. (사
이) 고통은 영원히 사라지지 않으니 말이야. 우리들은 친구잖
아. 그렇지. 힘든 것도 함께해야 하는 친구.
경민　그래서 그랬어? 다 같이 고통스러우라고?
승근　그 정도 고통으로 함께했다고 말하면 좀 창피하지.
경민　(놀라는) 너….
승근　난 아무 짓도 안 했어. 머리 기르려고 했다니까. 정말이야.

경민 …….

승근 이게 니들이… 아니, 우리들이 말하는 법이잖아. 경험보다 더
좋은 학습이… 있을 것 같아?

경민, 일어서서 퇴장하려다.

경민 지금 기분이 어때. 후련해?

경민, 화가 나 퇴장한다.
승근, 경민이 나간 곳을 한참 동안 쳐다본다.

승근 귀찮은 일을 덜었네. 굳이 내려가서 확인 안 해도 되니까.

승근, 옥상 난간에 가까이 서 옥상 밖을 바라본다.

승근 …니들은 니들 마음대로 하고 살면서. 난 왜 내 마음대로 하면
안 되는 건데. …흉은 지워져도 고통은 없어지지 않아…. 흉은
지워져도 고통은 없어지지 않아. 사람이 얼마나 고통스러울 수
있는가… 아니, 니들이 얼마나 고통스러울 수 있는가. 난 사람
안 때려. 혼자서 꼬꾸러지게 만들지.

승근, 난간을 넘어 끝자락에 선다.

승근   아, 공기 좋다, 아니, 냄새 좋다.

승근, 옥상 아래로 한 발 내딛는다.

막.

가족사진

등장인물

사진사(44세, 남자)	사진관 '추억관'의 주인.
엄　마(44세, 여자)	아들의 엄마, 파출부.
삼　촌(40세, 남자)	아들의 삼촌, 백수, 외팔이.
아　빠(44세, 남자)	아들의 아빠, 집 나간 지 3년.
아　들(17세, 남자)	고등학생.
딸내미(14세, 여자)	중학생, 아빠를 그리워함.

때　　현재

곳　　도시 변두리 허름한 사진관

무대

도시 변두리 골목 한켠, 허름한 사진관 내부.

가운데에는 사진을 찍을 수 있는 공간이 보이고 양끝에 자주색 커튼이 묶여 있다. 옆으로는 조명기와 반사판이 비치되어 있다. 투박한 의자도 두어 개 놓여 있고, 삼각대 위 사진기가 비치되어 있다. 카메라의 머리는 특이하게 관객 쪽, 사진관 입구를 보고 있다. 입구엔 카운터로 보이는 데스크가 보이고 앞에 안내문이 하나 보인다. '영정 사진만 찍습니다.' 한쪽에는 찌든 때가 가득한 소파가 하나 놓여 있고 위로 여러 사진들이 붙어 있다. 사진관의 출입문은 안팎을 들여다볼 수 있는 유리창이 존재한다. 위로 하얀색 배경에 투박한 글씨로 '추억관'이라고 적힌 간판이 보인다. 전체적으로 투박하고 허름한 분위기이다.

제1장

막이 오르면, 허름한 사진관이 보인다.

어두컴컴한 사진관에서 사진사가 소파에 앉아 졸고 있다. 그렇게 한참을 졸고 있는 사진사.

아들이 등장해 문 앞을 서성이다 문을 연다. 문에 달린 종소리에 사진사가 잠에서 깬다.

사진사 어서 오세요… 추억관….

사진사 아들의 얼굴을 확인하더니.

사진사 웬일이냐, 네가.

아 들 아저씨… 나도 사진 찍어 줘요?

사진사 (안내문을 가리키며) 이거 안 보이냐? 다른 사진 안 찍는다.

아 들 …알아요.

사진사 근데.

아 들 저도 영정 사진 한 장 찍으려구요.

사진사 장사도 안 돼 죽겠는데 너까지 장난이냐? 네가 영정 사진 찍어서 뭐 하게? 아니지, 학교에서 반명함이라도 찍어 오래냐? 말 걸면 인사도 제대로 안 하고 가는 놈이 오늘 왜 이래?

아 들 (할 말이 떠오르지 않는지 잠시 가만히 있다가) 영정 사진만 찍으니까 장사가 안 되지.

사진사 나가라.

아 들 저도 영정 사진 좀 찍어 주세요.

사진사 집 가서 네 아버지한테 한번 물어봐라. 내가 오늘 사진관에 가서 영정 사진을 찍어 달랬는데 거절을 하더라고. 아니다, 내가 네 아빠한테 한번 물어볼게. 우리 둘 중 누가 먼저 갈 것 같은지.

아 들 아빠 안 계시는데요.

사진사 …미안.

아 들 집 나갔다는데 몰라요, 저도.

아들, 카메라 앞 사진을 찍는 의자에 앉는다.
사연이 있는 듯 눈가가 촉촉하다.

사진사 어딜 앉아?

아 들 찍어 주세요.

사진사 이 자식이, 증말. 빨리 안 나가? 야!

아 들 오늘이 마지막이란 말이에요! 나 내일 여기 못 올지도 모른다구요!

사진사 갑자기 뭔 소리야!

아 들 나 내일 여기 없을지도 모른다고-!

사진사 왜, 누가 널 죽이기라도 한다니?

아 들 그렇다면 찍어 주실 거예요?

사진사 너 지금 나한테 장난치는 거면….

아 들 (자르며) 장난 아니에요. 나 지금 진지하단 말이에요. 내가 장난치는 거 같아요?

사진사 …….

아 들 찍어요. 얼른.

사진사, 아들의 얼굴을 살핀다.

사진사 너 진짜 영정 사진 찍겠다고 온 거야?

아 들 아, 그렇다고요.

사진사 …털어놓을 사람이 필요했던 거 아니고? 무슨 일인데.

아들, 머뭇거린다.

사진사 (문을 열려고 이동하며) 말하기 싫으면 나가.

아 들 엄마가 우릴 다 죽이려 해요.

사진사 (멈추며) 엄마가?

아 들 그리고 자기도 죽을 거예요.

사진사 아니… 그걸 왜 여기 와서 나한테 말해.

아 들 말할 사람 없어요….

사진사 그걸 넌 어떻게 아는 건데?

아 들 유서 봤어요. 날짜 개념이 투철하신가 봐요. 유서에 날짜까지
다 적으시고.

아들, 자리에서 일어난다.

아　들　우리 집이요. 힘들어요. 좀 많이.

사진사　집에 어른 누구 안 계셔?

아　들　삼촌 하나 있어요. 근데 삼촌은 어른이 아니에요. 나보다 더 어
　　　　린애 같아요.

사진사　갑자기 죽으려는 이유가 뭔데.

아　들　잘 모르겠어요. 며칠 전에 삼촌이랑 엄마랑 작은 방에서 큰 소
　　　　리가 한참 났어요. 엄만 울고…. 돈 때문이겠죠, 또.

　　　　'찰칵'.
　　　　출입구를 바라보는 카메라 찍히는 소리.
　　　　아들, 카메라를 쳐다본다.

사진사　신경 쓰지 마. 자동으로 찍히도록 설정해 둔 거니까.

아　들　왜요?

사진사　그냥… 뭐, 무작위로 사진을 찍히게 해 두는 거야. 저렇게 두고
　　　　며칠 간격으로 인화를 해. 그럼 다 달라. 시간이 지나면 들어오
　　　　는 빛도 다르고 날씨도 다르고.

아　들　뭐야.

사진사　재밌잖아. 그냥, 직업병이라고 할까. (사이) 집에 또 누구 없어?

아　들　동생 하나 있어요. 있으면 뭘 해. 중학교 1학년이 뭘 알아요. 내
　　　　나이는 돼 봐야 사는 게 힘들구나, 알지.

사진사　너 몇 학년인데.

아　들　전 고등학생이에요.

사진사 중학생이면 알 만한 건 알지 뭘.

아 들 아빠 집 나가고 애가 좀 이상해요. 충격이 컸겠죠. (사이) 아빠가 보증 잘못 서 가지고 집이 이 꼴 났거든요. 그래서 아빠는 집 나간 거고.

사진사 보증?

아 들 저는 지옥 가서도 보증 서 달라면 안 서 줄려고요.

사진사 그게 또 말처럼 쉽지도 않아. (사이) 아저씨가 도와줄게. 집 가자. 엄마 계시지?

아 들 갑자기요? 왜요?

사진사 …도와달라고 온 거 아니야?

아 들 언제 퇴근하는지 모르는데. 파출부 일이 그렇대요.

사진사 내일은?

아 들 내일 쉬는 날이에요. 한 달에 한 번 일요일. 그러니까 내일로 생각을 하셨겠죠.

'찰칵'. 사진기 찍히는 소리.
아들, 시선이 사진기에 향하다 벽에 붙은 가족사진들을 쳐다보며 그 앞까지 다가간다.

아 들 가족사진…. 영정 사진만 찍는 사진관인데 가족사진은 왜 있어요?

사진사 영정 사진을 붙여 놓을 순 없잖아. 그냥 그쪽이 좀 허하기도 하고.

생각에 잠기는 사진사.

사진사 그거다. 가족사진.

아 들 네?

사진사 내일 가족사진 찍자고 해. 아저씨가 공짜로 찍어 준다고.

아 들 아저씨가 왜요? 아니, 근데 왜 이렇게 적극적이세요?

'찰칵'. 카메라 찍히는 소리.

사진사 자꾸 신경 쓰지 마. 시간이 지나면 저절로 찍히는 거니까.

카메라에서 '찰칵' 소리가 이상하게 반복된다.

아 들 연사 기능이…. 신기해요 이 사진기.

사진사 …그건 고장이다.

불편한 표정의 사진사.
카메라 찍히는 소리 커지면서 암전.

제2장

불이 밝으면 엄마, 멍한 표정으로 벽에 붙은 사진을 빤히 바라
보고 있다. 사진사는 난감한 표정으로 무대 가운데 있는 카메라
를 만지작대고 있다. 아들과 딸내미, 무표정으로 사진사를 바라
보고 있다.

엄 마 이거 찍히긴 하는 거예요? 뭔 놈의 사진관에서 사진기가 말썽
이람.

사진사 이게 오늘 왜 이러지.

딸내미 나 오늘 훈이랑 약속 있는데.

엄 마 (무기력한) 오늘은 일찍 들어와. 밤늦게까지 쏘다니지 말고.

딸내미 근데 왜 교복은 입고 오라고 난리야. 근데 삼촌은?

엄 마 아무 것도 안 하고 집구석에만 누워 있는 양반이 왜 안 와. 너는
꼭 이걸 찍어야겠니?

아 들 우리 집에 가족사진 한 장도 없잖아.

엄 마 그래, 찍자, 찍어. (혼잣말) 가족이 다 모여야 가족사진이지. 지
애비 없는 거 자랑할 일 있니. 그나저나 왜 가족사진을 공짜로
찍어 주는 거예요?

사진사 아, 뭐, 디피용도 이제 좀 필요하고요. 사진들이 워낙 옛날 거다
보니까.

엄 마 여기 영정 사진만 찍는 곳이라더니 웬 가족사진을. 보니까 장사
가 잘 안 되나 봐요?

딸랑 소리와 함께 삼촌 등장한다.
공장 점퍼 차림의 삼촌은 팔이 한쪽 없다.

사진사 어서 오세… 아…

삼 촌 뭔 놈의 사진을 찍는다고 난리야. 가족사진? 가족사진은 가족들
이나 찍는 거지.

아무도 대꾸하지 않는다.

삼 촌 나 누구랑 얘기하니? 인생 좆 같네, 증말. 이거 네가 찍자고 했
      다며?

엄 마 왔으니까 후딱 찍고 갑시다.

삼 촌 팔 한 짝 없는 거 누구한테 자랑할 일 있어? 난 안 찍어요.

엄 마 쓸데없는 소리 하지 말고.

삼 촌 아니, 안 찍는다고 얘기하려고 온 거여. 내가 핸드폰이 있어요,
      뭐가 있어요. (다시 나가며) 갑니다.

엄 마 마지막이래잖아!

삼 촌 (멈추며) 뭐가 마지막이야.

엄 마 소원이래. 마지막 소원. 다신 이런 소원 안 빌 거래. 그리고 애 생
      일이에요. 애 생일이 언젠지도 몰라? (사이) 선물 준 셈 치지 뭐.

사이.

삼 촌 (들어오며) 니미 낭만은….

엄 마 마음에도 없는 소리 하는 건 아주 습관이야.

삼 촌 (소파에 앉아 아들에게) 생일 축하한다. 뭐 필요한 거 없냐?

아 들 됐어.

삼 촌 …고맙다. (사진사에게) 여기 커피나 한 잔 주쇼.

사진사 카, 카메라 고치는 데 시간이 좀 걸릴 것 같은데 담소들 좀 나누
      고 계세요.

삼 촌 뭔 놈의 사진관에서 사진기가 말썽이야.

삼촌, 일어나 사진사의 사진기를 만지려 한다.
당황하는 사진사.

엄 마 가만히 좀 있어요. 서방님 좀.

삼 촌 결혼도 안 했는데 거 서방님 소리 좀 그만해요.

엄 마 그 나이에 도련님 소리는 어떻게 하고.

삼 촌 니미 시부랄.

엄 마 밖에까지 나와서 집안 시끄러운 거 자랑하지 말아요. (사진사에게) 미안해요.

사진사 아니요, 괜찮습니다. 집안이 안 시끄러울 수 있나요. 다 서로 다투고 다시 화해하고 그렇게 또 사는 거죠. 그러니까 가족이죠.

삼 촌 가족은 가장이 있어야 가족이지.

엄 마 자기 얼굴에 침 뱉기예요.

딸내미 (사이) 여기 가족사진 보니까 하나같이 행복해 보인다. 이거 이렇게 하라고 시킨 거죠.

사진사 아니, 사진이란 게 참 신기해. 당장 다투다가도 찍는다고 하나 둘 하면 표정이 행복한 표정으로 바뀌지. 누구나 사진을 불행한 표정으로 찍고 싶은 사람은 없거든.

딸내미 그런다고 불행한 게 바뀐담?

사진사 그래도 사진을 찍는 순간은 행복할 수 있지. 잠깐이지만 그 순간은 행복하잖아?

삼 촌 거, 형씨. 커피 달래니까.

사진사 이것 참. 내 정신 좀 봐. 미안합니다.

사진사, 커피를 타러 안으로 들어간다.
가족들 한참 말이 없다.
기침 심하게 하는 딸내미.

엄 마 이년 이거 또 기침하는 것 봐. 너 밤늦게 쏘다니지 말라니까.

딸내미 그거 때문에 그런 거 아니야.

엄 마 아니긴 뭘 아니야. 찬바람 입으로 다 들어간다니까. 마스크 하라니까 사다 줘도 한 번을 하지도 않고. (사이) 됐다, 됐어. 마스크가 다 무슨 소용이니.

딸내미 불편하단 말이야.

엄 마 넌 기관지가 안 좋아서 신경 써야 된다고.

딸내미 아, 알았어-!

엄 마 엄마가 이야기하면 항상 잔소리로 듣지 말고.

딸내미 누가 보면 무슨 불치병이라도 걸린 줄 알겠다. 목 좀 안 좋은 거 가지고 뭘.

사이, 엄마 표정이 심상치 않으나, 가족들은 눈치채지 못한다.

딸내미 오늘 오빠 왜 이렇게 조용해?

아 들 뭘 똑같은데.

딸내미 아닌데 뭘. 짜증도 하나도 안 내고. 오빠 안 같아.

아 들 시끄러.

딸내미 응. (사이) 오늘 같은 날 아빠도 같이 와서 찍었으면 좋겠다.

엄 마 아빠 얘기 하지 말라고 했다. 늬 아빠 죽었다고 몇 번 말해!

딸내미 나. 아빠 봤다.

삼 촌 뭐? 형 봤어? 어디서. 살아 있는 거야?

딸내미 꿈속에서 나왔어.

사진사, 커피 들고 등장하다 이야기를 엿듣는다.
가족들은 눈치채지 못한다.

삼 촌 저년 저걸 콱 그냥.

딸내미 그날 있지, 왜 아빠가 우리 옷 이만큼 사 준 날 있잖아. 내 사이
즈도 아닌데 엄청 큰 옷 바리바리 사고, 돈가스 먹고.

엄 마 언제 적 이야기를 하는 거야.

딸내미 아빠가 언제 또 사 줄지 모를 거라고 그랬잖아. (사이) 이제는
진짜 언제 또 사 줄지 모르겠다.

긴 사이.

삼 촌 아빠 노릇 제대로 했네.

엄 마 그러게. 내가 그렇게 보증 서는 거 아니라 그랬는데.

아 들 그러니까 엄마한테 말을 못 했지.

엄 마 그놈 잡으러 여까지 온 거 아니야. 이 근방 어디로 숨었다고 해서. 3년을 찾아도 어디 뵈질 않네, 뵈질 않아. 그렇다고 집을 기어 나가. 뭐 잘한 게 있다고.

딸내미 그때 아빠가 사 준 옷. …이거다. 아직도 이렇게 길어. 어쩌면 이렇게 길게 안 올 줄 아빠 알고 있었나 봐.

사이.

엄 마 짐을 싸들고 여기까지 내려와 살면 뭐 해. 아무리 찾아도 어디 갔는지 모르는데. 아무튼 그놈도 보통 놈은 아니야. 그렇게 쥐 잡듯이 찾는데 안 걸리는 거 보면.

아 들 솔직히 처음 한두 달이나 죽자 사자 찾았지. 그 이후엔 뭐 신경이나 썼나.

엄 마 이름도 모르는 사람을 어떻게 잡아.

아 들 이리로 내려오자고 한 건 엄마야. 그리고 이제 와 잡으면 뭘 해.

엄 마 찢어 죽여야지.

삼 촌 (깜짝) 살벌하네. 근데 오늘은 형 얘기하는데도 화 안 내네. 뭔 날이에요?

엄 마 뭔 날이네요, 날이야-! (민망한 듯)

삼 촌 뭔 날이야?

엄 마 뭔 놈의 커피 타러 간 사람이….

엄마, 사진사를 발견하고 말을 멈춘다.

일동, 사진사를 바라본다.

사진사 사정이 좀 있으신가 봐요.

삼 촌 (자르며) 남의 가정사 궁금해서 뭐 하려고.

사진사 그렇죠?

삼 촌 어디부터 들었어?

사진사 잘은 모르겠지만 중간 조금 전 그러니까… 처음부터인 거 같네요.

삼 촌 여긴 술 없죠?

엄 마 아이고, 저 화상.

삼 촌 팔이 쑤셔서 또. 술기운이 돌아야 괜찮다고요.

엄 마 말도 안 되는 핑계 좀 대지 마세요. 내가 전생에 무슨 죄를 지어서 도망간, 아니, 죽은 남편 동생까지 책임지고 있는지.

삼 촌 왜 또 말을 서운하게 하고 그래요? 누군 살고 싶어서 여기 사는 줄 아나.

엄 마 뭐라고요?

두 사람 팽팽하다.
아들, 그런 엄마의 팔을 잡는다.

아 들 엄마.

딸내미 카메라 아직이죠?

딸내미 익숙한 듯 퇴장한다.

아 들 야, 어디 가. (한숨)

삼 촌 그만합시다. 오늘은 나도 요까지만 해요. 열 뻗칠라니까 지금 또.

사이.

엄 마 이놈의 시끼는 또 어딜 나가.

아 들 또 시끄러워질까 봐 나갔지.

한숨 쉬며 소파에 앉는 엄마.

사진사 (잘됐다 싶은) 천천히 찍으시죠. 어차피 손님도 없는데. 하루 종
          일 혼자 있으면 적적하거든요. 이렇게 북적북적하니까 (크게 웃
          으며) 저는 좋은데요.

삼 촌 …신났네. 좋아?

긴 사이. 가족들 말없다.
안절부절못하는 사진사.
엄마, 천천히 가족사진 쪽으로 걸어가 사진을 한참 쳐다본다.

사진사 가족사진입니다. 행복해 보이지 않아요?

엄 마 이런 거 차리려면 얼마나 들어요? …그냥 궁금해서.

사진사 다 무너져 가는 사진관 뭐 얼마나 하겠습니까.

엄 마 이런 거 기술 있어야 차릴 수 있는 거죠.

사진사 사진 찍는 게 뭐 기술이랄 게 있습니까. 예전에야 저도 그런 줄 알았죠.

엄 마 부럽네.

사진사 사진 찍는 거 별거 아니에요.

엄 마 (사진을 빤히 바라보는) 그거 말고요….

사이.

사진사 (할 말을 찾지 못하는) 힘, 힘내세요.

엄 마 제가 힘들어 보여요?

사진사 아니요, 그런 뜻은 아니고.

엄 마 내가 힘든 표정을 짓고 있긴 한가 봐요. 여기 얼마 전에 지나가다 봤어요. 유리창 너머로 이 사진이 눈에 걸려서요. 가만히 보다가, 이렇게, 행복한 사진을 보고 있다가 유리에 비친 내 얼굴이 보이더라고요. 세월에 찌든 세상 불행한 얼굴. (사이) 근데 기억이 안 나는 거예요.

사진사 뭐가….

엄 마 내 표정이 원래 이런 표정이었는지, 힘들어서 이런 표정이 된 건지. 너무 오랫동안 힘들어서 원래 내 표정이 뭔지.

삼 촌 시끄럽고. 배고파. 들어가 밥 먹자, 그냥.

엄 마 으이그. 식충이, 식충이. 내가 못 살어.

삼 촌 사람이 밥은 먹고 살아야지.

엄 마 서방님이 아니고 웬수야, 웬수.

사진사 안 그래도 밥 때를 훨씬 넘은 거 같은데. 식사라도 하실래요?

가족들, 사진사를 쳐다본다.

사진사 아니, 제가 배가 고파서 그래요, 제가.

삼 촌 (화난 듯) 이봐, 형씨!

사진사 (사이) 네?

삼 촌 오늘 한 말 중에서 제일 마음에 들었어. 당신이 쏘는 거지?

엄 마 사진도 공짜로 찍는데 무슨 낯짝으로. 됐어요, 됐어.

삼 촌 됐어요. 잘됐어요.

엄 마 여기까지 와서 무슨 밥을 먹는다 그래요!

삼 촌 아, 좀 먹자! 배고픈데….

사진사 제가 사겠습니다.

엄 마 아유, 뭘 산다 그래요. 괜찮아요. 됐어요.

사진사 저는 짜장면이라도 시켜 먹으려 그랬는데….

엄마, 말을 멈추고 슬쩍 쳐다본다.

엄 마 짜장면이요?

엄마, 조용히 자리에 앉는다.

사진사 짜장면 좋아하시나 보네. 그럼 짜장으로 통일하겠습니다. 지금

성으로다가….

전화기 드는 사진사, 주문하려고 하는데.

엄 마 …저는 짬뽕이요. 덜 맵게.

일동, 손사래 쳤던 엄마를 쳐다본다.

엄 마 짜장면 부대껴서.

삼 촌 난 짜장면! 중국집은 짜장면이지.

사진사 넌 뭐 먹을래?

아 들 난 안 먹어요.

삼 촌 이 새끼. 돈 아까운 줄 모르네. 그럼 얘 거까지 두 그릇 시켜 주
쇼. 내가 다 먹을라니까. 거 고량주 쪼그만 거 하나….

엄 마 (자르며) 쫌!

아 들 짜장면 하나요.

삼 촌 안 먹는대매. 이랬다저랬다 하는 거 반칙이야.

아 들 삼촌은 삼촌 입밖에 없어? (고갯짓하며) 유경이 들어올 거 아
니야.

사진사 여보세요. 자금성이죠? 여기 추억관입니다.

아 들 저기, 참….

삼 촌 거 짜장면 하나는 오이 빼 주쇼.

삼촌을 쳐다보는 아들.

엄 마 꼴에 삼촌이라고 조카 챙기긴.

삼 촌 뭘 챙겨. 오이 있다고 안 먹는다고 투덜투덜댈까 봐 그렇지.

사진사 메뉴 좀 잠깐… (좋아하는) 아, 오늘 장사 안 해요? 오케이. 네,
네. 아, 수고하세요. 이거 어떡하지. 짜장면은 자금성 아니면 의
미가 없는데. 그럼 짜장면은 좀 그렇고 요기할 거 좀 갖다 드릴
게요. 잠시만요.

사진사, 안쪽으로 퇴장한다.

삼 촌 저 새끼 전화한 거 맞어?

아 들 유경이 오이 안 먹는 건 어떻게 안대?

삼 촌 저번에 오이 맥였다고 울었잖아, 걔.

아 들 언제?

엄 마 얘는 기억 안 나니? 네 삼촌이 술 이만큼 돼 가지고 오이소박이
먹겠다고 오이를 이-만큼 사 왔잖아. 집에 부추도 없는데.

삼 촌 액젓도 없잖아.

엄 마 시끄러워, 좀. 그때 네 삼촌 정신 나가 가지고 애 자는데 오이 입
에다 들이밀어 가지고 유경이 울고 난리도 아니었다. 그날 유경
이 우는데 옆에서 좋다고 웃고 아주 그냥. 다 큰 어른이 돼 가지
고 말이야.

삼 촌 아니, 우는데 초콜릿 주니까 실실 쪼개는 게 또 웃기잖아.

너털웃음 터뜨리는 삼촌.

삼 촌 울다 웃으면 똥꼬에 털 난다니까. 자기 똥꼬에 털 난 거 어떻게
      알았냐고 펄쩍 뛰는 거 있지.

      엄마도 웃긴지 웃음이 난다. 삼촌, 엄마가 웃자 더 신나서 웃는
      다. 아들도 그들과 같이 웃는다. 웃다가 서로의 얼굴을 보고 천
      천히 잦아든다. 웃는 게 어색한 탓이다.

삼 촌 …그냥, 재밌었다고.

      사이.

엄 마 너 아빠 때문에 짜장면 안 먹는 거지?
삼 촌 오늘따라 왜 이렇게 형 타령이야.
아 들 아빠가 짜장면 좋아했잖아. 엄마도 그래서 짬뽕 먹는 거 아니야?
엄 마 난 얼큰한 게 땡겨서 그래.
아 들 매운 거 손도 못 대면서.
엄 마 자금성 거기 안 맵게 잘해!
삼 촌 언제 먹었어? 나 없을 때 시켜 먹었지.
엄 마 서방님 없을 때 시켜 먹겠어요? 들키면 자기 왕따 시키네 어쩌
      네 난리를 칠 거면서.
아 들 밥 먹을 땐 다 같이 먹어야지. 그때 나 가출한 날도 엄마가 맛있

는 거 다 남겨 놨었잖아.

엄 마 그거 얼마나 된다고 나갔다 들어온 애 꺼 뺏어 먹고.

삼 촌 먹을 땐 다 같이 먹어야 한다며.

엄 마 서방님은 먹었잖아요. 전날!

삼 촌 형수는 어제 잠잤으니까 오늘 안 졸리슈?

엄 마 그거랑 그거랑 같아요? 가방 끈 짧은 티를 내, 아주 그냥.

삼 촌 형수 중졸 아니슈?

두 사람이 언성이 점점 높아지며 싸우려 한다.
아들, 보다가 벌떡 일어나 소리친다.

아 들 됐어! 맛있게 먹었으면 됐지 뭐! 왜 또 싸우고 난리들이야!

아들, 가만히 생각하다가.

아 들 엄마, 근데 중졸이야?

엄 마 먹어도 같이 먹고 굶어도 같이 굶는 거야. 그게 식구야. 다 같이,
뭐든 다 같이 하는 거야. 그래야 이겨 낼 수 있으니까.

아 들 아니, 중졸….

사진사, 등장한다.

사진사 오래 기다리셨습니다.

사진사, 고구마와 감자 올려놓는다.

삼　촌　이게 웬 거요? 뭔 고구마가 다 나와. 사진관에서 안 어울리게?

사진사　여기서 가끔 먹고 자고 합니다. 뭐 집 가 봐야 딱히 할 것도 없고.

엄　마　오늘 감사해요.

사진사　아닙니다. 부담 없이 드세요. 이웃끼리 돕고 사는 거죠.

삼　촌　(심각한) 뭔가 큰 착각을 하나 본데 우리가 도와줄 건 없어.

엄　마　(삼촌의 등을 때리며) 쪽팔린 줄 좀 알아요, 좀.

삼　촌　아, 아파!

카메라로 자리를 옮기는 사진사.

감자 힘들게 먹는 삼촌.

삼　촌　니미, 감자 하나도 제대로 못 먹네.

사진사　요즘 의수도 좋은 거 나온다는데 찾아보면 괜찮은 거 많대요.

삼　촌　(엄마에게) 들었지?

엄　마　뭘 들어요.

삼　촌　의수 말이야, 의수. 몇 년째야.

엄　마　쓸데없는 소리 하지 말고 그냥 까 드세요.

삼　촌　좆이나 까 드시라고? 너무한 거 아니요, 진짜.

엄　마　알코올 중독이 되더니 귀까지 먹었나.

삼　촌　내가 알코올 중독 아니라고 했죠. 술기운이 돌아야 팔이 덜 쑤
　　　신다니까….

사진사 제가 괜한 소릴….

사이.

엄 마 네가 처먹은 소주면 의수 방구석에 쌓고도 남았어.

삼 촌 왜 또 돈 얘긴 꺼내고 지랄이야, 지랄이.

사진사 아니, 저는 그런 뜻이 아니었는데….

삼 촌 아직도 엊그제 일 때문에 그런 거요? 앞으로 안 그러면 될 거 아니야.

아 들 삼촌 뭐 또 사고 쳤어?

엄마, 한숨 쉰다.

삼 촌 안 그런다고.

엄 마 뭘 안 그래, 뭘.

삼 촌 아, 안 먹는다고! (사이) 계란 몇 개가 그렇게 아깝나. 애들이 먹는 건 안 아깝고, 내가 먹는 건 아깝고. 고까워서 내가 집을 나가든가 해야지.

엄 마 계란이라도 한 판 사 온 게 언젠데 그거 애들 걸 홀라당 먹어요?

삼 촌 반찬이 하도 없어서 후라이 몇 개 해 먹었다. 미안해요. 먹을 거 가지고 서러워서 살겠나, 증말.

슬쩍 웃는 사진사.

삼촌, 일어서서 나간다.

엄 마 어디 가요!

삼 촌 담배 피우러 간다. 담배! 담배 피우고 일찍 뒤지든가 해야지,
　　　　참.

엄 마 그거 때문에 내가 이러는 거 아닌 거 알잖아요.

나가려다 멈추는 삼촌.

삼 촌 여기서 또 한판 붙어?

아 들 여기까지 와서 왜 이래.

엄 마 왜 이러냐고? 넌 내가 왜 이러는 줄 몰라서 이러지.

삼 촌 애한테 무슨 소릴 해. 집 가서 얘기해요.

엄 마 속 터져서 그런다, 속 터져서. 내가 왜 이렇게 화만 내고 사는 줄
　　　　알아요? 속이 터져서 그래, 문드러져서!

사이.

사진사 그, 계란이 부족하시면 냉장고에 좀 있는데….

엄 마 내가 계란 때문에 이래요?

삼 촌 간다. 시팔 니미 가족사진은 개뿔 가족사진이야. 안 찍어!

엄 마 가면 집 들어올 생각도 하지 마.

사진사 저기….

삼 촌 드러워서 안 들어간다. 드러워서!

엄 마 그러고서 또 기어들어 오겠지.

삼 촌 거, 형수 진짜 말 다 했수? 내가 뭐 큰돈 쓴다 얘기했어? 왜 사람들 다 있는데 남의 존심을 깎아내려, 깎아내리길!

엄 마 존심이 있어? 자존심이? 자존심이라도 좀 있어 봐, 사람이. 자존심도 없는 게 사람이야? 넌 자존심 없어도 돼! 아니, 없어야 돼!

삼 촌 아니, 오늘 왜 이래 진짜!

엄 마 (멱살을 잡으며) 그게 어떤 돈인데 그 돈을 날려!

삼 촌 아이, 씨팔, 진짜. 누구는 날리고 싶어서 날렸냐!

삼촌, 엄마의 팔 뿌리치는데 엄마, 쓰러진다.
당황하는 삼촌. 엄마, 울음 터뜨린다.
짜증나는 아들, 고개 숙인다.

엄 마 내가 제 명에 못 살아. 내가 죽어, 죽어! 내가 죽는다고-!

쌓인 게 많은지 대성통곡하는 엄마.
욕지거리 하는 삼촌, 그 중간에서 어쩔 줄 몰라 하는 사진사.

삼 촌 왜 또 울고 난리야. 넌 뭘 멀뚱멀뚱 보고 있어. 얼른 엄마 일으켜 세워, 인마.

대답 없는 아들.

삼 촌 야!

아 들 (악에 받쳐 벌떡 일어나며) 죽을 거면 혼자 죽지, 왜 애먼 사람
       다 같이 죽이려고 해-!

       일동 정지. 모두가 아들을 바라본다.
       '찰칵', 카메라 소리.

사진사 (카메라를 보며) …됐다.

엄 마 (울먹이는) 너 지금 뭐라고 그랬니?

아 들 죽으려면 혼자 죽지 왜 다 죽이려고 하냐고. 나는 죽기 싫어. 난
       아직 죽기 싫다고!

삼 촌 당최 이게 지금 무슨 소리야?

       딸랑, 문 열리고 딸내미가 등장한다.

딸내미 조용한 거 보니까 싸울 만큼 싸웠나 보네.

아 들 삼촌이 사고 쳐서 그래? 삼촌 때문이야? 근데 나는 왜! 난 왜-!

삼 촌 너 무슨 소리 하는 거냐니까.

사진사 (아들 붙잡으며) 조용히 해!

아 들 조용히 하면 뭐가 달라지는데요. 내가 여기서 싸우는 거나 보자
       고 여기 다 불러 모은 줄 아느냐구!

엄 마 언제부터 알고 있었어?

아 들 뭘. 엄마 입으로 말해.

엄마, 사진사 눈치 본다.

엄 마 알고 계셨네요.

사진사 (사이) 그게 그, 찾아왔습니다. 애가. 영정 사진 찍고 싶다고.

엄 마 영정 사진? 참 너답다. 그래서 여기 오자고 한 거구나.

삼 촌 형수.

모두 엄마의 입만 바라보고 있다.

엄 마 그래요. 오늘 우리 가족 마지막 날이에요. 나 서방님 때문에 더
이상 못 살겠어서 죽겠다고.

주머니에서 유서 던진다.

엄 마 유서예요.

분위기를 파악한 딸내미, 울음 터뜨린다.

엄 마 나 더는 못 살겠어요. 죽으면 죽었지 이렇게는 못 살겠어. 이이
나한테 말도 안 하고 보증 잘못 서고, 집안이 이 꼴 나서 보증 선
새끼 잡겠다고 지방으로 이사 온 걸로 모자라서. 생전 일도 안
해 본 내가, 파출부 아줌마 하고. 그래, 다 괜찮아요. 애 때문에
참았어요. 우리 애!

삼 촌 우리 애 뭐! 누구-!

엄 마 (사이) 당신은 몰라…. 내가 그 돈을 왜 모았는지. 넌 모른다고! 근데 그 돈을 가져가요? 집구석에서 아무 것도 안 하는 당신이?

삼 촌 나도 팔만 이렇게 안 됐으면 이렇게 안 살아. 아무도 거들떠도 안 보는 걸 나보고 어쩌란 말이야.

엄 마 양심도 없어.

딸내미 엄마, 이게 무슨 소리야.

엄 마 (아들에게) 이렇게 살면 영원히 이렇게 사는 거야. 그래도 살고 싶니? 이런 지옥 같은 곳에서 살고 싶어?

긴 사이.

사진사 그러지 말고….

엄 마 그래서 가족사진 찍으러 오라고 하셨나요? 동정하세요?

사진사 그런 게 아니고. 저도 그런 생각 한 적 있습니다.

삼 촌 가족 단체사 멋지네. 신문기사에 실리겠어, 아주.

사진사 다시 생각해 보세요. 포기하지 않으면 또 그렇게 살아지더라고요. 안 힘들게 사는 사람이 어디 있습니까? 요즘 세상에.

딸내미 엄마, 우리 죽어? 나 무서워.

엄 마 엄마는 있잖아. 엄마는 사는 게 더 무서워. (사이) 유경아, 죽는 것보다 무서운 건 남겨지는 거야. 죽으면 끝이지만 죽지 않으면 살아야 되거든. 죽지 않으면 끝나지 않아.

사진사 아닙니다. 그렇지 않아요.

엄 마 저희한테 왜 이러세요?

사진사 남 가정사 참견하긴 뭐하지만… (사이) 사실, 보증 잘못 섰다는 이야기에 저도 모르게 그만.

아 들 보증이요?

긴 침묵.

사진사 옛날에 사진관을 크게 하나 냈었거든요. 나는 할 수 있다는 생각에. 그래서 돈이 조금 필요했고 친구 놈 하나한테 보증을 세웠어요. 그리곤 일이 어그러져서 무작정 도망 나왔죠. 얘를 보니까 제 생각이 나서.

삼 촌 이거 사람 좋은 척은 혼자 다 하더니 아주 개새끼였구만. 너도 새끼야 우리랑 같이 죽어, 인마. 죽음으로 사죄해, 새끼야.

딸내미 아빠 보고 싶어. 우리 죽으면 아빠가 알아? 우리 만나?

삼 촌 만나든 안 만나든 그걸 모르겠냐? 인터넷에 대문짝만 하게 실릴 텐데. 그거 못 보겠냐구. 여기 뭐라 그랬지? 영정 사진만 찍어 주는 사진관이라고? 느낌 좋네. 영정 사진관에서 단체사라.

사진사 저는 죽을 생각이 없습니다.

삼 촌 이거 더 개새끼네.

사진사 평생 죄짓는 마음으로 살아가럽니다. 결국엔 살아 내야 하는 거 아닙니까. 죽는다고 아무것도 달라지지 않아요.

엄 마 설득하려 하지 말아요. 막 산다고 해서 선택도 막 하지 않아요. 그런 소리 듣기 싫어서 더 신중하게 생각해요.

사이.

엄 마 잘됐네요…. 안 그래도 다 같이 죽으면 누가 우릴 발견해 주나 고민이 많았거든. 며칠 동안 출근하지 않는다는 걸 알고 주인집 사모님이 우리 집에 전화를 걸어 볼까. 받지 않으면 걱정이나 할까. 그냥 도망갔겠구나 하고 다른 사람 구하지 않을까. 그럼 누가 우릴 발견해 줄까. 썩은 내가 진동을 하면 우체부가 우편을 넣다가 발견할까. 아니, 우리 집에 올 우편이 공과금 청구서 말고 또 있던가. 그럼 적어도 한 달인가. (사이) 당신, 우리 돕고 싶다고 했죠. 우리 죽으면 어디다가 신고 좀 해 줘요.

사진사 그런 소리 하지 마세요. 아무도 죽을 일 없습니다.

삼 촌 외팔이 인생도 여기까지네. 씨발, 인생 진짜 뭐 없다. 우리 죽으면 장례는 누가 치러 주나.

사진사 뭐가 이렇게 수긍이 빨라요! 원래 알고 있었어요?

삼 촌 양지바른 곳은 아니더라도 어디 길가에라도 묻어 주소.

사진사 죽는 게 그렇게 쉬워요?

삼 촌 (왼팔을 들어 보이는) 이게 뭔 줄 아쇼?

사진사 네? 왼팔이요. 왼팔은 있네요.

삼 촌 …그거 말고! 손목 말이야. 손목. 이미 한 번 죽으려 했는데 뭘. 난 이미 그때 죽었수다. 거기다가 김치 공장에서 기계 고장 나서 한쪽 팔 잘렸어. 이제 한 팔은 어디 뵈지도 않고 한 팔에는 칼자국투성이에 씨발, 이제 이 손목도 내가 못 긋는다 이거야. 죽고 싶어도 죽을 수가 없다고. 니미 팔 한짝이 없어져 가지고. 이젠 혼자서 뒤지지도 못한다고.

엄 마 그때 죽지 그랬어.

사진사 이보세요!

엄 마 그래, 차라리 잘됐다. 너희한테 말 못 해서 얼마나 마음 졸였는
지 몰라. 어떻게 말해야 할지….

딸내미 그래서 어제 고기 했어? 나는 오빠 생일이라서 한 줄 알았네.

엄 마 오늘이 우리 다 같이 불행을 끝내는 날이야.

딸내미 집 가자. 나 집 갈래. 아빠 보고 싶어.

아 들 이제 아빠 없어-!

딸내미 아빠 아직 살아 있을지도 모르잖아. 지금은 또 모르잖아. 그치
지금은 또 와 계실지도 모르잖아. 오빠가 집에 가 봤어? 안 가
봤잖아. 어떻게 알아!

아 들 말도 안 되는 소리 좀 그만하고 이제 정신 좀 차려 이년아! 그만
어린애처럼 굴라고! 아빠 이제 없어! 앞으로도 올 일 없어!

딸내미 아니야, 올 거야. 아빠 올 거야. 온다고 했어! 거짓말 치지 마.

울음 터뜨리는 딸내미.
엄마, 가족들을 바라보다가 천천히 사진관 입구로 다가간다.
문을 닫고 가족들을 바라보는 진지한 표정.

엄 마 우리 가족 오늘 여기서 죽는다.

사진사 무슨 말씀을 하시는 거예요. 여긴 제 사진관입니다.

엄 마 당신 아니었으면 여기 올 일도 없었어.

사진사 아니, 왜 남의 사진관에서….

엄 마 남의 일 말리려다가, 이제 자기한테 피해가 가는 거 같으니까 발 빼고 싶나 보지?

사진사 그런 뜻 아닙니다. 넘겨짚지 마세요.

엄 마 죽지 말라고? 당신이… 우리 안 죽으면 책임질 수 있어? 팔 한쪽 없는 삼촌에 아빠 돌려 내라고 하루 종일 징징대는 딸내미에, 아들이라는 새끼는 (사이) 영, 영정 사진이나 찍자고 하고, 파출부나 하는 여편네 하나 책임질 수 있어? 당신만 아니었으면 우리 모두 집에서 편안하게 죽을 수 있었어. 책임지지도 못할 거면서 왜 불러 가지고 이 난리까지 치게 만들어.

엄마의 윽박지름에 말문이 막히는 사진사.

엄 마 …마지막 부탁이잖아요. 들어줄 수 있잖아요. (사이) 이러려고 여기 온 건 아닌데.

사진사 …여기 죽기 싫다는 애도 있지 않습니까.

긴 침묵.

엄 마 좋아요. 그럼 잠깐 나가 계세요.

사진사 무슨 소리예요, 지금. 내가 내 사진관을 왜 나갑니까.

엄 마 안 죽어! 애들 이야기 좀 들어 보려 그래요. 댁한테 말하기 싫으니까 나가 있으라구요.

사진사 정말입니까.

삼 촌 댁한테 가정사 다 까발려질 일 있어.

사진사 (사이) 알겠습니다. 잠깐입니다.

사진관 밖으로 나가는 사진사, 문 밖에서 귀를 딱 대고 서 있다.
삼촌, 사진사를 발견하고 다가가 문을 연다.
민망한 사진사.

삼 촌 아, 안 죽는대잖아.

사진사 누가 뭐래요.

삼 촌 여기 있으면 들리잖아.

사진사, 퇴장한다.
사진관 내부, 비장한 표정의 가족들.

엄 마 자, 주인은 쫓아냈으니까 빨리 시작하자.

삼 촌 얘기한 거랑 다르잖아.

엄 마 안 그럼 저 사람이 나갈 거 같아요? 내가 보기엔 저 사람 우리
집까지 따라올 사람이야. 이제 집에서 죽기도 글렀어.

아 들 엄마!

엄 마 너흰 내 말 잘 들어. 우리 언제까지 이러고 살 것 같아.

침묵.

엄 마 희망은 보여야 희망인 거야. 안 보이면 그건 희망 아니야. 망상
이야 망상.

딸내미 망상이 뭐야….

삼 촌 개소리라구, 개소리!

엄 마 애한테 증말 못 하는 말이 없어.

삼 촌 그게 그거잖아. 다 끝난 마당에 뭘.

딸내미 난 안 죽을래. 무서워. (사이) 아빠 보고 싶어.

삼 촌 죽으면 만날 수도 있어.

아 들 그만해, 쫌!

삼 촌 아니, 아까 얘가 그랬잖아. 죽으면 만나냐구. 나한테만 지랄들
이야, 다들.

딸내미 아빠 찾아가자. 아빠 보러 가자.

엄 마 니들 아빠 없어, 이제. 더 이상 버틸 것도 견딜 것도 없어졌다구.

아 들 난 아빠한테 다 이야기했어. 메시지 남겨 뒀다구.

엄 마 애가 쓸데없는 짓을.

침묵.
어두운 표정의 가족들.

아 들 엄마.

엄 마 설득 안 통해! 절대.

아 들 그게 아니라… 갑자기 궁금한 건데. 어떻게 죽으려고 했어요?

엄 마 뭐?

아　들 자살 말이야. 어떻게 죽으려고 했냐고.

한참 가만히 있던 엄마.

엄　마 생각 안 해 봤는데.
일　동 에?

'찰칵' 소리와 함께 사진관 내부 스톱모션이다.
사진관 밖으로 불이 들어오면 사진사가 등장한다.

사진사 (한숨) 괜히 내가 나서 가지고… (주저앉는) 아무튼 이 입이 방
　　　　 정이야….

주저앉아 있는 사진사 앞으로 아빠, 등장한다.

아　빠 실례지만 길 좀 물읍시다. 오랜만에 오니 이거 길이….
사진사 네?
아　빠 여기 혹시 시암동 사거리가 이 근방인 거 같은데 어딘지….

사진사, 아빠와 눈 마주치고 정적이 흐른다.

아　빠 맞지? (사이) 너 이 새끼 맞지!

사진사에게 달려드는 아빠.

아 빠 어떻게 연락 한 통도 없이 버젓이 여기서 이러고 있어, 이 개새
끼야!

아빠 들고 있던 가방으로 사진사의 머리 내려치려 한다.

사진사 으악-!

엎어지는 사진사.

아 빠 너도 죽고! 나도 죽고! 다 죽자!

사진사 잠깐만-!

아 빠 왜 유언이라도 남기려고?

사진사 안에 사람이 있어.

아 빠 근데? 나보고 어쩌라고. (사진관인 것을 대충 확인하더니) 아,
가서 사진이라도 찍어 주고 뒤지겠다 그거냐?

사진사 그게 아니라! 안에 사람들 자살하려고 한다고!

아 빠 뭐? 자살? 개소리 지껄이지 마!

사진사 아니, 그게, 그게 사정이 좀 복잡해.

아 빠 사정은 무슨 사정-!

아빠, 유리창을 통해 사진관 내부를 본다.

가족들과 눈이 마주친 아빠.

'찰칵' 소리와 함께 스톱모션이 풀린다.

아빠, 놀라며 황급히 들어간다,

딸내미 아빠-!

딸내미, 아빠에게 다가가 안긴다.

엄 마 당신!

삼 촌 이제 헛것이 다 보이네.

딸내미 아빠 살아 있잖아! 거봐! 내 말 맞잖아! 왜 거짓말 쳐!

아 빠 그게 무슨 소리… (사진사에게) 아니, 도대체 이게 어떻게 된 거야!

아 들 우리 아빤 줄 어떻게 아셨어요?

사진사 그게…. 이게 나도 지금 무슨 상황인지….

삼 촌 뭔 개소리야! 둘이 아는 사이야?

아 빠 (삼촌에게) 둘이 아는 사이야?

삼 촌 그렇게 친한 사이는 아닌데.

엄 마 도대체 당신이랑 무슨 사인데!

아 빠 죽으려고 한다는 사람들이…

사진사 아니….

아 빠 이 개새끼야-!

아빠, 소리치며 사진사에게 달려든다.

고장 난 사진기가 자동으로 랜덤하게 찍힌다.

이들의 상황이 슬로모션으로 보이다가 '찰칵' 소리와 함께 상황

이 장면, 장면 스톱모션이 된다.

아빠가 사진사에게 달려들어 때리려 하고 가족들이 이를 말린다.

엄 마 왜 이래요!

삼 촌 형 미쳤어?

아 들 아빠!

아 빠 나 보증 세운 새끼가 이 새끼야-!

첫 번째 '찰칵'.

일동, 포커스 사진사로 옮겨진다.

사진사 도망간다.

가족들 모두 사진사를 쫓는다.

아 빠 이리 와, 이 새끼야.

아 들 잡아요! 잡아!

엄 마 문을 막아!

삼 촌 (문을 막으며) 아무도 못 나가!

두 번째 '찰칵'.

문을 막고 있는 삼촌과 어떻게든 나가 보려는 사진사. 사진사,

다른 곳으로 도망가려 한다.

서로 뒤엉키는 가족들과 사진사.

사진사 문 열어. 문 열어!
삼 촌 (엉덩이를 발로 차며) 이거 완전 개새끼였어!

아들, 사진사를 잡으려다가 놓치고.

아 들 잡았….

사진사는 주위를 둘러보다 카메라가 끼워져 있는 삼각대를 발
견하고 손으로 들어 가족들을 위협한다.

사진사 가까이 오지 마… 가까이 오지 마!

세 번째 '찰칵'.
삼각대로 자신을 보호하는 사진사.
사진사의 뒤에서 기회를 노리던 엄마는 삼각대를 뺏으려 한다.

사진사 어머니 놓으세요- 놓으세요!

엄마, 삼각대를 내팽개치고 주변에 있는 커다란 의자를 잡아 넘
어진 사진사에게 다가간다.

아　빠 여보, 그건 안 돼-!

삼　촌 형수!

엄　마 비켜! 비켜! 비켜!

아　들 엄마! 엄마! 엄마!

일　동 안 돼-!

엄　마 (의자로 사진사의 머리를 내려치는) 죽어-!

네 번째 '찰칵'.

의자로 사진사의 머리 내려치는 엄마.

눈 뒤집히는 사진사.

무대 암전.

제3장

사진관 한가운데 사진사 대자로 엎어져 있다.

사진사 머리에 혹이 커다랗게 나 있다.

사진사를 둘러싼 채 조용히 쳐다보는 가족들.

긴 침묵.

삼　촌 뒤진 거 아니야?

엄　마 너무 세게 내려쳤어.

딸내미 그러게 그냥 두지, 왜 나서서.

엄　마 숨 쉬나 봐 봐.

가슴에 귀 대 보는 삼촌.

삼 촌 아직 살았어. 기절한 거 같은데.

아 빠 아무튼 힘 센 건 옛날부터 알아줘야 된다니까.

가족들 천천히 아빠를 쳐다본다.

엄 마 당신이 무슨 낯짝으로 여길 들어와?

아 빠 그럼 가족들이 다 같이 죽겠다는데 내가 가만히 있어?

엄 마 (아들에게) 넌 쓸데없는 소릴 해 가지고.

아 들 아빠 죽었다며.

아 빠 뭐?

다 같이 엄마를 쳐다보는 가족들.

엄 마 니들이 맨날 지긋지긋하게 늬 아빠 찾고 난리치니까 엄마가 그
     런 거 아니야. 어차피 다시 안 올 사람 죽은 거나 다름없지 뭐.

삼 촌 거짓말 잘하는 건 아주 알아줘야 돼.

딸내미 어떻게 그런 거짓말을 쳐.

아 빠 (억울한) 아니, 어떻게 버젓이 살아 있는 사람을 죽여.

엄 마 진짜로 죽여 줄까?

다시 밖을 살피는 아빠.

엄 마 무슨 낯짝으로 여길 기어들어 와, 기어들어 오길.

아 빠 가족이 다 같이 죽는다는데 나라고 빠질 수 있나.

삼 촌 뭐?

아빠, 가방에서 번개탄과 청테이프를 꺼낸다.

삼 촌 말리러 온 거 아니었어?

엄 마 그래서 같이 죽자고 찾아왔다고? (한숨) 나도 나지만 당신도 참 당신이다.

딸내미 무슨 소리야…?

한참을 침묵하는 가족들.

삼 촌 그래서 고민해서 결정한 방법이 가스 중독이냐?

아 빠 뭐 그럼 대단한 게 있을 줄 알았어?

아 들 아빠….

엄 마 가장이다, 가장이야. 역시 콩가루 집 가장은 달라.

아 빠 나 밉지?

엄 마 다 죽을 마당에 미워하면 뭐하고 안 미워하는 게 또 무슨 소용이에요.

아 빠 죽을 때 죽더라도 이놈은 내가 죽이고 가야겠어. 망할 놈의 새끼. (사이) 찾으려고 할 땐 아무리 기를 써도 못 찾더니 죽으려 하니까 찾아지네. 사는 게 이래. 뭘 원하면 이뤄지는 게 하나도 없다고.

아빠, 홧김에 사진사에게 발길질하려 하는데 사진사가 놀랐는
지 미묘하게 움직인다.
일동, 모두 서로 쳐다보다가 조용히 이동해 뒤쪽에서 사진사를
지켜본다.
사진사는 한참 조용하자 눈을 슬며시 뜬다.
고개를 드는데 가족들이 보이자 그대로 다시 기절한다.

아빠, 의자를 들어 사진사를 내려치려 한다.

아 빠 일어나. (사이) 일어나 이 새끼야-!
사진사 아악-!

서서히 몸을 일으키는 사진사.

사진사 여기가 어디지….
아 빠 나 장난칠 기분 아니야.

사진사, 한참을 침묵하다가 무릎 꿇는다.

사진사 미안하다. 내가 죽을죄를 지었다.
아 빠 그래. 너 죽을죄 지었어. 죽어 마땅해, 인마!

사진사 용서해 달란 말은 하지 않을게.

아 빠 그래도 양심은 있구나?

사진사 어떻게 해야 내 죄를 씻을 수 있을까 생각했어. 수없이 생각했
어. 나 혼자 죽는 걸로는 죄가 씻어지지 않을 것 같았다. 그래서
여태껏 살아 있었다. 언젠간 만날 일이 있을 거라 생각했어.

엄 마 인연 한번 참 고약하네요.

사진사 …내가 도대체 어떻게 해야 마음이 풀리겠어. 죽어야 성이 차?

아 빠 어.

사진사 어?

사이.

아 빠 오늘 여기서 너도 죽고 우리 가족도 죽는다.

사진사 죽자고? 그게 최선이야? 그게 네가 정말 원하는 거야?

아 빠 그래, 내가 원하는 거야.

삼 촌 그렇게 죽지 말라고 하더니 씨발, 저승길 같이 가는 동무가 되
게 생겼네.

사진사 가족들 심정은 어떤지 생각해 봤어? 다 동의하고 이야기하는 거
야? 얘는 죽고 싶지 않아 해. 더 살고 싶어 한다고!

아들을 쳐다보는 사진사.

아 빠 …다수결이야.

사진사 사람도 몇 명 없는데 무슨 다수결이야-!

아 들 내가 죽기 싫은 이유는 아빠 때문이었어요. 난 아빠가 죽었다고 생각 안 했으니까. 혹시 모르잖아요. 아빠가 안 죽었는데 아빠만 두고 가는 거라면 정말 마음이 무거워서요. 나는 아빠가 포기해서 집 나갔다고 그렇게 생각 안 했어요. 포기했다면 오히려 집에 있었겠지. 나가서 뭐라도 어떻게든 우리 집안 일으켜야 했으니까 그래서 나갔다고 생각했다고. 그런데 자기 가족이 죽었는데, 그걸 신문으로 볼 거 아니에요. 마음 아프잖아요. 우리들이 싫어서 밖에 있는 거 아니잖아…. 이제는 다 괜찮아. 포기한 사람들뿐인 이 집안 나도 미련 없어요.

침묵하는 가족들.
아빠, 주위 살피더니 문을 먼저 청테이프로 막는다.
가족들, 그런 모습에 아무런 말도 하지 못한다.
침묵이 그들의 심정을 대변하는 듯하다.
한참의 시간.

사진사 잠깐만.

아 빠 뭐가 또.

사진사 그게 아니라, 가스 중독이 그렇게 고통스럽다던데.

아 빠 무슨 뜻이야?

사진사 어차피 죽을 거 고통스럽게 죽을 필요는 없잖아.

아 빠 이젠 자살 방법까지 마음에 안 들어?

사진사 아까 애들도 아프지 않았으면 좋겠다고…. (애들에게) 그랬잖
아. 아니야?

아빠, 딸내미를 쳐다보고 한숨 쉰다.

아 빠 그래서 어떻게, 뭐 고통스럽지 않은 자살방법이라도 찾아봐?
사진사 아니, 뭐….

아빠, 다시 문을 막으려는데.

엄 마 나쁘지 않네요.
삼 촌 뭐가 나쁘지 않아.
엄 마 어차피 죽을 거 아프게 죽을 필요까진 없잖아요. 아프게 죽으면
누가 더 알아준대?
삼 촌 가스 중독이 느낌 있지 않아?
엄 마 느낌 타령하고 앉아 있네.
아 들 먹고 죽은 귀신이 때깔도 곱다는데.
엄 마 그 소리가 갑자기 왜 나와.
아 들 배도 조금 고프고….
딸내미 나 배고파, 아빠. 나 고구마 먹을래.

아빠, 테이블 위에 있는 고구마와 감자로 시선이 간다.
딸, 고구마를 먹는다. 한숨 쉬는 아빠.

아 빠 죽기 힘드네, 거참.

갑자기 사진기가 여러 번 '찰칵' 찍힌다.

아 빠 (놀라며) 이건 또 뭐야?
일 동 (천천히 아빠를 쳐다보더니) 고장이야.

아빠의 한숨.
무대 암전.

제4장

딸내미, 뒤에서 고구마 까먹고 가족들과 사진사 일렬로 나란히
앉아서 핸드폰을 만지작댄다. 삼촌, 여기저기 기웃거린다.

아 들 안, 아프게… 자살하는, 방법….
삼 촌 그렇게 치면 나오겠냐?
사진사 (슬슬 졸린) 이거 핸드폰도 오래 들여다보고 있으니까 피곤하네
요. 금방 잠들 거 같은데. 좀 쉬었다 하는 게 어떨까요.
엄 마 자살하는 방법….
사진사 …그래, 이거 봐.

삼촌이 사진사에게 다가간다.

사진사 가스 중독은 아니야. 이거 잘못돼서 살아나면 반병신 된대.

사진사, 옆에 있는 삼촌을 쳐다보다가 팔을 바라본다. 어이없는
삼촌.

엄 마 뭐가 이렇게 복잡해.

삼 촌 뭔데?

엄 마 방에서 간이 텐트를 펴세용. 그리고는 텐트를 대형 비닐로 감싼
다? 그 안에 호스를 연결해서 질소를 투입하고, …신경, 안정제
를? 먹고 텐트 안에서 잠이 들면 됩니당…. 단, 깨지 마십시오.
큰일 납니다.

아 빠 간이텐트가 지금 어디 있어. 그런 거 말고.

아 들 탄 것을 많이 먹으면 암세포가 늘어납니다. 그럼 죽을 수도….

딸내미 지식인 그거 믿을 거 못 된다니까.

딸내미, 고구마 먹다 캑캑댄다.
사진사, 꾸벅꾸벅 졸기 시작한다.

엄 마 조심히 먹어. 기관지도 안 좋은 게. 너 오늘 약 먹었어?

딸내미 기관지 안 좋은 거랑 목 막히는 거랑 무슨 상관이야.

엄 마 애가 사람 잡아 먹겠네, 아주. 불안해 죽겠구만.

딸내미 원래 불안했어. 언제부터 이랬는데 오늘따라 왜 이래. 그리고
죽는 판에 약은 무슨 놈의 약이야.

사이.

엄 마 기관지가 안 좋아서 불안하지. 엄만 기관지가 안 좋지도 않은데
참 불안하게 살아. 근데 살다 보니까 삶이 그렇더라. 우린 항상
그 불안함 속에서 살고 있더라. 우리 봐. 이렇게 불안하잖아. 잠
깐 행복해도 언제 또 다시 불행해질지 몰라. 그래서 삶은 불안
한 거야.

딸내미 갑자기 무슨 소리야.

엄 마 아니야.

사이.

엄 마 (민망한 듯 핸드폰을 들여다보며) 아까 뭐 어떻게 해야 된다고
했지? 밀폐된 공간에서 백합꽃을 대량 풀어놓으면, 산소량이 부
족해서 죽는다네. 백합이 다른 꽃들에 비해 산소 흡수량이 높대
요. 신기하네.

삼 촌 (비꼬는) 공부하세요? 백합 그거 참 로맨틱하네.

사이.

아 들 떡을 먹고 기도가 막혀서 죽은 30대 남성….

삼 촌 이 판에 떡이 어디 있냐.

딸내미 고구마로 대신하면 안 돼? 이거 목 막혀.

아 빠 수면제! 수면제 과다복용 이게 있네.

엄 마 그게 제일 편안하긴 하겠다.

아 빠 어때?

사진사를 바라보는 아빠.

아 빠 야! 넌 이 상황에 잠이 오냐?

아 들 내가 갔다 올게.

사진사 깜박 졸았네. 어제 통 잠을 못 잤더니.

아 빠 (아들에게) 약국 가서 약 좀 사 와.

아들, 일어서서 아빠 앞에 선다.

아 빠 그래, 안다. 네 마음….

아 들 (자르며) 돈 줘.

아 빠 …아빠가 지갑을 안 가지고 와서. 애 돈 좀 줘 봐.

엄 마 내가 돈이 어디 있어.

아 빠 사진 찍으려고 돈 가져왔을 거 아니야.

엄 마 공짜로 찍어 준댔어요. 공짜로.

아 빠 왜?

엄 마 자살 말리려고 했다나 뭐라나.

아 빠 돈 좀 있으면 좀 빌려주지.

사진사, 일어서서 카운터로 향한다.

사진사 근데 우리 다 죽으려면 수면제가 몇 알이나 필요한 거야?

아 빠 꽤, 되겠지?

사진사 약사가 그만한 약을 주긴 한대?

사이.

다시 자리에 앉는 사진사.

삼 촌 그러고 보니까 옛날에 넥타이 자기 손으로 졸라서 자살했다는

거 본 적 있는 거 같은데.

딸내미 아프잖아, 그거.

삼 촌 이게 목 조르는 게 아프지 않대. 이게 쾌감이 있대. 죽기 직전에.

아 빠 넥타이? 그걸 자기 손으로 조르면 죽는다고?

삼 촌 그건 아니고 그런 사례가 있었다, 뭐 이런 소리지. 자세한 건 나

도 몰라.

아 빠 여기 넥타이 좀 있나?

사진사 촬영용으로 구비해 놓은 게 몇 개 있긴 한데.

사진사, 넥타이를 꽤 많이 들고 온다.

아 빠 이걸로 하면 되겠네.

가족들, 하나씩 넥타이를 매 본다.

투덜대는 사람들, 준비가 다 되자 침묵한다.

긴장한 모습이다.

엄 마 넥타이 한 번도 안 해 봤는데.

딸내미 삼촌, 이거 안 아프게 죽는 거 맞아?

삼 촌 시끄러워.

아 빠 한 번에 같이 하는 게 좋겠지? 다 맸지? 이제 어떻게 하면 될까.

삼 촌 당기면 되지. 뭘 알면서 물어.

아 빠 아무래도 동시에 당기는 게 좋겠지? 이렇게 하자. 내가 하나 둘 셋 하면 같이 당기는 거야. 알았지?

심호흡하는 가족들.

아 빠 자, (조금 빠르게) 하나, 둘….

삼 촌 잠깐, 이렇게 갑자기?

아 빠 뭘 갑자기야.

삼 촌 마음의 준비는 좀 해야 될 거 아니야.

아 빠 마음의 준비를 얼마나 더 해. (사이) 자, 간다. (천천히) 하나, 둘, 셋!

모두 넥타이를 당기려 소리 지르지만 마음처럼 되지 않는다.

삼 촌 시벌, 뭐야. 다 죽기 싫어?

아 들 삼촌은요.

삼 촌 나는 인마, 마음의 준비를 좀 했지.

아 빠 조용히 해! 다시 할 테니까.

사이.

아 빠 하나, 둘….

아 들 잠깐만요.

아 빠 또 왜!

아 들 그러지 말고 서로 당겨 주는 건 어때요?

아 빠 일리가 있는 방법이야.

삼 촌 뭔 소리야, 또.

아 빠 의미 있잖아. 어떻게 하면 되지? 위치를…. 동그랗게, 동그랗게
모여 봐.

동그랗게 둘러앉아 보는 가족들.

아 빠 자, 앉아.

아빠, 가족들의 위치를 보더니.

아 빠 (삼촌에게) 잠깐만. 넌 나랑 위치 좀 바꾸자.

삼　촌　나? 왜?

아빠, 삼촌 옆에 있는 사진사 바라본다.

아　빠　이 새끼는 내가 당기고 싶어.

삼　촌　나도 마찬가지야, 그건.

아　빠　양보해.

삼　촌　(자리를 바꾸며) 에이, 씨발. 늦게 태어난 게 죄지.

사진사　왜 난 기분이 나쁘지.

엄　마　조용히 해요.

다시 자리를 바꿔 둘러앉는 사람들.

엄　마　이러고 있으니까 좀 웃기긴 하네. 이거 뭐 수건돌리기도 아니고.

아　빠　자, 그럼 시작할까. 하나, 둘….

엄　마　잠깐만요.

일　동　또 왜!

엄　마　두, 둘러앉은 김에 한마디씩들 하는 건 어때?

삼　촌　한마디가 무슨 의미가 있어, 지금.

엄　마　그래도 마지막인데. 뭔가 한마디씩 해야 될 거 같잖아. …죽는
　　　　데 아무 말 없이 그냥 간다는 것도 마음이 좀 그렇고.

아　빠　알았어, 알았어. 그럼 한마디씩 해. 누구 먼저 할 거야.

다 같이 아빠를 쳐다보는 가족들.

아 빠 왜 다 날 쳐다봐.

엄 마 당신이 먼저 해요.

아 빠 (헛기침) 뭐 어찌됐든 상황이 여기까지 왔는데, 그런 이야기가 있어. 같이 죽으면 다음 생에도 같이 태어난다고. 그때도 우리 이렇게 만나면! …조금 다른 거 하고 살자, 우리. 이런 거 말고. (사이) 아니야. 그냥 모른 척하자. 알아도 모른 척. 우리 그런 거 잘하잖아?

삼 촌 끝이유?

아 빠 끝이야.

삼 촌 다음 누구야.

아 들 그냥 시계방향으로 도시죠.

사진사 (진지하게 일어나며) 저 이게….

아 들 아저씨, 시계방향은 이쪽이에요.

사진사 아, 그렇네.

엄 마 나는 다 괜찮아. 여기서 죽는 것도, 나는 어차피 살아올 만큼 살았고, 지옥 같은 이 세상 더 살고 싶지도 않아. 그래도 마지막 자리에 당신이 있어서 나는 기뻐. (사이) 사실 얼굴이 가물가물했어. 그렇게 오랜 세월 봤는데 이게 한 3년 안 보고 사니까, 어느 순간 나도 당신을 잊고 있는 거야. 기억 저편에서 당신 얼굴 꺼내면 생각이 나는데…. 불현듯 떠오르지가 않는 거야, 이제. 죽일 년이지. 그리고 너희들, 너희들한테 너무 미안해. 엄마가. 말

못 하고 이런 결정을 내 멋대로 한 것도 미안하고. 다음 생에는 좀 더 좋은 엄마를 만났으면 해. 사랑한다. 우리 아들, 딸내미다. (딸을 보며) 유경이는… 유경이는….

삼 촌 왜 또 울고 그래.

엄 마 아니야, 미안해서 그래. 미안해서….

아 들 삼촌 해요.

삼 촌 다 죽는 마당에 뭔 말을 하냐. 유언하냐? 누가 들어 준다고. 왜, 녹음기라도 틀어 놓지 그래? 난 됐어.

아 들 다음.

삼 촌 정 없는 새끼.

딸내미 고구마 먹었더니 똥 마려워.

삼 촌 다음.

딸내미 …삼촌?

아 들 (일어서며) 마지막은 행복했으면 좋겠어요. 죽는 모습이 괴롭지 않았으면 좋겠어요. 다 같이 죽는데 괴롭게 죽어 있으면 너무 안쓰럽잖아.

아들, 사진사에게 하라고 어깨를 치는데.

아 빠 자, 다 됐지?

사진사 (다급한) 잠깐만 나는….

아 빠 입이 있으면 지껄여 보시지.

사진사 준비하고 있었는데 마지막까지 너무하네.

삼 촌 너무해? 그게 할 소리야? 형, 나와 봐. 저 새끼 내가 당길라니까.

삼촌, 사진사를 쫓고 사진사는 도망간다.
도망가다가 삼촌이 넘어지고 사진사는 무릎 꿇는다.

사진사 미안합니다! 몇 번을 마음속으로 이야기했는지 모르겠어요. 혹시나, 혹시나! 자네를 만나면 미안하다고 이야기하겠다고. 내가 왜 이 사진관을 열게 된 건 줄 알아? 돈도 안 되는데 영정 사진만 찍는 사진관을 만든 이유를 아느냐구. 당장이라도 죽을 거 같은데, 죽고 싶은데 또 그럴 용기는 없고. 그러다 문득 죽기 전에 영정 사진을 찍는 사람은 어떤 느낌일까 했어요. 궁금했기도 하고 봉사하는 마음으로 시작했어요. 뭔가 내 죄를 조금이나마 씻어 내는 것 같기도 하고, 이런 사진을 계속 찍다 보면 나도 언젠가 죽을 수 있지 않을까, 용기를 낼 수 있지 않을까 그런 생각에. (사이) 내가 미안해. 미안해. 근데, 근데 이 말밖에 할 수 있는 말이 없어….

엄 마 그만 미안해해요. 그런 말한다고 뭐가 달라진다고. 그래도 댁 덕에 우리 가족이 다 모여서 이러고 한마디라도 하고 죽을 수 있게 된 거 아니에요.

침묵하는 가족들.
'찰칵', 카메라 연속으로 찍히는 소리.

삼 촌 타이밍 죽이네. 저거 카메라 여기로 갖다 놓을래? 우리 시체 널
         브러진 사진 찍히도록? 퓰리처상 감 아냐? 헤드라인 영정 사진
         관에서 가족 단체사. (사진사를 발견하고) 외 1인!

아 빠 다들 고생 많았다. 자, 이번엔 진짜야.

사이.

아 빠 하나, 둘, 셋…!

가족들과 사진사 모두 각자의 손에 잡고 있던 넥타이를 있는 힘
껏 당긴다. 그 모습이 슬로모션으로 보인다. 그 행동은 웃길지
모르지만 그들의 표정은 꽤나 슬퍼 보인다. 죽을 것 같던 표정
의 그들은 목이 졸리기 시작하자, 잡고 있는 손에 힘이 풀린다.
다 같이 손에 힘이 풀리면 그들은 다시 숨을 쉴 수 있게 되고 다
시 손에 힘을 준다. 그런 우스꽝스러운 행동들이 반복된다.

삼 촌 잠깐만, 아이씨, 잠깐만!

다 같이 손에 힘을 풀고 캑캑대는 사람들.

삼 촌 이거 뒤질 수 있긴 한 거야?

아 들 삼촌이 하자고 그랬잖아.

삼 촌 내가 언제 하자고 그랬어. 그런 사례가 있다고 했지, 인마.

딸내미 아까 삼촌이 하자고 꼬셨잖아.

삼 촌 넌 시끄러. 힘도 없어서 잘 당기지도 못하는 게 내가 제일 늦게 죽을 뻔했어.

아 빠 숨 막혀서 힘이 안 들어가.

긴 침묵, 어찌해야 될지를 모르는 사람들.

아 들 잠깐만요! 아까….

아들, 핸드폰을 뒤진다.

삼 촌 너 또 쓸데없는 거 가져오기만 해 봐.

아 들 셔츠에 물을 적신 뒤 목을 가볍게 압박할 만큼 묶고 잠을 잔다. 압박만으로도 혈류가 멈춰서 죽게 된다. 이거 이게 있었네.

아 빠 셔츠 있지.

사진사 촬영용으로 구비해 놓은 게 몇 개 있긴 한데.

삼 촌 여긴 뭐 이렇게 구비해 놓은 게 많아. 사람도 안 오는 게.

사진사, 넥타이를 걸어 가고 셔츠 몇 장, 가져온다.

아 빠 물은?

테이블 위 고구마 옆 물통 가리키는 사진사.

아빠, 셔츠를 물에 적시려다 주변을 둘러보곤 쓰레기통을 발견
한다. 쓰레기통을 모두 비우고 셔츠를 넣으려 한다.
질겁하는 가족들.
그러나 아빠는 굴하지 않고 셔츠를 넣는다.
비명을 지르는 가족들.
아빠는 가족들의 얼굴을 보고 잠시 고민하다 물통을 쓰레기통
에 쏟아붓는다.

아　빠　자! 한 명씩 와!

사람들 줄줄이 셔츠를 받아들고 목에 감는다.
냄새를 맡아 보기도 한다. 고약하다.
셔츠를 목에 감던 딸내미, 바닥에 손을 댄다.

딸내미　근데.
엄　마　왜.
딸내미　땅바닥 너무 차갑지 않아? 이불이라도 깔아야….
삼　촌　이년이 정신이 나가 가지고.
딸내미　왜. 나 차가운 바닥에 누워 있는 거 싫단 말이야.
사진사　보일러 올리고 올게.

사진사, 들어가서 보일러 올리고 나온다.
가족들, 셔츠를 목에 묶어 본다.

삼　촌　이렇게 하면 진짜 죽는 거야?

아　들　일단 해 봐요. 그렇다잖아.

딸내미　인터넷 믿을 거 못 된다니까.

일렬로 셔츠를 목에 묶고 눕는 사람들.

딸내미　아직 차가운데.

사진사　보일러가 오래돼서 좀 걸립니다.

엄　마　그거 보일러 수리하는 데 얼마나 한다고.

아　들　우리 집 보일러 고장 난 지 1년 됐어, 엄마.

못 들은 척 눕는 엄마.

인상 쓰며 눕는 딸내미.

아　빠　이제 자자.

엄　마　(몸을 일으키며) 저기, 다 같이 누운 김에 한마디씩 하는 건…
　　　　　그냥 자자.

꽤 오랜 시간 동안 말하지 않는 사람들.

잠이 든 듯싶다.

딸내미　아빠.

아　빠　왜.

딸내미 잠이 안 와.

아 들 너만 잠 안 오는 거 아니야.

삼 촌 이 상황에서 잠이 오면 사람이냐?

사이.

엄 마 불 끌까?

아 빠 여보….

엄 마 불을 꺼야 잠을 자지. 유경이는 불 안 끄면 잠 못 자. 당신도 알
면서. 그리고… 그거 당신 닮은 거잖아. 유경이 잠 안 오지?

딸내미 아니, 올랑 말랑 해. 아빠.

아 빠 응?

딸내미 (순수하게 웃는) 그래도 아빠랑 같이 자니까 좋다.

엄 마 (슬픈) 불 꺼 줘. 그래도 마지막인데 못 해 줄 거 없잖아.

일어나는 아빠, 딸내미의 얼굴을 쳐다본다.

딸내미 (눈을 뜨는) 왜?

아 빠 아니, 아니다.

딸내미 (즐거운 듯 속삭이는) 엄마, 우리 이렇게 모여서 자는 거 진짜
오랜만이다. 그치. 바닥 차가워도 괜찮은 거 같아.

엄 마 바닥?

딸내미 하나도 안 차가워. 그치, 엄마.

엄 마 왜.

딸내미 내가 아까 그랬잖아. 아빠 돌아온다고. 왔잖아. 그래서 따듯한 가 봐. 오빠 거짓말쟁이. 난 엄마가 아빠 죽었다고 했을 때, 처음 부터 믿지도 않았다. 아빠가 죽을 리가 없잖아.

계속해서 주절대는 딸내미.

삼 촌 어차피 우린 다 죽어.

삼촌의 허벅지 꼬집는 엄마.

삼 촌 아-아!

아 빠 (사이) 여기 불 어디 있어?

삼 촌 (아픈 허벅지 문지르며) 이보쇼, 형씨. 여기 불 어디 있어.

대답이 없는 사진사.
삼촌, 일어난다.

삼 촌 이보쇼! …너 자냐?

조용히 들리는 사진사의 코 고는 소리.
삼촌, 발로 사진사 찬다.
벌떡 일어나는 사진사, 주위를 살핀다.

사진사 천국입니까!

삼 촌 지옥이다, 지옥. 이 새끼야. 뒤져. 뒤져. 새끼야.

안도의 한숨 쉬는 사진사.

삼 촌 이래 가지고 오늘 안에 뒤질 수 있긴 한 거야?

엄 마 복잡하게 생각하지 말고 그냥 비닐봉지 쓰고 끈으로 해서 여기
이렇게 묶으면 숨 막혀서 죽는 거 아니야?

삼 촌 숨 막히면 참 안 고통스럽겠네요. 응?

딸내미 삼촌이 숨 막히면 쾌감이 온다며.

아 빠 비닐봉지…

사진사를 쳐다보는 아빠.

아 빠 촬영용으로 구비해 놓은 거 있지.

안쪽으로 홀린 듯 들어가는 사진사, 아직도 잠에 취해 있다.

삼 촌 이놈의 사진관에는 없는 게 없네. 이제 저 방에서 뭐가 나올지
가 더 무서워.

비닐봉지를 가져오는 사진사.

사진사　끈이 없어.

삼　촌　망할. 드디어 없는 게 나오는구만.

아　들　신발 끈…. 신발 끈 있잖아요.

삼　촌　이 새끼는 갑자기 왜 이렇게 적극적이야? 이걸 언제 다 풀고 앉아 있냐?

딸내미　(목에 넥타이를 꺼내며) 넥타이 있잖아!

삼　촌　이 똑똑한 년아~!

아　빠　자, 한 사람씩 받아.

가족들, 비닐봉지를 받는다.

엄　마　까만색 없어요? 징그럽게 투명색이 뭐야, 투명이. 옆 사람 다 보이게.

사진사　죄송합니다.

삼촌, 비닐봉지 뒤집어쓴다.

삼　촌　이래 죽으나, 저래 죽으나.

천천히 비닐봉지를 뒤집어쓰는 사람들, 자신의 목을 끈으로 묶는다.

딸내미　오빠, 나 넥타이 못 묶는 거 알잖아.

아 들 (안 들리는) 뭐라고?

딸내미 나 끈 못 묶는다고!

아 들 그니까 넥타이 지퍼로 된 거 사라니까 말을 안 들어.

엄마, 가장 먼저 묶었는데 커다란 리본 모양이다.

아들, 엄마의 모습에 한숨 쉰다.

아 들 엄마 넥타이를 그렇게 묶으면…

엄 마 (안 들리는) 뭐라고?

아 들 왜 또 리본 모양이야….

리본 한 손으로 풀고 비닐봉지 벗는 엄마.

엄 마 뭐라고?

아 들 아니에요. 예쁘게 잘했다고. (사이) 잠깐만요. 서로 묶어 줘야
할 것 같은데요.

삼 촌 뭔 끈 하나 못 묶어서 참내. (사진사를 보며) 안 쓰고 뭐 했어.

사진사 끈 묶을 줄 모릅니다.

한숨 쉬는 삼촌.

아 빠 줘 봐. 좀 해 줘 봐, 다들!

서로가 서로를 보고 묶어 주는 사람들.

투명한 비닐봉지 탓인지 서로의 얼굴이 고스란히 보인다. 괜스레 눈물이 나는 딸내미.

아 들 왜 울어.

딸내미 몰라. 그냥 눈물이 나.

삼 촌 감성적인 년.

아 들 그만 좀 해요-!

삼 촌 내가 뭘!

아 들 지금 농담 따 먹기 할 때에요?

삼 촌 농담 아니야, 새끼야!

아 들 진짜 삼촌만 아니었으면! 아까 그냥 죽여 버렸어야 됐는데!

삼 촌 뭐라고, 이 새끼야? 너 그게 삼촌한테 할 말이야!

아 빠 조용히 해! 다 앉아! (삼촌을 보며) 넌 안 묶고 뭐 했어!

삼 촌 난 팔이 한짝이 없잖아!

아 빠 불쌍한 새끼. 이리 와.

아빠, 삼촌의 넥타이를 묶어 준다.

아 빠 (다 묶은 후) 자, 다 됐지. 이제 진짜….

아빠, 가족들을 돌아보는데 이미 비닐봉지를 쓴 가족들은 힘겹게 숨을 헐떡거리고 있다.

아 빠 이제 진짜야….

아빠, 천천히 걸어가 엄마의 옆자리에 앉는다. 비닐봉지를 쓰려다 가족들을 천천히 바라본다. 그때 아빠의 시선이 느껴졌는지, 엄마가 고개를 아빠 쪽으로 돌린다. 엄마, 천천히 아빠에게 손을 내민다. 엄마의 손끝에서 두려움이 느껴진다. 아빠는 엄마의 손짓을 보며 눈물이 난다. 아빠, 엄마의 손을 꽉 잡고 고개를 숙인다. 엄마는 숨이 차는지 천천히 손을 놓는다. 아빠, 눈물이 멈추지 않으면서도 넥타이를 꽉 잡고 비닐봉지를 쓴다. 그러나, 넥타이를 묶지 못한다. 자신이 하는 행동이 옳은가에 대해 혼란스러운 아빠. 그때, '푸슉 푸슉' 바람 새는 소리가 들린다. 사진사의 비닐봉지에 조그만 구멍에서 바람이 새어 나온다. 이상한 소리를 느끼는 삼촌, 사진사에게 다가간다. 삼촌, 사진사의 비닐봉지에 손 대 보더니 흥분해 사진사의 비닐봉지를 벗긴다.

삼 촌 이 개새끼야! 이 새끼 지만 살려고 비닐봉지에 구멍 뚫어 놓은 것 봐, 이 새끼. 이 새끼 보라구!

가족들, 힘겹게 비닐봉지를 벗는다.
사진사를 마구 때리는 삼촌.

삼 촌 넌 살겠다 이거냐? 살겠다는 거냐고.
사진사 아니에요, 아니에요.

삼 촌 아니긴 뭐가 아니야, 이 새끼야. 비겁한 새끼. 내가 아까부터 이
          새끼 개새끼라고 그랬지? 말 안 하고 혼자 긴장하고 있을 때부
          터 이상하다 싶었어, 이 새끼!

아 빠 치사한 새끼.

엄 마 죽여 버려요.

          캑캑대는 딸내미와 등 두드려 주는 아들.
          사진사를 때리는 삼촌과 이를 지켜보는 아빠와 엄마.

사진사 잠깐만요! 잠깐만! 내가 뚫은 거 아니에요.

삼 촌 (때리며) 뭐라고?

사진사 구멍 내가 뚫어 놓은 거 아니라고!

          멈추는 삼촌.

사진사 뚫려 있었네. 아니, 왜 생사람을 잡고 그래요. 내가 그렇게 경우
          없는 사람으로 보여요?

          더 때리는 삼촌.

삼 촌 그걸 나보고 믿으라고? 나보고 믿어?

          삼촌, 사진사에게 박치기를 하고 사진사는 기절한다.

아　들　잠깐만요! 잠깐만! 유경이가 이상해요.

계속해서 캑캑대는 딸내미.
아빠와 엄마, 황급히 딸내미에게 다가간다.

아　빠　딸, 왜 그래?

엄　마　숨 막혀? 숨 막혀? 우리 유경이 기관지가 안 좋잖아. 오늘 약 안
　　　　먹더니.

아　빠　숨 쉬어 봐, 숨. 애 또 과호흡 온 거 아니야? 비닐봉지! 비닐봉지!

아　들　(아빠 손을 보며) 여기 들고 있잖아요!

아빠, 비닐봉지를 딸내미의 입에 갖다 댄다.

엄　마　(침착한) 119 불러. 흥분하지 말아요. 주위 사람이 흥분하면 경
　　　　련 더 오는 거 몰라? 침착해야 돼.

아　빠　(횡설수설하는) 업혀. 빨리.

삼　촌　119? 무슨 119를 불러.

엄　마　아, 모르면 좀 빠져요! 얘가 그냥 과호흡인 줄 알아?

캑캑대는 딸을 둘러싸는 사람들, 걱정한다.
걱정하는 말이 겹치며 오간다.

삼　촌　(카운터의 전화기로 전화하는) 119죠?

시끄러워지는 사진관.

딸내미 잠, 잠깐. 잠, 깐.

딸을 에워싸는 사람들.

딸내미 아, 쫌. 나와 봐-!

정적.
캑캑대는 딸내미.

딸내미 이러다 진짜 숨 막혀서 죽겠네. 사레 들렸어!
아 빠 뭐?
딸내미 사레 들렸다고.
삼 촌 (전화기에 대고) 항상 감사합니다.

삼촌, 전화기를 내려놓는다.

딸내미 왜 등은 때리고 난리야. 아파 죽겠네.
아 빠 그, 그래?
딸내미 오버는 하고 난리야.

민망한 가족들. 엎어져 있는 사진사.

엄 마 저 아저씨 좀 일으켜 줘.

사진사를 일으켜 주는 삼촌.

아 빠 아빠는, 걱정돼서 그랬지.
딸내미 걱정은 무슨 걱정! 119는 무슨 119! 지금 죽으려고 다 비닐봉지 쓰고 있던 거 아니야?
삼 촌 (사진사를 보며) 이 새낀 아닌 거 같아.
딸내미 진짜 다들 죽고 싶은 거 맞아? 죽고 싶어서 이러고 있는 거 맞느 냐구.

말이 없는 사람들.

딸내미 죽기 싫지. 지금 죽기 싫지!
엄 마 그런 거 아니야.
딸내미 근데 왜 다들 말을 안 해-!

각자 천천히 자리에 앉는 사람들.

딸내미 (울며) 나 왜 지금 이거 다 말 듣고 하고 있는 줄 알아? 내가 바 보 멍청이인줄 아냐구. 나는 뭐 말도 못 하는 벙어리라서 이러 고 있는 줄 아냐고.

울먹이는 딸내미.

딸내미 오빠도 알잖아. 어린애 아니잖아. 삼촌도 알잖아. 엄마도 아빠
도 아니, 다 알잖아! 이런 방법으로 죽을 리 없다는 거 다들 알고
있잖아. 안 죽을 거라는 거 알고 있잖아!

사이.

아 들 엄마… 집에 가자.
엄 마 못 가.
아 들 고집부리지 말고!
엄 마 엄만 집에 못 가.
아 들 진짜 죽고 싶어?
엄 마 …그래.
아 들 꼭 여기서 죽어야 될 이유 하나도 없잖아. 근데 자꾸 여기서 죽
으려고 하잖아. 사실 밖에 나가서 옥상에서 떨어져도 깔끔하고.
엄 마 동네 망신이잖아.
아 들 다 같이 목을 매도 되고.
삼 촌 아파.
아 들 삼촌 쫌! 한 마디만 더 해! (사이) 굳이 여기서 죽을 이유를 기어
코 찾는 게 사실 그런 거잖아. 우리 다 알고 있는 거잖아.

가족을 둘러보는 아들.

아　들　엄마, 아빠, 삼촌! 우리 딱 한 달만 더 살아 보자. 그래도 이 세상 진짜 못 살겠으면 그때 같이 죽자! 그땐 다 같이 깔끔하게 한 번에 가는 방법 찾아서 그렇게 죽자고! 아까 나 생일이라고 소원 들어준댔잖아. 이게 내 마지막 소원이야.

엄　마　한 달 산다고 달라질 거 같지 않으니까 그러니까 이런 결심 한 거잖아. 이 불행이 언제까지 지속될 줄 알고 불안에 떨며 언제까지 살아갈래.

아　들　왜 이렇게 꼬였어?

엄　마　네가 살아 봐라. 언제 불행이 와도 이상하지 않아. 정말 안 그럴 거 같은 순간에 불행이 오면 이제는 그냥 체념해. 삶이 그렇다고.

아　들　그래, 어쩔 거야. 뭐 이제 어떻게 할 건데. 막상 죽는다고 하니까 무섭지. 그렇잖아!

사이.

딸내미　나도 무서워. 난 아까부터 무섭다고 이야기했다구.

아　들　엄마가 그랬지. 우리 가족 사는 거 참 불안하게 산다고. 맞아, 진짜 맞아. 우리 가족 문제 많고, 아파. 그리고 나도 알아, 그거! 근데 그게 당연한 거야. 우리만 그런 거 아니잖아. 다른 사람들도, 내 친구들도 다 그냥 살아. 말 안 하고. 그리고 우리도 이제까지 아무 말도 안 하고 잘 살아왔잖아. 아빠 왜 말이 없어? 입이 없어요?

긴 사이.
아빠, 엄마에게 천천히 다가간다.

아　빠 (엄마의 어깨에 손을 올리며) 여보, 이제 그만 들어가자.

엄마, 무너진다.
펑펑 우는 엄마, 가족들 침묵하고 등 돌린다.

엄　마 두려워도 해야 되는데- 사는 게 더 두려울 건데, 무서울 건데-.
언제 또 다시 더 큰 불행이 닥칠지 모르는데-.

한참을 울던 엄마, 울음 잦아든다.
몸을 일으킨다.

엄　마 (사이) 고기 재워 놨어.

엄마 가방을 챙겨 밖으로 나가려 한다.
엄마, 그러다 멈칫하고 돌아선다.

엄　마 아직 식전이죠. (사이) 시간 되시면 같이 식사라도 하실래요.
사진사 저는, 저는….

울먹이는 사진사.

삼　촌　형씨까지 울면 신파야. 울음 그쳐.

사진사　나는 울고 싶어도 못 울게 하고. (사이) 제가 껴도 되는지.

엄　마　손가락만 하나 더 올리면 되는데요, 뭘.

사진사　아니에요. 저는, 아니에요.

삼　촌　관심 없으면 저기 있는 고구마로 대충 때우던가.

　　　가족들 나가려는데.

사진사　저기요. (사이) 그게 아니고. 가족사진 찍고 가세요. 오늘 사실
　　　그거 때문에….

아　들　그랬지.

사진사　이리로 오세요. 찍고 가시죠. 이것도 기념이라면 기념인데.

삼　촌　됐어, 무슨 사진이야. 기념은 개뿔, 기념. 가자.

아　들　찍고 가. 가족사진 찍으려고 여기 온 거잖아.

아　빠　여긴 영정 사진만 찍는다고 하지 않았어?

삼　촌　한 달 후에 죽겠다며 무슨 사진.

아　빠　영정 사진으로 쓸 수도 있지 뭐.

아　들　아빠-!

엄　마　어쩜 생각하는 게 애랑 똑같아요?

아　빠　뭐가? 왜?

　　　우물쭈물 사진기 앞으로 모이는 가족들.
　　　그들의 표정이 매우 슬퍼 보인다.

사진사 사진 찍습니다. 좀 웃으세요.

억지웃음 짓는 가족들. 표정이 딱딱하다.

사진사 자, 하나 둘 셋-!

사진기가 말을 듣지 않는다.

사진사 이거 못 고쳤지, 참. 저 잠시만….
엄 마 아오, 마지막까지 진짜.
삼 촌 가지가지 한다, 진짜.
사진사 저기 근데….
아 빠 또 왜!
사진사 …깻잎이나 상추도 있습니까? 제가 야채 없이는 고기를 못 먹
어서.

사진사의 말에 일동 말문이 막힌다.

엄 마 여기 촬영용으로 구비해 놓은 거 없어요?
삼 촌 갑자기 그 이야기가 왜 나와?
엄 마 아니, 아까부터 자꾸 뭐가 나오니까.

가족들, 웃음이 난다.

고장 난 사진기 '찰칵' 소리와 함께 연속적으로 찍힌다.

사진사 어?

당황하는 가족들의 모습이 카메라에 담긴다.
다시 한 번 '찰칵' 소리.
행복해 보이는 가족들의 표정.

사진사 보세요. 사진을 찍으니까 행복해지잖아요.
아 들 잠깐이라면서.
사진사 잠깐이라도 이 순간을 느껴요.
삼 촌 쓸데없는 소리 하지 말고 다 찍었수? 찍었으면 가자고.
사진사 아직- 한 장만 더 찍을게요. 자, 잠깐만 행복할게요! 하나 둘- 셋!

사진 찍히려는데, 딸내미 표정이 좋지 않다.
딸내미가 기침하다가 피를 토한다.
일동 놀라는데, 엄마의 표정 담담하다.

막.

안녕, 오리!

등장인물

아 들(20세, 남자)

어머니(47세, 여자)

어린이(12세, 여자)

어 른(31세, 남자)

숙 녀(25세, 여자)

담당관(30세, 여자)

때

현재

곳

오리 보관소

무대

무대 한가운데는 높고 가파른 계단이 보인다. 계단 위로는 휘황찬란한 단상이 높여져 있다. 단상 뒤로는 성전에서나 보일 법한 신성한 느낌의 문양들이 벽을 가득 메우고 있다. 단상 아래로는 크고 작은 빈 새장들이 매달려 있다. 단상은 찬란한 빛으로 번쩍거린다. 단상 앞에는 대기번호를 알리는 전광판이 보인다. 단상 뒤로는 보이지 않지만 오리를 보관하는 창고가 존재한다. 계단 옆으로 대기석으로 보이는 상징적인 의자가 반듯하게 여러 개 놓여 있다. 오리의 울음소리가 드문드문 퍼진다.

막이 오르면, 어두운 오리보관소의 문이 열린다.

문 사이로 쏟아지는 한 줄기 빛.

쏟아진 빛 속에 어린이의 뒷모습이 비춰진다.

키가 작고 가녀린 어린이의 목에는 줄이 달려 있고,

그 끝에는 작고 예쁜 새장이 매달려 있다.

(*새장 속에는 오리가 울고 있다. 관객의 눈엔 보이지 않는다.)

어린이 원래 인생이란 게 다 그런 거래. 만남이 있으면 헤어짐이 있다고. 아빠가 그러니까 슬퍼하지 말라고 그랬어. 가서 밥 잘 먹고. 울지 마. 왜 울어. 네가 우니까 나도 눈물 나려고 한다. 여기도 괜찮은 곳이랬어. 우와, 여기 봐 봐. 다들 오리를 맡겼잖아. 안에 친구들 대따 많겠다, 그치. (관객을 보며) 어, 안녕하세요. 우와, 사람 되게 많아. 살 만한 곳이 분명할 거야. 신기하게 생겼다. 예뻐. 오리들의 집이라… 맡긴 새장이 가득해!

어린이는 조심조심 계단을 오른다. 계단은 매우 가파르고 높아 어린이가 올라가기 쉽지 않다. 단상 앞까지 어린이가 올라가고 전광판 옆에 있는 벨을 누른다. 곧 벨소리가 울리며 단상 아래에서 담당관이 천천히 올라온다. 담당관은 사람들 앞에서 항시 웃음을 잃지 않고 있다. 그 모습이 약간은 기계적으로 보인다. 새장을 담당관에게 막 전해 주는 어린이.

어린이 오리를 보관하려구요.

가위로 어린이의 줄을 잘라내는 담당관.

어린이 (놀라운 듯 새장을 바라보는) 신기해요! 줄을 자르니까 오리
가… 사라졌어.

담당관 신기한 일이죠. 다들 줄이 잘리면 놀란다니까요.

어린이 …허전하다.

담당관 처음엔 누구나 허전하죠. 태어날 때부터 오리를 달고 살아왔으
니…. 그래도 잘라내니 좀 시원하지 않나요?

어린이 …….

담당관 그렇지만 시간이 지나면 곧 아무렇지 않게 된답니다. 이런 기이
한 현상이 일어날 줄 누가 알았겠어요? 세상에 모두 오리를 달
고 태어나게 되다니. 하기야 요즘 세상에 뭐 이런 일이 놀라울
일이겠어요? 무엇이 일어나도 놀랍지 않은 세상이 되어 버렸잖
아요?

어린이 안 보여… 안 보여.

담당관 걱정은 하지 마세요. 저도 보이지 않는걸요. 오리를 볼 수 있는
사람들이 얼마나 된다고. (관객을 보며) 아마 저기 있는 모든 분
들도 오리가 보이지 않을걸요? 오리가 보이지 않는다고 해서 존
재하지 않는 것은 아니니까. (사이) 부담은 갖지 마세요. 오리를
맡기는 것은 잘 선택한 일입니다. 저희가 잘 보관할 거예요.

어린이 저는 괜찮아요. 아무렇지도 않은데 뭘.

담당관 으레 다들 두려워하더라고요.

어린이 나는 그냥 아빠가 시킨 대로 하는 거예요.

담당관 그거 참 좋은 아빠를 두셨습니다. 보상금은 매달 댁으로 지급될
것입니다.

어린이 보상금이요?

담당관 모르고 계셨어요? 오리를 맡기면 매달 보상금을 지급하기로 되어
있습니다. 그래서 많은 분들이 저희 오리 보관소를 찾아오시죠.
(관객을 보며) 이것 보세요. 지금도 이렇게 많은 분들이 오리를
맡기셨잖아요?

어린이 나는 그런 거 몰라요. (말장난치는) 나는 나는 아무것도 몰라.

담당관 (서류를 꺼내며) 이걸 좀 작성해 주셔야 되는데 복잡한 건 아니
고… 부모님이랑 같이 안 오셨어요?

어린이 (어두운) 우리 아빠는 바빠요. 그래서 맨날 나랑 안 놀아 줘. 나
는 맨날 혼자예요. 혼자 놀아야 돼요. 아줌마가 같이 놀아 주실
래요?

담당관 …저도 바쁩니다.

어린이 흥. 어른들은 죄다 바쁜 척이야. 우리 아빠는 진-짜로 바쁘다구요.

담당관 알았으니까 이것 좀 써 줄래요?

어린이, 서류를 받아서 적는다.
서류를 적으며 궁시렁대는 어린이.

어린이 못생겼어. 돼지. 못생긴 돼지.

담당관 조용히 하자.

담당관, 고개 숙인 어린이를 보며 한숨을 쉰다.

어린이 갑자기 왜 반말 하세요?

담당관 아무도 날 쳐다보고 있지 않으니까. 너밖에.

어린이 어른들은 항상 누가 자길 쳐다보나 무지하게 신경 써. 주변을
          휙휙 토끼눈으로 근무 중, 이상 무!

담당관 그런 말은 어디서 배웠니?

어린이 아빠가 가르쳐 주는 거예요. 나는 아빠한테 다 배워요.

담당관 아우, 시끄러워.

담당관, 아래로 퇴장한다.
바깥에서 시끄러운 소리가 들린다.
어린이, 바깥을 살핀다.

어린이 적군 발견! 후퇴한다!

어머니가 아들을 끌고 등장한다.
어머니의 목에는 긴 줄이 매달려 있고, 날카로운 무언가로 잘려
나가 있다.
아들은 목에 묶인 줄 끝에는 어린이의 것보다 조금 큰 새장이
달려 있다.

아 들 안 간다고요. 아이- 쫌!

어린이 꼼짝 마! 손 들어!

어머니를 뿌리치는 아들.

어머니 얼마나 더 얘기를 해야 말을 들어 먹을래? 뭘 시답지 않은 고민
을 그렇게 물고 늘어져. 너 자꾸 그러면 정 들어서 나중에 더 힘
들다.

아 들 엄마가 이러는 게 더 힘들어.

어머니 맡기는 게 죄짓는 것 같다면 엄마가 대신해 줄게.

어머니, 아들의 줄을 잡으려 하자, 아들은 어머니의 손을 막는다.

아 들 내 오리야.

아들, 대기석에 털썩 앉는다.
어머니, 고개를 절레절레 하며 아들의 옆에 앉는다.
조금 떨어져 앉는 아들.
어린이, 그들을 쳐다보다 자리에 가 앉는다.
가방 속에서 새하얀 종이를 꺼내 비행기를 접는다.

아 들 얘는 (하늘을 가리키며) 새가 돼서 저곳으로 나를 데려다 줄 거야.

어머니 도대체 몇 번을 말해야 말을 알아들어! 네가 말하는 뭐, 어디?
저곳? 저긴 아무것도….

아 들 (자르며) 아니. 존재해. 그리고, 저곳은 (땅을 내려다보며) 적어
도 이곳 같진 않겠지. 뭔가 대단한 게 있을 거야.

어머니 (한숨) 좋다. 네 말대로라면 하늘로 올라간 사람은 왜 한 명도
없는 거지?

아 들 …하늘에 올라간 사람은 다시 이곳으로 내려오지 않아. 뭐가 좋
다고 이곳으로 내려오겠어? 그러니 저 위의 얘기는 아무에게도
들을 수 없는 거야.

어머니 본 사람도 없잖아.

아 들 …저곳은 존재한다니까. 얘가 새가 돼서 날 데리고 날아갈 거야.

어머니 세상에 새가 되는 오리는 없다니까!

아 들 왜 말이 바뀐 거야? 오리가 새가 된다는 건 엄마가 제일 먼저 한
이야기야.

어머니 너무 오래전 얘기라 기억이 안 난다.

아 들 또 거짓말. (사이) 저곳이 없으면, 없다는 걸 알면 어떻게 여기
서 살아갈 수 있겠어.

어머니 (답답하다는 듯) 다들 그렇게 살잖아!

아 들 오리를 키우라고 한 건 엄마야. 엄마라고.

말이 없는 어머니.

아 들 왜 이제 와서 못 잡아먹어서 안달이야! 그럴 거면 왜 오리를 키우
는 법을 가르쳐 줬어. (어린이를 힐끗 보며) 차라리 저 애처럼….

아들의 말에 고개를 돌리는 어린이.

어린이 나? 왜?

아 들 시끄러.

어린이 화가 난 것 같다.

다시 서류를 작성하는 어린이.

어머니 아무것도 해 주지 않는 오리가 뭐 좋다고.

아들의 오리, 울음소리를 낸다.
새장 속 오리의 그림자가 비췄다가 사라진다.

어머니 봐, 또 밥 달라고 울잖아. 이놈을 달고 다니면 불편한 게 많아.

아 들 아무것도 안 보이면서 내 오리한테 이래라저래라 하지 마. 이
새하얀 털을 봐. 금방이라도 새가 될 것 같아. 내 건 특히나 다른
사람들보다 훨씬 더 하얗다고.

어머니 하얀 털을 가졌다고 해서 좋은 오리라는 이야기는 아무도 한 적
이 없어. 그리고 네가 말한 그 희멀건 오리를 보는 사람은 이제
없어. 애들이나 그런 걸 보는 거라고. 엄마 나이쯤 되는 사람들
을 봐라. 누구 하나 오리를 보는 사람이 있는지.

아 들 함부로 줄을 끊어 버리니 오리가 안 보이는 거 아니야. 그러면
서 오리에 대해서 이래라저래라 말할 자격이나 있어?

어머니 너 엄마한테 말버릇이….

사이.

아 들 어쩌면 지금 우리 얘기를 듣고 있는지도 몰라. 그래서 이렇게 우는지도…. 난 얘랑 노는 게 좋단 말이야.

어머니 애처럼 굴지 마. (관객을 둘러보는 듯) 여기 주위에 있는 사람들을 한번 둘러봐. 누구 하나 오리를 가지고 고민하는 사람들이 있어?

어린이 (둘러보며) 없습니다!

아들, 관객들을 둘러본다. 이내 한숨을 쉰다.

어머니 이것 봐. 이래도 자꾸 엄마 말이 틀렸다고 할래? (일어서며) 오리를 맡기는 사람이 수천, 수만 명이야. 거리에 오리 시체가 얼마나 널려 있으면 나라에서 오리를 맡아 주겠다고 보관소까지 만들었겠냐고.

아 들 보관하면 오리를 볼 수 없잖아. 살아 있는지 죽었는지 어떻게 알아.

어머니 넌 네가 보이는 것만 믿어?

아 들 …모두가 그렇게 해도 난 그렇게 안 할 거야. (새장을 바라보며) 다 같은 걸 가지고 있는 것도 아니고. 누구나 다르니까.

어머니 살다 보면 다 알게 돼.

어린이가 벨을 누르자, 담당관이 올라온다.
아들과 어머니, 담당관을 바라본다.

어린이 다 썼어요.

담당관 아주 잘하셨습니다. 수고하셨습니다.

어린이 이제 놀아도 되죠?

담당관 그럼요. 즐거운 하루 되십시오.

어머니 어서!

고개를 돌리는 아들.
담당관, 퇴장한다.

어머니 (답답한) 엄마도 겪은 게 있으니까 너한테 말하는 거지. 내가 너
에게 나쁜 걸 인도할 거라고 생각해? 엄마가 아들한테?

어린이는 계단 앞에 앉아 가방 속에 종이를 꺼내, 비행기를 접
는다. 접은 비행기를 무대 가운데로 하나씩 던진다.

어머니 엄마는 네가 좋은 길로 가길 원해.

아 들 원하는 대로 하라고 했잖아. 내 마음대로 하라고. 분명히 그랬
잖아.

어머니 너를 올바른 길로 인도하는 것이….

아 들 길을 알려 주면 내가 선택해. 책임 역시 내가 지고.

어린이 오호-.

아 들 내가 엄마의 선택대로 오리를 죽인다면 나는 평생 원망하면서 살 거야. 그게 아니라면 새가 되지 않은 얘를 탓하겠지. 나는 엄마를 원망하며 살고 싶지 않아.

어린이 (톤 업) 오호-.

찌릿, 어린이를 쌔려보는 아들과 어머니.

어린이 왜요?

어머니 봐. 넌 계속해서 오리한테 밥을 줘야 될 거야. 더 많은 밥을 줘야 되고 오리가 크면 새장도 더 큰 걸 사야 할 거다. 감당할 수 있어? 넌 오리와 함께한다는 게 무지 쉬운 일이라고 생각하는 모양이구나. 결국 너도 여기 오리 보관소를 배회할 거야. 하지만 그때 오리를 맡긴다 한들 너에게 무엇이 남아 있겠어.

아 들 말했지만 나는 오리를 맡기지 않을 거야!

어린이 슈웅-. 비행기 슈웅-.

어머니 엄마가 해 줄게. 어서!

아들, 어머니를 밀쳐 낸다.

어머니 (울컥) 나도 그런 생각을 했어! 오리를 계속 키우다 보면! 새가 되어서 하늘로 훨훨 날아갈 줄 알았다. 그 누구의 말에도 흔들리지 않았어! 언젠간 저 하늘 위로 나를 올려다 줄 거라고 생각했어! 그렇지만 점점 커지는 새장을 끌고 다니는 건 힘든 일이야. 이 엄마는, 네가, 우리 아들이 나처럼 살게 되는 것이 안타까워서, 너만큼은 엄마처럼 살게 하지 않으려고 부탁하는데 넌 뭐가 그렇게 불만이야.

화내는 어머니를 바라보다 주눅 든 어린이.

어린이 비행, 기 슈, 웅-.
아 들 화를 내지 않고는 대화가 안 되지?
어머니 지금 내가 화 안 내게 생겼어? 엄마가 이 말 한 지가 벌써 1년도 넘었다. 이렇게 해도 안 듣고 저렇게 해도 안 들으니 내가 안 답답하겠어? 그냥 어른들이 말하면 그렇게 알고 그대로 따라. 그게 다 맞는 말이고 맞는 행동이야.
아 들 엄마 말씀대로라면 세상에 잘못된 어른들은 하나도 없겠네. 그런데 우리 세상엔 왜 이렇게 잘못된 어른들이 많은 거야?
어머니 이 자식이 진짜-.

화를 주체하지 못하는 어머니.

아 들 엄마는 늘 이런 식이야. 항상 자기 생각대로 자기 뜻대로, 그러면서 정작 본인은 전혀 그렇지 않은 척하지. 내 뜻대로 내 생각대로 한다고. 오늘만은 나도 양보 못 해. 더 이상 양보하면 오리를 지키지 못할 거 같아.

어머니　너 그게 엄마한테 할 소리야?

아　들　그만하자. 오늘은 좀 다를 줄 알았어. 엄마랑 대화를 시도한 내 잘못이야.

　　　　어머니, 화를 참지 못하고 아들의 뺨을 때린다.
　　　　정적.

아　들　아까 말씀하신 대로 나도 맞는 말을 했으니 뭐 이제 어른이 된 건가?

어머니　에이씨-.

　　　　어머니, 화를 내며 나가려다 멈춘다.

어머니　잘 생각해 봐라. 내가 누구 때문에 사는지.

　　　　숙녀, 등장한다.
　　　　목엔 줄만 있을 뿐 오리가 존재하지 않는다.
　　　　어머니, 숙녀를 발견한다.

어린이　하이!

어머니　봐. 이분도 아무것도 없잖아. 여기도 없고 저기도 없고. 도대체 어디 가야 새장을 들고 있는 사람을 찾을 수 있는 거냐.

숙　녀　저는… 저는 그게 아니라.

숙녀를 쳐다보는 어머니.

숙　녀　왜 그러시죠.

어린이　이 언니도 아무것도 없어.

숙녀의 뒤에서 끈을 밟는 어린이.

숙　녀　하지 마!

어린이　여긴 화가 난 사람밖에 없는 거 같다.

숙　녀　너 오리가 어디로?

어린이　이제 나도 언니랑 같아.

아　들　넌 왜 맡긴 거야?

어머니　맡기는 데 무슨 이유가 필요해.

어린이　아빠가 맡기라고 했어. 난 아빠가 시키는 대로 해. 아빠 말씀을
　　　　　잘 들어야지.

어머니　너희 아버지가 가정교육을 참 잘하시는구나.

어린이　그랬었죠.

어머니　여기 이분도 말이야.

숙　녀　난 아니에요. 난… 난….

조용히 대기석으로 가서 앉는 숙녀.

어린이　어디가 아파?

놀라는 숙녀.

어머니　너도 들었지? 이 애가 뭐라고 했는지.

아　들　나랑은 상관없는 사람이에요.

어린이　엄마는 나랑 상관있는 사람이지.

아　들　그만 얘기하세요. 지금 얘기할 기분 아니에요.

어머니　그래! 네 마음대로 해. 네 마음대로 하고 살 수 있나 보자!

어머니, 퇴장한다.

어린이　어디 가? 어디 가는 거야? 어? 어? 아, 어디 가냐고!

아　들　몰라. 항상 화나면 말도 안 하고 나가 버리시지.

아들, 어머니가 퇴장한 곳을 한동안 바라본다.
어린이가 아들의 줄을 힘껏 당긴다.

어린이　질겨.

아　들　(놀라는) 뭐 하는 거야!

어린이　고민 해결. 고민 해결.

아　들　난 고민 아니야!

어린이　그럼 그리고 싶다!

어린이, 가방 속에서 노트를 꺼내 그림을 그리기 시작한다.

아들은 자신의 줄을 힘껏 당겨 보지만, 끊어지지 않는다. 의문의 표정의 아들.

아 들 (엄마가 퇴장한 곳을 보며) 그리고 어차피 난 줄이 끊어지지도 않는다구. (관객들에게) 그런데, 왜 다 오리가 없으세요. 오리가 왜⋯ 한 마리도.

어린이 그야- 오리를 죄다 맡겼으니까!

그림 그리던 노트로 비행기를 접는 어린이.

아 들 뭐야, 넌. 아까부터. 집 안 가?

어린이 가.

아 들 그럼 가던 길 가라. 지금 기분 안 좋거든?

어린이 엄마 때문이지?

아 들 저리 가라고 쫌-!

어린이 엄마 말씀을 잘 들어야지. 아직 멀었구만.

사이.

아 들 아까부터 뭘 그렇게 접어.

어린이 슈웅-. 비행기 슈웅-.

아 들 (비행기를 만지며) 비행기는 그렇게 접는 거 아니야. 비행기 접을 줄도 모르면서.

어린이 난 비행기 이렇게 접어. 이건 내 비행기야.

아 들 그렇게 하면 날아가지도 않을걸?

어린이 내 비행기 잘 날아. 날아가는 거 보지도 못했으면서.

어린이, 비행기를 높게 던진다.
바로 땅바닥으로 꼬꾸라지는 비행기.

어린이 (화내는) 왜 만져. 오빠 때문에 다 망쳤어! 다시 해야 돼! 내 비
행기잖아. 왜 건드려. 난 이렇게 접어! 날아가는 거 보지도 못했
으면서! 오빠 때문이야. 오빠 때문이야. 오빠가 건드려서 이렇
게 된 거야!

아 들 근데 아까부터 왜 이렇게 비행기를 접는 거야?

어린이 배고프니까.

아 들 뭐?

어린이 배고프니까.

아 들 비행기 접으면 배가 안 고파?

자신의 목에 있는 줄을 바라보는 어린이.

어린이 배고파. 허해. 비행기라도 접어야 참을 수 있어. (숙녀에게) 그
러니까 언니도 얼른 접어. 그럼 그렇게 안 아플걸?

아 들 너 오리를 맡겨 버려서 그런 거 아니야?

어린이 모르지, 그건. 오리가 없으면 배가 고파?

아 들 글쎄. 허하겠지. 아무것도 남아 있지 않다면.

어린이 그래도 이걸 접어서 날리면 좀 나아.

어린이 비행기를 날린다.

어린이 (멍한) …날아가잖아.

아 들 곧 땅바닥으로 꼬꾸라지는걸.

어린이 (하늘을 보며) 그래도 잠깐이지만 날아.

아 들 잠깐이잖아. 가짜잖아.

어린이 없는 것보단 낫지. 다들 비행기라도 접으면서 사는 거야.

사이.

어린이 비행기든 오리든 날아가지 않는 건 매한가지잖아.

아 들 네가 봤어? 어떻게 알고 이야기해.

어린이 아빠가 그러던걸.

아 들 넌 아빠가 죽으라면 죽을 거냐?

어린이 우리 아빤 이제 나한테 죽으라고 못 해.

아 들 왜.

어린이 알면 다쳐.

아 들 왜 생각도 없이 오리를 맡겨 버린 거야.

어린이 글쎄, 그건 아빠한테 물어봐야 할걸? 우리 아빠는 모르는 게 없거든.

아　들　아빠가 오리를 맡기라고 했어?

어린이　응, 그렇다니까. 그렇게 하라고 했어.

아　들　네 오리는 네가 관리를 해야지.

어린이　꼭 있어야 할 필요는 없으니까. 나는 원래 거추장스러운 거 싫어.

아　들　거추장스럽다니!

어린이　난 그냥 흐르는 대로 살고 싶다고. 인생 피곤하게.

아　들　너 몇, 살이야?

어린이　먹을 만큼 먹었수다. 왜!

아　들　허, 참… 이 쪼그만 한 게.

어린이　오빠도 그렇게 큰 건 아니야. 그리고 오리가 있으면 어떻게 되는 줄도 모르면서.

아　들　뭐라고?

어린이　아니야. 그리고 오리가 왜 있어야 하는데? 그것 봐. 오빠도 아무 이유 없잖아.

아　들　아, 아니야. 저기, 나는 오리를 키우고 싶어. 이게 문제가 돼?

어린이　아-니? 하나도 문제가 안 돼. 자, 그럼 이제 내가 오리가 없는 게 문제가 돼?

아　들　응?

어린이　오빠가 하고 싶은 걸 하는 게 아무 문제가 안 되듯이 나도 내 하고 싶은 걸 하는 게 아무런 문제도 안 되는 거라구. 이 오빠 완전 바보네.

자리에서 일어나는 숙녀.

어린이 일어났다!

숙　녀 아….

어린이 고민이 많은 거 같다.

숙녀, 어린이의 줄을 쳐다본다.

어린이 뭘 봐. 아줌마도 맡겼잖아.

숙　녀 …아줌마는 아니에요.

어린이 오호.

숙　녀 조금만 더 일찍 올걸.

어린이 뭐라구?

숙　녀 아니에요.

어린이 근데 오리도 없는데 왜 여길 온 거야?

숙　녀 …….

어린이 놀 사람이 필요했구나.

숙　녀 …….

어린이 난 필요해.

숙　녀 …….

어린이 나 누구랑 말하지?

숙　녀 나랑은 좀 많이 다르구나.

어린이 뭐가?

숙　녀 너 말이야.

어린이 나?

숙 녀 그래도 이유가 있잖아.

아 들 아빠 말만 듣는 게 무슨 이유요.

숙 녀 나는 그런 이유도 없었는걸.

숙녀, 계단을 올라가 담당관을 부른다.
담당관이 나와 숙녀와 대화를 나눈다.

아 들 이유는 무슨. 네 거잖아.

어린이 무슨 소리? (줄을 들며) 이거?

아 들 그래, 아빠 거 아니고 네 거잖아.

어린이 아빠는 나한테 좋은 것만 알려 줘. 나는 그걸 따라가면 돼.

아 들 항상 좋은 걸 알려 주는지 어떻게 알아. 그리고 정하는 건 너야.

어린이 이 오빠 자꾸 무슨 이상한 소릴 하는 거야. 아빠를 따라가는 건
       내가 정한 거잖아. 근데 왜 너는 그걸 바꾸라고 가르쳐? 선생님
       이야?

아 들 내가?

어린이 그렇잖아. 지금 내가 하겠다는데 그게 틀리다는 거야?

아 들 트, 틀린 게 아니라 나는 더 좋은 거를 너한테 가르쳐 주는 거지.

어린이 그게 좋은 건지 어떻게 알고 가르쳐 주지? 그리고 오빠가 가르쳐
       줘도 내가 정하는 거 아니야? (인상 찌푸리는) 아까 누가 했던 말
       같은데. (번뜩) 너다! 너야! 자기가 한 말 그대로 또 해. 바보.

아 들 (화가 나 달려드는) 이게 진짜!

어린이 몸을 피한다.

어린이 나는 피해 버리지.

아들, 어지러운 듯, 자리에 앉는다.
고개를 빼꼼 내미는 어린이.

어린이 왜, 어디 아파? 머리 아파?

아 들 몰라.

어린이 왜, 왜 그러는데.

아 들 몰라. 저리 가. 너 때문에 머리 아파.

어린이 피-이. 엄마가 한 말 그대로 해. 그러니까 머리 아프지.

아 들 (자신의 말을 되뇌어 보는) 내가 지금 무슨 말을 했지.

아들을 피해 조금 옆으로 가 앉는 어린이.
옆에서 울먹이는 숙녀의 소리에 시선이 간다.

숙 녀 (울먹이는) 왜죠? 왜 안 된다는 거예요.

담당관 서류에 쓰여 있는데 못 보셨나요?

숙 녀 (서류를 들며) 이렇게 조그맣게 써 놨는데 어떻게 봐요.

담당관 (들여다보며) 충분히 보입니다만.

숙 녀 장난해요, 지금?

담당관 진지합니다.

숙 녀 잘못 생각했을 수도 있잖아요.

담당관 규칙이 그렇습니다.

숙 녀 그럼 영원히 되찾을 수 없다고요?

담당관 자꾸 같은 말 되풀이하지 마시고 서류를 다시 한번 읽어 보시는 게.

숙 녀 이깟 종이 쪼가리가 뭔데요!

담당관 이깟 종이 쪼가리로 계약하신 겁니다. 당신이 받는 보상금이 다 이깟 종이 쪼가리로 나오는 겁니다.

숙 녀 보상금은 이제 필요 없어요. 이제 더 이상 주지 않아도 좋아요.

담당관 그땐 필요했겠죠?

숙 녀 보상금이 필요해서 오리를 맡긴 게 아니라구요!

담당관 그럼 보상금을 그대로 가지고 계시나요?

숙 녀 그건….

담당관 보상금이 필요 없다고 말해 놓고선 이미 다 써 버리셨군요.

숙 녀 다시 생각해 보니까 아닌 거 같아서 그래요.

담당관 다시 생각해 보니까 아닌 건 당신 사정이고. 일일이 사정 봐줄 수가 없어요.

숙 녀 되찾지 못할 오리였으면 맡기지 않았을 거예요.

담당관 네-네.

숙 녀 (일어나며) 설마, 맡긴 오리를 어떻게 한 건 아니죠?

담당관 무슨 상상을 하시는 거예요?

즐거운 오리 소리가 들린다.

담당관 안 들리세요?

숙 녀 들려요! 다 들린다구요. 그러니까 보여 달라구요. 나 아무래도 내 두 눈으로 직접 봐야겠어요. 밖에서 무슨 소문이 도는지 아세요? 오리 보관소가 오리를 보관해 준다는 핑계로….

담당관 쓸데없는 소리 할 거라면 나가세요!

숙녀를 대기석 쪽으로 내보내는 담당관.

숙 녀 이것 봐. 뭔가 찔리는 게 있는 거잖아!

담당관 맡겼으면 그걸로 된 거지. 했던 말을 번복하고 말이야. 댁 같은 사람들이 쓸데없는 소문을 만들어 내는 거야. 당신 같은 사람들을 음모론자라고 하는 거지. 오리를 포기한 주제에 말이 많아.

숙 녀 포기할 생각 없었다고요!

퇴장하는 담당관.
숙녀, 계단 앞에서 한참을 운다.

숙 녀 미안해. 내가 미안해.

사이.
어린이, 아들에게 손수건 내민다.

아 들 뭐, 야….

어린이 우는 여자에게 손수건을 주는 건 남자의 매너지.

아 들 이런 건 어디서, 배우는 거야?

어린이 매너는 어디서 배우는 게 아니지. 마음에서 나오는 거지.

아 들 너 제정신은 아니구나.

울던 숙녀, 울음을 그치고 어린이와 아들을 쳐다본다.

아 들 뭐, 뭘 봐요.

더 크게 우는 숙녀.

아 들 아니, 아니 그게 아니라….

어쩔 줄 모르는 아들.

어린이 뭐 해-.

아 들 (손수건 건네주며) 저기, 이거.

숙 녀 (손수건을 받아들고) 으앙-.

아 들 아니, 울음을 그치라고 준 건데.

숙 녀 몰라, 이 새끼야-.

한참 우는 숙녀, 어쩔 줄 모르는 아들.

아 들 어떻게 해야 돼, 이럴 땐?

어린이 몰라, 이 새끼야.

울음이 잦아드는 숙녀.

아 들 다 울었어요?

숙 녀 아직 남았어요. 근데 눈물이 나질 않아요.

어린이 뭔 소리야.

사이.

숙 녀 (멍한) 부러워요.

아 들 네?

숙 녀 (오리를 가리키며) 난 이제 아무것도 없는걸요.

아 들 무슨 일이에요? 무슨 일 있어요?

오리 소리가 울려 퍼진다.

숙 녀 돌려줄 수가 없대요. 한번 맡기면 영원히 볼 수 없는 건가 봐요.

어린이 오리가 있고 없고 달라지는 게 뭔데?

아 들 그러니까 섣불리 맡기면 어떻게 해요.

숙 녀 나도 다시 찾을 생각이 없었단 말이에요. 나에게 이렇게 큰 것
일 줄 몰랐다구요.

아 들 언제 오리를 키우는 걸 관뒀어요?

숙 녀 …2년쯤 된 거 같아요.

어린이 나보다 먼저 맡겼다!

아 들 아니지. 넌 아직 어리잖아.

어린이 난 오늘 맡겼는데?

아 들 (무시하는) 쟨 신경 쓰지 마요. 혹시 누가 그렇게 하라고 얘기했어요? 그래서 그런 거죠, 그렇죠? 그래서 지금 후회하는 거죠?

숙 녀 그런 거 아니에요. 내 손으로 내 의지로, 내가 직접 가서 맡겼어요.

아 들 그런데 왜…. 근데, 왜 그랬어요?

숙 녀 (어린이를 보며) 어쩌면 오리가 없는 것이 행복할지도 모른다고 생각했어요. 오리를 키우잖아요, 사람들이. 그런데 너무나 힘들잖아요. 항상 제멋대로고 말도 안 듣고. 그래서 그냥 오리를 맡겼어요. 오리를 보관해 주는 곳이 있다고 해서. 심지어 매달 보상금까지 준다더군요. 별 죄책감은 없었어요. 저는 애초에 이런 거 별 관심이 없었거든요. 그냥 남들이 애를 키우면 되게 신기하게 쳐다보더라고요. 어떤 사람들은 응원해 주기도 하고, 멋있다고 박수 쳐 주고. 그냥 그게 좋았어요. 그뿐이에요. 나 어릴 적에 좀 외로웠거든요.

어린이 언니, 왕따야?

숙 녀 …그런 거까지 말해 줘야 돼요?

아 들 쟨 신경 쓰지 마요.

어린이 어쭈?

숙　녀　그런데 아무런 관심 없이는 오리를 키울 수 없는 거였어요. 키우다 보니 힘들기도 하고 이게 새가 될지 안 될지도 모르겠고, 주변에서는 하루가 멀다 하고 오리를 맡겼다는 사람들이 나오니 저도 이렇게 사는 게 맞나 싶었어요.

어린이　좋은 생각!

숙　녀　그런 줄 알았죠. 정말 그런 줄 알았어요. 근데 막상 오리가 사라지고 나니까 마음이 허해요. 공허해.

어린이　배고프지.

숙　녀　내가 이렇게 살아가는 게 맞는 건지, 사는 게 그냥 이런 건지. 그리곤 없을 거 같던 죄책감이 생기더라고요.

아　들　그래서 여기까지 찾아왔어요?

숙　녀　다시 키우면 될 줄 알았거든요. 이번엔 좀 제대로 마음먹고 해 보려 한 건데. 이젠… 이젠 어떻게 해야 하죠?

아　들　어떻게 하긴요. 자기 오리를 빼앗겼는데 되찾을 생각 없어요?

숙　녀　사실 빼앗긴 건 아니에요. 내가 내 발로 직접 맡겼으니.

아　들　잠깐만요. 내가 해 볼게요.

어린이　주제 넘는다.

아　들　넌 시끄러.

어린이　네가 더 시끄럽다.

　　　아들, 어린이를 무시하고 단상으로 올라가 담당관을 부른다.

아　들　저기요.

담당관　무슨 일이시죠?

아　들　아, 그게….

담당관　오리를 보관하러 오셨나요?

아　들　저 때문이 아니에요.

담당관　그럼 무슨 일로….

아　들　저기 저분 말이에요.

담당관　네.

아　들　오리를 되찾으려 한다는데 왜 되찾지 못하는 거죠?

담당관　그걸 당신한테 말해야 할 이유는 없잖아요.

아　들　네?

담당관　왜 남의 것에 신경 쓰세요. 자기 것이나 신경 쓰세요. 언제부터
　　　　　남의 오리에 그렇게 관심이 많았다고.

아　들　왜 말씀을 그런 식으로 하세요?

담당관　제가 틀린 이야기 했나요? 언제 남의 오리를 들여다보신 적이라
　　　　　도 있으세요? 남의 오리는 무시하고 자기 오리에만 몰두하다 결
　　　　　국 맡겨 버릴 거면서.

아　들　아줌마도 남이잖아요. 왜 근데 오리를 마음대로 보관하고 돌려
　　　　　주지 않나요?

담당관　나는 정부 사람입니다. 그리고 난 마음대로 보관하는 게 아니에
　　　　　요. 내가 찾아가는 게 아니라 그들이 찾아오는 거예요. 별 이상
　　　　　한 사람을 다 보겠네.

숙녀, 아들을 데리고 온다.

숙 녀 그만해요.

아 들 있어 봐요.

숙 녀 뭘 있어요. 내가 알아서 할게요. 언제 도와달라고 했어요?

아 들 어쩔 줄 몰라 하시니까 나는…. 미안해요.

숙 녀 됐어요. 그만해요.

아 들 아니, 아까 그렇게….

숙 녀 내가 알아서 할게요!

아 들 그래요.

숙 녀 나도 혼란스럽단 말이에요!

자리에 앉는 숙녀.

긴 사이.

숙 녀 (소리 지른 게 미안했는지) 오리를 보관하러 온 거 아니에요?

아 들 아직… 잘 모르겠어요. 그리고 나는 줄이….

줄을 쳐다보는 아들.

숙 녀 줄이 왜요?

어린이 질겨.

아 들 아니에요.

숙 녀 줄…. 줄이 저절로 끊어졌어요.

어린이 무슨 줄?

숙 녀 그러니까 그날 줄을 끊으려 했는데, 줄이 뚝…. 낡았던가.

아 들 줄이 저절로 끊어졌다고요?

숙 녀 그냥 끊으려고 마음만 먹었을 뿐인데.

아 들 마음만 먹었는데 줄이 끊어져요?

숙 녀 왜요?

아 들 나는 안 끊어지는 것 같아서.

숙 녀 어쩌면.

아 들 네?

숙 녀 그 마음 때문일지도 모르죠.

줄을 바라보는 아들.
사이.

아 들 아니, 근데 이제 어쩔 거예요?

숙 녀 별수 있나요. 찾을 수 없다잖아요.

아 들 찾을 수 없다고 가만히 있을 거예요?

숙 녀 별수 있나요. 서류를 제대로 확인하지 못한 제 탓이죠.

어린이 오리가 없다고 죽는 건 아니잖아.

숙 녀 (번뜩) 그렇죠. 오리가, 없다고 죽는 것도 아니고.

아 들 애초에 별 생각 없이 오셨네요?

숙 녀 그런 건 아니에요. 근데… 오리가 새가 된다는 보장도 없잖아
        요. 언제까지 오리를 키울 수도 없는 노릇이고.

아 들 갑자기 무슨 소리에요?

숙 녀 모르겠어요. 혼자서 내 이야기를 하며 생각해 보니 도무지 내가
왜 오리를 찾으러 왔는지 이해할 수가 없네.

아 들 네?

숙 녀 아니에요. 나도 내가 무슨 소릴 하고 있는지 잘 모르겠네. 근데
저 회사에 늦었어요. 가 봐야겠어요.

숙녀, 일어난다.

아 들 잠깐만요. 오리를 두고 그냥 가실 거예요?

숙 녀 생각해 보니 아직 해야 할 일이 있어요. 오리보단 당장 내 앞에
닥친 일이 먼저예요.

아 들 방금 전까진 오리 없으면 안 될 거 같이 굴더니 회사라니요.

아들을 멍하니 쳐다보는 숙녀.

숙 녀 …다들 그렇지 않나요. …잠깐 번득이다가도 또 내 앞에 있는
걸 생각하다 잊고. 다 그렇지 않아요?

아 들 아니, 그래도….

숙 녀 날 매도하지 말아요.

퇴장하는 숙녀.

아 들 저기요. 잠깐만요! 되찾을 생각만 하면 어떻게 해요! 생각만 하

면 어떡하냐고.

어린이 삐진 거 같은데.

아 들 그런 거 아니야!

어린이 그 엄마에 그 아들이구만.

아 들 뭐가.

어린이 닮았다고 둘이. 아닌 척하더니.

아 들 난 달라. 난 안 그래!

어린이 뭘 안 그래. 그러면서 안 그런다고 하면 그런 게 안 그런 게 되냐.

아 들 뭐?

어린이 그러면서 안 그런다고 하면 안 그런 게 아니지. 그런 게 안 그런 게… 어….

아 들 말도 제대로 못 하면서.

나간 숙녀를 계속해서 쳐다보는 아들.
어린이, 쿡쿡 아들의 오리를 찌른다.

아 들 넌 근데 왜 집에 안 가?

어린이 너는? (사이) 그리고 지금은 못 가. 꽥꽥 소리가 가득하거든.

아 들 넌 오리를 맡겼잖아. 근데 왜.

어린이 알면 다친다니까. …오빠, 근데 오리를 도대체 왜 키우려는 거야?

아 들 뭐?

어린이 오리를 못 키워서 안달 난 사람 같잖아. 오리가 대체 뭐라고, 흥.

아 들 오리가… 뭐냐고.

사이.

어린이 뭐든 될 수 있는 거야?

아 들 무슨 소리야?

어린이 보이지 않잖아. 안 보이니까 내 맘대로 생각해도 되지?

아 들 줄을 잘라 내니까 오리가 안 보이지. 난 보여!

어린이 그렇다면 안 보이는 사람들한테는 생각하기 나름이겠네.

아 들 난 보여. 난 보여. 오리가 새가 되서 하늘로 날 데려다줄 거야.

어린이 하늘엔 뭐가 있는데?

아 들 내가 원하는 거. 우리가 바라는 거.

어린이 그럼 난 사탕.

아 들 뭐?

어린이 난 사탕을 원해. 하늘에 올라가면 사탕이 잔뜩 있겠다.

아 들 (비웃음) 바보야. 사탕 같은 걸 말하는 게 아니야. 사탕만 주면 넌 평생 행복하게 살 수 있겠어?

어린이 응.

아 들 넌 어쩌면 오리가 없어도 됐겠다. 난 하늘로 갈 거야. 이놈은 날 그렇게 만들어 줄 거고. 새가 돼서.

어린이 혼자만 낭만적인 척하네. 재수 없게.

아 들 할 일 없으면 좀 가라.

어린이 지도 할 일 없으면서.

아 들 이게 진짜!

어린이 베-.

어린이, 도망가듯 의자 뒤로 숨는다.

담당관, 등장한다.

담당관　보관을 하실 거예요, 마실 거예요. 좀 있으면 마감 시간입니다.

아　들　재촉하지 말아요.

담당관　재촉하는 건 아닙니다. 후회할까 봐 그렇지. 걱정돼서.

아　들　뭐가 걱정돼요?

담당관　쓸데없이 오리를 죽여서 거리에다 내다 버리는 사람들이 있으니까 그렇죠.

아　들　난 오리를 죽이지 않아요! 보상금 따위 필요 없어요.

담당관　다들 그렇게 말해요. 말은.

아　들　오리를 맡기면 돈을 준다는 거 보니 무슨 꿍꿍이가 있는 모양이죠?

담당관　꿍꿍이는 무슨. 오리를 의미 없이 키워서 아무 데나 버리고 쓸데없이 먹이를 사다가 먹이니까 나라에 도움이 되는 게 하나도 없잖아요. 오히려 여기서 돈을 주는 게 나라에선 더 이득이죠. 그리 어렵게 키우고 죽이는 건 또 그렇게 쉽나 봐.

아　들　맡기고 싶으면 맡기면 되는데 오리를 왜 죽여요?

담당관　모르세요?

아　들　뭘요?

담당관　오리를 항상 맡아 주는 건 아니에요. 그렇다면 오리를 내다 버리는 사람은 없겠죠.

아　들　보관을 안 해 준다고요?

담당관 그건 저희가 봐서 결정하죠. 모든 오리를 다 보관해 준다고 하
      진 않았어요.

아 들 그럼 어떤 오리를 말하는 거예요?

아들의 새장을 슬쩍 쳐다보는 담당관.

담당관 고객님은 아직 보관이 가능하세요.

아 들 당신은 오리가 보이지도 않잖아요.

담당관 새장 크기만 봐도 알 수 있죠.

아 들 크기요? 무슨 크기요?

담당관 …어린애들은 모르는 게 있어요.

어린이 우린 어리지 않다!

아 들 난 알고 싶어요. 여긴 왜 이렇게 숨기는 게 많죠?

주변을 둘러보는 담당관.

담당관 숨기는 건 아무것도 없어.

아 들 보여 주지 않잖아요.

담당관 보이지 않으면 없는 건가?

아 들 그렇지 않아요?

담당관 (아들의 새장을 보며) 당신의 오리가 내 눈엔 안 보여도 거기 있
      다는 걸 알 수 있는데. 그럼 당신 오리는 존재하지 않는 거야?

아 들 누가 내 오리가 없다 그래요!

담당관 누가 네 오리가 없대? 오리가 보이지 않아도 있다는 건 누구나
　　　　알 수 있잖아.

아 들 내 오리를 만져 봐요. 느껴지잖아요. 이렇게 증거가 있는데.

담당관 새가 된다는 증거는 있어?

　　　　사이.

담당관 오리를 키우는 사람들은 참 웃겨. 항상 모든 일에 논리와 근거
　　　　를 따지면서 오리에 있어서는 무장해제야. 어떤 의심도 없지.
　　　　아무런 증거도 없는데 굳건한 믿음을 가지고. (사이) 문제는 믿
　　　　음이란 말이지.

아 들 믿음이요?

담당관 아니다.

아 들 무슨 말이에요!

담당관 넌 아직 몰라도 돼.

　　　　줄을 쳐다보는 아들.

담당관 왜 끊어지지 않는지는 네가 더 잘 알 텐데.

아 들 (놀라는) 네?

　　　　괴상한 오리 울음소리와 함께 어른, 등장한다.
　　　　한 손에는 소주가 들려 있고, 반대쪽은 옷에 가려 보이지 않는

다. 목에 묶인 끈으로 커다란 새장을 끌고 있다. 새장의 크기는 아들의 것보다 열 배는 되어 보인다. 어른, 새장이 무거운 듯 걸음걸이가 힘들어 보이고, 얼굴이 매우 수척하다. 피곤한 얼굴로 아들을 스쳐 지나간다.

어 른 힘들어. 힘들어.

아들, 어른의 오리 크기에 놀라서 쳐다본다.

아 들 아저씨! 아저씨!
어 른 힘들어. 힘들어.
아 들 아저씨!
어 른 힘들어. 힘들어.
아 들 저기요.

아들, 어른을 잡아 세운다.
어른, 그제야 아들을 쳐다본다.

어 른 뭐야. 누구야. 힘들어. 힘들어.
아 들 아저씨, 오리가… 아니, 근데 뭐가 그렇게 힘드세요?
어 른 힘들어. 힘들어. (아들을 보며) 어? 내가 언제부터 힘들다고 말하고 있었지?
아 들 네?

어 른 (고개를 절레절레) 아니, 아니다.

아 들 저기, 아저씨?

어 른 나 아저씨 아니야.

어린이 아빠?

　　　　어른, 담당관과 마주친다.

담당관 무슨 일이시죠?

어 른 내가 예전에 여길 한 번 왔었는데.

담당관 오리를 보관하러 오셨나요?

어 른 아직도 받아 주쇼?

담당관 죄송하지만 고객님의 오리는 보관할 수 없습니다.

어 른 (사이) 역시… 그런가.

담당관 고객님의 오리는 너무 커서 보관할 장소도 없어요. 여기 가지고 올라오시지도 못하잖아요.

아 들 오리가 크면 보관하지 못하나요?

담당관 넌 다른 사람 상담하는 데 끼어들지 좀 마라.

아 들 왜죠? 창고는 충분할 텐데!

담당관 딱히… 오리의 크기 때문에 안 받아 주는 건 아니니까 신경 꺼.

아 들 그럼요?

담당관 우릴 위해서가 아니라 이 사람을 위해서라고.

어 른 니들이 나를 위해?

담당관 …네, 어차피 지금 오리를 버려 봤자 되돌아갈 수 없다는 걸 알잖아요.

어 른 너무 힘들어서 그래요. 이젠 관두고 싶군.

담당관 진작 오셨어야죠. 이렇게 늦게 와서 오리를 맡아 달라고 하시면

저희도 곤란하다구요.

어 른 역시 그런가. 힘든데 괜히 헛걸음했군.

담당관 곧 마감시간이니 그만 들어가세요.

어 른 내가 어떻게 해도 내 오리를 받아 주지 않겠지?

담당관 알면서 여기까지 오신 게 용하군요.

담당관, 퇴장한다.

어 른 그렇게 그냥 가는 거요?

아 들 오리를 맡기러 온 게 맞아요?

사이.

어 른 안 될 줄 알았으니까.

아 들 안 될 줄 알았다니요? 오리를 보관해 주지 않을 줄 아셨던 거예요.

어 른 기댈 곳이 없어서 와 본 거야. 혹시나 하고.

어린이 오리가 되게 크네. 아빠 거랑 똑같아.

어 른 넌 뭐야, 자꾸. 아무것도 보지 못하면서.

어린이 난 다 봤어.

어 른 뭘?

어린이 하늘로 올라갔는걸.

아 들 아빠가 하늘로 올라갔어? 오리가 새가 돼서?

어린이 하늘로 올라가는 거라 그랬어.

아 들 무슨 말이야.

어린이 알면 다친다니까.

아 들 무슨 말이냐니까.

어린이 뻥이야. 됐냐? 정말 크긴 크네요.

어 른 (사이) 오리가 큰 게 뭐 자랑이라고.

아 들 오리를 잘 키운 건 자랑이죠!

아들, 오리를 만지려 하는데.

어 른 만지지 마! (사이) 남의 오리 함부로 만지는 거 아니야. 위험하
다고.

아 들 위험해요?

어린이 똑똑하네.

어른, 아들을 위아래로 훑어본다.

어 른 …나중에 밖에 나와 보렴. 사람들이 나한테 뭐라고 하는지.

아 들 뭐라고 하는데요? 아니지, 오리를 키운다고 사람들이 뭐라고
해요?

어른, 아들의 오리를 쳐다본다.

어 른 나도 너 같을 때가 있었지.

아 들 지금은 그렇지 않으신가 봐요.

어 른 죽지 못해서 살지. 죽지 못해서.

아 들 무슨 소리예요? 그럼 왜 이때 동안 맡기지 않고 계세요?

어 른 내가 너만 할 땐 말이다. 이런 곳에 올 시간도 없었지.

어린이 왜?

어 른 나는 잔디밭에 있었거든. 밥도 안 먹고 잠도 안 자도 이놈이랑
　　　　　 같이 있으면 그렇게 좋은 거야.

아 들 뭘 바라는 사람보단 훨씬 낫다구요.

어 른 친구들은 이제 다 가야 된다고 가는데 나는 뭐가 좋다고 이놈이
　　　　　 랑 그냥 하루 종일 잔디밭에서 뒹굴고 그랬지.

어린이 잔디밭? 어디를 말하는 거지?

어 른 넌 잔디밭에 가 본 적도 없는 모양이구나. 오리가 정말 좋으면
　　　　　 말이다. 이게 아무것도 해 주지 않아도 이것만 있으면 된다는
　　　　　 생각을 해. 너, 오리에 미치면 어떻게 되는 줄 아니?

아 들 어떻게 되는데요?

어 른 나처럼.

아 들 네?

어 른 나처럼 된다고. 오리에 미치면 나처럼.

아 들 아니, 아저씨가 뭐 어때서요.

어 른 나에게 눈곱만큼의 도움도 안 된다는 걸 알면서도 오리를 죽일

수 없지.

아 들 정 때문이에요?

어 른 정? (웃음) 정 때문에 이놈을?

사이.

어 른 27년이다. 그 이후로는 세어 보지 않아서 기억이 안 나. 아무도 내 눈에 안 보였어. 그러다 보니 주변에 친했던 녀석들과 하나 둘씩 멀어지기 시작했지. 그들과 난 다른 세상 사람이었으니까. 난 얘랑 놀아야 했거든. 한참을 놀다 보니 어느새 주변엔 아무도 없더군.

아 들 다른, 세상 사람이요?

어 른 먹는 것도 다르고 입는 것도 다르고 평생 마주칠 일이 없으니까 다른 세상 사람이나 마찬가지지. 그리곤 다시 친구들을 보지 못했어.

아 들 …외로웠겠어요.

어린이 나는 잔디밭에서 놀지 않았는데도 이렇게 외로운걸.

어 른 넌 아직 어려서 진짜 외로움이 뭔지 몰라. 문득 고개를 들었을 때 아무도 없는 공허함을 네가 알아?

어린이 그럼 내가 지금 고개를 숙이고 있을 테니까. 내가 고개 들면 아무도 없어 봐. 자, 하나 둘 셋!

어 른 그리고 외롭지 않아. 잔디밭을 헤매다 온 사람들이 제법 되거든. 많진 않지만….

아　들　오리를 키우는 사람이 많아요?

어　른　많지 않다고, 인마. 많은 게 아니라 외로우니까 그 사람들끼리 모이는 거지.

아　들　외로우니까.

어　른　그저 자부심 하나로 그렇게 사는 거지. 그렇지 않은 사람들을 깔아 내리면서 지들끼리.

어린이　아니, 내가 수그리면! 아무도 없어 보라고!

　　어른, 절규하듯 관객들을 향해 소리친다.
　　어린이, 어른의 기세에 눌린다.

어　른　그래! 우린 오리를 키운다! 니들이, 그 잘난 니들이 포기한 이 놈! 우리는 키운다! 우린 저곳으로 날아갈 거다! 이러면서 똘똘 뭉쳐서 살아가는 거지. (어린이에게) 잔디밭은 다음에 가자. 같이 갈 수 있을지 모르겠지만.

어린이　치사해.

　　앉아서 비행기를 다시 접는 어린이.

아　들　저도… 잘 키울 수 있을까요?

어　른　사람들이 우리보고 뭐라고 하는지 알아? (사이) 대단하다고, 자기는 그렇게 할 자신이 없다더군.

아　들　그래요. 대단해요.

어　른　하지만 그뿐이야. (비꼬는 듯) 대단하십니다. 존경스러워요.

어린이　앗, 비뚤어졌어.

어　른　그게 끝이라고. 뒤돌아서 지들끼리 무슨 소릴 하는지는 안 들어
　　　　도 뻔하지.

아　들　뭐라고 하는데요?

어　른　그만하자. 이미 충분히 비참해.

아　들　근데 왜 이러고 계시는 거예요.

　　　　어른, 한동안 말이 없다.

어　른　죽이지 않는 게 아니라 죽이지 못하는 거야.

어린이　에이.

　　　　비행기를 던지는 어린이.

어린이　아까워. 다시, 다시.

　　　　어린이, 비행기를 다시 주워 오려는데, 어른이 비행기를 잡아든
　　　　다. 갈기갈기 찢는 어른.

어　른　가끔, 이런 생각이 들어. 진작 잘라 냈으면 이렇게 힘들지 않았
　　　　겠구나. 오리를 키운다는 건 어쩌면 더 불행한 거야.

어린이　근데, 아까 말한 잔디밭이 어디야?

어 른　그건 알아서 뭐 하려고, 이제 알아서 별 소용 없을 텐데.

어린이　그냥. 근데 거기서 고개 이렇게 수그리고 하나 둘 셋하고 이렇
　　　게 일어나면 아무도 없어져?

어 른　그런 뜻이 아닌데.

어린이　주문이야?

어 른　…그래, 주문이다.

　　　아들, 혼란스러운 듯 고민한다.

어 른　나중엔 싫어져도 발 빼기 힘들 때가 올 거야.

　　　어른의 오리가 울기 시작한다.
　　　그 소리가 왠지 으르렁대는 소리처럼 들린다.
　　　어른은 오리를 한참 동안 쳐다본다.

어 른　시간이 되었군. 오늘은 쓸데없는 소리를 너무 많이 했어. 이런
　　　곳에 시간을 낭비하다니. 때가 됐어. 나는 이제 가야 해.

아 들　저랑 조금만 더 있다가 가요.

어 른　가야 해. 시간이 없어.

　　　오리의 울음소리가 들린다.
　　　그 소리는 마치 괴물의 울음소리와 같다.
　　　어른의 표정이 겁에 질린다.

어린이 밥 달라고 운다.

어 른 아무리 초연하려 해도 이 순간은 초연할 수가 없구만.

아 들 무슨 일 있어요?

어 른 더 이상 없어. 더 이상 난 잔디밭에서 놀던 내가 아니야. 그리고
　　　　너도 그때의 네가 아니야.

어린이 이제 그만 놓아줘. 이젠 할 만큼 했잖아.

어 른 (고개를 절레절레) 나는 그러지 못해.

　　　　오리의 울음소리가 커진다.
　　　　울음과 절규가 합쳐진 소리와 같다.

어 른 알았어. 그만 가자. 여긴 장소가 좋지 않아.

　　　　어른, 힘겹게 일어나 새장을 끌고 나가려는데.

아 들 아저씨, 잠깐만요.

　　　　아들, 어른의 팔을 잡는데 어른의 팔이 없다.

아 들 아저씨 팔이….

어 른 (돌변하는) 더 이상 험한 꼴 보고 싶지 않다면 나에게 떨어지는
　　　　게 좋을 거야.

아 들 아저씨… 아저씨 미안해요.

어린이 배가 고파서 그랬다고 했어. 배가 고파서 그랬다고 했어.

아 들 뭐?

어 른 (놀란 표정으로 어린이를 바라보는) 넌 지금 내가 무슨 얘길 해도 들어먹지 않겠지만.

하늘을 가리키는 어른.

어 른 네가 생각하는 저곳은 없어. 일찌감치 그런 생각은 버리는 게 좋을 거야.

아 들 네?

어 른 네가 하도 답답해서 알려 주는 거야. 내 마지막 가는 길 좋은 일 한다 생각하고.

아 들 마지막이라니요?

어 른 이 세상에 새가 되는 오리는 없어.

아 들 아저씨…?

어린이 그만. 그만.

어린이, 비행기를 미친 듯이 접는다.
팔을 들어 보이는 어른.

어 른 아직도 모르겠어? 내 팔이 왜 없는지, 어떻게 된 건지. 오리한테 잡아먹힌 거야. 더 이상 먹이를 줄 수 없으니까 지난번엔 팔 한쪽으로 끝났지만 이번엔 달라.

아 들 아니….

어린이 그만. 그만.

아 들 오리를 키우면 오리가 새가 돼서 하늘로 올라간다고, 얘도 올라
간다고 그랬잖….

어 른 얘야. 저곳에 올라간 사람은 없어. 왜냐면 저곳은 존재하지 않
는 곳이니까.

어린이 그만, 그만, 그만!

어 른 넌 다 봤잖아!

어린이 그러니까 그만해! 아빠 어디로 갔어. 아빠! 어디로 갔어. 하늘로
가는 거라고 그랬잖아! 하늘로 가는 거라고 그랬잖아!!

어린이, 큰 새장 보며 흔든다.

어른, 어린이를 잡아챈다.

어 른 (울며) 행복하진 못하더라도 적어도 불행하진 않을 거다. 가슴
속에 새겨 두고 두고두고 기억하면 찢어질 만큼 아프더라도 참
을 만할 거다.

어린이, 어른의 줄을 끊으려 부여잡는다.

어린이 아저씨! 아저씨!

어 른 두 번 볼 수 없잖아. 귀를 막고 눈을 감아. 그리고 주문을 외우
면… 그러면, 주문대로 될 거야. 가. 어서.

어린이 하나, 둘, 셋. 하나, 둘, 셋. 이건 주문이야. 이건 주문이야.

어린이, 고개를 숙이고 귀를 막은 채 의자 뒤로 숨는다.

아 들 오리가 새가 된다고, 하늘로 데리고 올라간다고….

어 른 키운 오리한테 잡아먹힌다니까. 그러니까 우리는 갈 수 없어. 갈 수 없으니까 존재하지 않는 거야.

도축장에 끌려가는 소처럼 초연한 표정으로 퇴장하려는 어른.

어 른 넌 잡아먹히는 일이 없도록 해. 선택은 네가 하는 거야.

아 들 도대체 왜 아저씨는 오리를 죽이지 않는데요!

어른, 새장을 끌고 가려는데 갑자기 새장이 끌리지 않는다.

어 른 가자!

어른, 새장을 힘껏 끌지만 움직이지 않는다.
어떻게든 새장을 끌어 보려는 어른.

어 른 여긴 장소가 좋지 않아. 그만. (오른팔을 보며) 널 집으로 끌고 갈 팔 한쪽은 있어야 할 것 아니냐. 배가 고파도 조금만 참아! 제발! 제발! 제발-!

오리 괴성 울려 퍼진다.

어 른   이곳으로 정했니?

어른, 주위를 둘러본다.

어 른   (아들에게) 너는 그만 가는 게 좋겠어. 집으로 가. 어서-!

새장에 가까이 붙어서 두 손으로 새장을 잡아 보는 어른. 새장
이 덜컥 열리더니 오리가 어른을 안으로 끌어당긴다. 오리에게
덜미를 잡힌 어른, 오리와 마주한다. 어른의 눈에는 오리밖에
보이지 않는 듯하다.

어 른   꽤 괜찮았지. 우리 같이 지내 온 거. 종종 아프고 힘들 때도 있었
지만 나쁘진 않았잖아. 알고 있었어. 이렇게 될 거라는 걸. 알고
있었어. 하늘 따윈 없다는 걸. 사실 난 알고 있었어! 네가 날 잡
아먹을 거라는 걸. 너무 오랫동안 많은 길을 너와 함께 걸어왔
다. 그래서 결코 널 놓을 수가 없었어. 근데 이젠 좀 버겁다. 지
쳤어. 기억나니? 네가 내 팔을 물어뜯었던 날 넌 울었고 난 웃었
지. 더 이상 네게 줄 게 없었기 때문이야. 팔 한쪽 없으면 어때
니. 네가 없으면 내가 살아도 사는 게 아닌데. 괜찮아. 그냥 시
간이 다 된 것뿐이야. 이제 다 가져가. 내가 그리로 갈게.

어른의 비명 소리 들리고, 곧 어른이 사라진다.
커다란 끈만 남긴 채.
아들, 혼란스러워하며 어른을 찾는다.

아 들 아저씨! 아저씨!

아들, 어른의 오리를 쳐다본다. 곧 자리를 도망가려 하는 아들.
아들의 오리가 울기 시작한다. 오리의 울음소리가 곧 괴기스럽
게 변한다. 오리의 울음소리와 사람들의 비웃음 소리가 겹쳐서
들리기 시작한다.
(*이는 아들의 환상이다.)
어린이, 의자 뒤에서 등장한다.

어린이 아빠는 나한테 항상 좋은 것만 알려 줘. 난 그걸 따르면 돼.

숙녀, 등장한다.

숙 녀 잠깐 번득이다가도 당장 내 앞에 닥친 일을 생각하며 또 금방
잊고 다들 그렇지 않나요? 나를 욕할 수 있나요?

어른, 등장한다.

어 른 네가 생각하는 저곳은 없어. 잡아먹혀서 없으니까! 그러니까 볼

수 없지!

어머니, 등장한다.

어머니　주변을 둘러봐. 어디 하나 오리를 달고 다니는 사람이 있니? 있
　　　다면 말해 봐.

어린이와 숙녀, 어른의 목소리가 겹쳐지더니 이내 커다란 소리
로 바뀐다.

아 들　그만, 그만, 그만-!

아들, 잡고 있던 줄을 끊어 낸다.
끊어지지 않던 줄이 끊어진다.

아 들　줄이, 줄이 끊어졌어.

줄이 끊어졌다는 이야기에 모여드는 사람들.
망설이는 아들, 고개를 수그린다.

일 동　끊어졌다. 끊어졌다. 끊어졌다.

줄이 끊어지면 환상이 사라질 것이라 생각했던 아들은 그대로

있는 환상을 보며 기겁한다.

아　들　(고개를 숙이고 주문을 외우는) 하나 둘 셋! 하나 둘 셋!
어린이　오리는 없어.
숙　녀　오리는 없어.
어　른　오리는 없어.
어머니　오리는 없어.
일　동　오리는 없어! 오리는 없어!

줄이 끊긴 오리가 아들에게 다가온다. 아들은 오리가 보이지 않
지만 본능적으로 이를 느낀다.

아　들　오지 마, 오지 마! 오지 마!

아들, 안 보이는 오리를 주변 도구로 내려친다.
어디 있는 줄 모르는 오리를 향해 보이지 않는 공간에서 미친
사람처럼 휘두른다. 아들의 눈에 보였던 환상 속 인물들은 아들
의 휘두름을 피해 새장 속으로 들어간다.

아　들　가까이 오지 말라고!

아들은 오리를 찾았는지, 한 공간을 향해 계속해서 주먹으로 내
려친다. 그 모습이 마치 미친 사람처럼 보인다. 오리가 죽는 것

과 같이 새장 속 사람들이 들썩인다. 이 모든 장면을 무미건조
한 모습으로 쳐다보는 담당관.

아 들 죽어! 죽어! 죽어-!

거친 호흡을 정리하는 아들, 표정이 어딘가 멍해 보인다.
커다란 새장 속 환상의 존재들, 죽어 있다.
힘없이, 한쪽 의자에 앉는 아들.

아 들 배고파.

한쪽 의자에는 어린이가 비행기를 접었던 흰 종이들이 쌓여 있
다. 아들은 흰 종이를 잡아 비행기를 접어 날리기 시작한다. 그
런데 어디선가 푸드득 소리가 들린다. 아주 작게. 그 소리가 점
차 커진다. 그 소리의 주인공은 아들이 내리쳤던 아들의 오리로
보인다. 푸드득 소리가 커지자 새장 속 사람들이 소리를 느끼고
밖으로 시체처럼 걸어 나와 새를 찾기 시작한다. 조용히 읊조리
며 새를 찾던 사람들은 점점 절규하기 시작한다. 푸드득 소리가
이내 새의 울음소리로 바뀐다. 하늘을 날아가는 새의 소리다.
보이지 않는 새를 찾는 사람들의 행동이 새의 소리와 함께 슬로
모션으로 펼쳐진다. 담당관 등장한다.

담당관 오늘 접수는 여기까지입니다. 접수하지 못한 손님들은 내일 다

시 찾아와 주시기 바랍니다. 그럼 가시는 길 오리와 함께 안녕
히 가시길 바랍니다.

막.

조선궁녀 연모지정

등장인물

대 연(20대 중반, 남자)

연 화(20대 후반, 여자)

다 런(30대 초반, 남자)

현 아(30대 중반, 여자)

세 연(10대 후반, 여자)

향 아(20대 후반, 여자)

박상궁(30대 중반, 여자)

봉 두(30대 초반, 남자)

때

현대

곳

은평구 봉산 이말산 묘역길, 그 외

무대

무대의 장소는 이말산 묘역길 언덕, 인적이 드문 산 뒤쪽이다.

이름이 적혀 있지 않은 묘비와 관리가 되지 않아 잡초가 무성한 무덤들이 보인다. 이곳은 꽤 오랫동안 관리되지 않았는지 묘비엔 먼지가 가득하고 간간이 부서진 묘비들도 보인다. 무대 앞쪽에는 묘역길을 올라올 수 있는 길이 보이고, 빨간 테이프로 입구를 둘러싸 놓은 흔적이 보인다. 입구 앞에는 커다랗게 '입산 금지'라는 팻말이 보인다.

제1장

불이 밝으면 으스스한 분위기를 풍기고 있는 이말산 묘역길 언덕이 보인다. 풀벌레 소리와 물이 떨어지는 소리가 드문드문 들린다.

연화가 무덤 한가운데 서 있고, 사연 가득한 흐느낌 소리 들린다.

연 화 흐윽… 흐윽. 흐윽… 흐윽.

억울한 사연이 있는 듯한 얼굴로 한곳을 바라보고 있다. 곧이어 연화가 바라보는 곳에서 다련이 천천히 등장한다. 기품 있는 표정과 걸음걸이는 꼭 왕의 모습과 흡사하다. 그들은 무대의 중앙에서 서로 만나는 듯한 모습으로 걸어간다. 그들의 걸음걸이를 시작으로 무덤 뒤에서 향아와 박상궁, 봉두가 등장하여 그들의 만남을 간절히 바라본다. 연화와 다련은 한가운데서 만나는 듯싶더니, 다련은 연화를 보지 못하고 스쳐 지나간다. 자신을 스쳐 지나가는 다련을 보는 연화, 무덤 한가운데서 원한 가득한 비명을 지른다.

연 화 아악!

곧이어 땅이 울리고, 돌 떨어지는 소리와 함께, 하늘에서 번개가 친다. 봉두와 향아, 박상궁은 연화의 비명 소리에 귀를 막으며 한숨을 쉰다.

박상궁, 봉두에게 해결하라는 손짓을 취하고, 봉두, 떠밀려 연화 앞에 선다. 어쩔 줄 모르는 봉두는 얼떨결에 자신의 손날로 연화의 목을 친다.

'억'. 기절하는 연화.

현아의 목소리가 들리자 세 사람은 연화를 들고 황급히 도망간다. 현아는 다급히 통화를 하고 있고, 대연은 삽을 들고 그 뒤를 따르고 있다.

현 아 (전화를 받으며) 과장님 제가 지금 이말산 묘역길 와서 둘러보고 있는데요. 아무 문제가 없다니까 그러시네. 무슨 이상한 사고가 자꾸 생긴다 그래요. 인부들 여기서 일하다 사고 나는 건… 아, 그러면 안 되지만 없는 일도 아니잖아요. 귀신은 무슨, 귀신. 과장님 그런 소문 믿으세요? 과장님, 걷기 대회 하는 데 아무런 문제없다니까요. 일단은 조치 취하기 전에 조금 더 상황을 보고… 과장님! …알겠습니다. (전화 끊고 입산금지 팻말 보며) 아니, 아직 입산 금지 조치가 취해지지도 않았는데 이건 누가 갖다 놓은 거야-!

전화 끊는 현아, 짜증 가득한 얼굴이다.

대연은 의미 없이 삽으로 땅만 툭툭 치며 현아의 눈치를 본다.

현 아 김대연! 뭐 해-!

대 연 네?

현 아 여기, 저기 치우라고.

대 연 괜히 나한테 짜증···. (현아 보며) 어우, 여기 정리가 많이 안 됐네.

무덤 앞에 걸터앉는 현아.

대 연 (삽으로 묘역길을 정리하며) 여기 기운이 이상하네. ···뭐래요? 안 된대요?

현 아 이번 걷기 대회 내가 책임지고 성공시킨다고 했는데 이게 뭐야.

대 연 그럼 묘역길 말고 다른 코스로 걷기대회를 하면···.

현 아 마땅히 코스를 짤 만한 곳이 없으니까 그렇지.

대 연 (너스레 떨며) 입산 금지 조치도 안 됐는데 저거 뭐예요? 참나.

현 아 공무원들이 하는 일이 다 그렇지 뭐.

대 연 주임님도 공무원이에요.

현 아 쓸데없는 소리 할 거면 내려가라.

대 연 주임님이 도와달라고 하셨잖아요.

현 아 아하, 그래서? 그럼 퇴근해. (사이) 니들 공익들 퇴근 시간 30분 전부터 퇴근 준비하잖아.

대 연 에이, 그거야···. 공익근무요원이 다 그렇다고 생각하면 안 돼지.

일어나 주변을 둘러보는 현아.

현 아 괜히 이거 내가 해 볼 수 있다고 걱정 말라고 해 가지고. (사이) 걷기대회 취소되면 이거 완전히 자존심 스크래친데.

대 연 이번만 벌써 두 번째잖아요. 누나가 하겠다고 하고 말아먹은…
아니, 조금 잘 안 된 것.

대연을 노려보는 현아.

현 아 …아무 문제가 없고만 대체 왜 이상한 사고가 일어난다는 거야.

현아의 핸드폰이 울린다.

현 아 여보세요? …아, 네. 내려갈게요. 조금만 기다리고 계세요. 정신
이 없어서 깜박했지 뭐야. (전화 끊으며) 너도 퇴근해라.

현아, 나가려는데.

대 연 잠깐만요! 여기서 둘이서 (횡설수설하는) 왜 이렇게 사고가 났
는지 진상규명을 하고, 또 둘이 힘을 합쳐서 걷기대회를, 입산
금지 저것도 내려야 하고 할 게 산더민데.

현 아 너야 시키는 일만 하면 그만이지, 뭘 걱정을 해. 괜찮아. 내가 알
아서 할게.

내려가려는 현아.

대 연 어디, 가요. 약속?

현 아 왜.

대 연 남자예요?

현 아 (어이없는) 그래, 남자다. 간다.

현아, 퇴장한다.
혼자 남은 대연, 괜스레 삽을 두드려 본다.

대 연 …잘생겼어요? 몇 살인데… 갔네. 올라오는 것도 내려가는 것도
자기 마음이네. 아니, 아무리 공익이라지만 이렇게 막 부려먹어
도 되는 거야? 아니! 그리고, 27살이나 먹고 애 소리 들어야 해?
우리 엄마도 이제 다 컸으니 나가 살라는 판이구만.

입산 금지 팻말을 바라보는 대연.

대 연 저건 왜 붙여 놔서 주임님을 짜증 나게 만들고 난리야!

어디선가 연화의 흐느낌 소리 들린다.
소리를 듣고 놀라는 대연.

대 연 뭐야! (조용한) …뭐지. 잘못 들었….

다시 연화의 흐느낌 소리 들린다.

대　연　아이씨. (묘비 뒤쪽을 천천히 살피는) 아오, 뭐야. 아무도 없잖
　　　　아. 하긴 입산금지 시킨 곳을 누가 올라와. 이 시간에.

　　　　대연, 무덤을 보는데 무덤 위 꽃 하나가 피어 있다.

대　연　뭔, 무덤에 꽃이 있네. 어? 이 꽃….

　　　　대연, 꽃 만지려는데.
　　　　그때, 무덤 뒤에서 연화 벌떡 일어선다.
　　　　연화, 조선시대에서 볼 법한 소복을 입고 으스스한 분위기를 풍
　　　　긴다.

연　화　만지지 마!

　　　　연화의 외침이 산 전체에 울려 퍼진다.

대　연　아이씨, 깜짝이야-! (연화를 살피는) 누구세요-!
연　화　이 꽃 만지지 마.
대　연　아, 아시는 분 무덤이에요? 죄송해요. 아무도 없는 줄 알고….
　　　　(연화의 모습을 살피다 이상함을 느끼는) 근데 여기서 뭐 하세
　　　　요? 길 잃어버렸어요? 이쪽으로 내려가면 구파발이고 이쪽으로
　　　　는 버스 타는, 아니, 길 잃어버릴 나이는 아니고, 여기 입산 금지
　　　　예요. 내려가세요. 여기 밤 되면 위험해요. 요 근래 사고가 계속

나서 귀신이 떠돈다는 소문까지 난다고….

연화, 그런 대연을 신경 쓰지 않고, 처연한 표정으로 꽃을 바라 본다.

대 연 그런 거 아니죠?

연 화 (스윽 대연을 쳐다보는) …….

대 연 저는 그, 아, 퇴근시간이 지나 가지고 이만. 공익근무요원도 이 퇴근시간이 참 중요하거든요. 퇴근하고 씻고 하루 피로를 풀어야 다음 날 또 업무에 집중할 수 있는 거고.

연 화 …….

대 연 아니죠?

대연, 뒷걸음 치고 연화가 서서히 다가온다.
쓰러지는 대연, 눈을 질끈 감는다.

대 연 에이, 귀, 귀신이 왜 이 시간에, 귀신은 밤, 열두 시나 돼서 종소 리가 열두 번은 나야 나오고 그러는 거라고요. 이 시간은요 그, (울먹) 수면시간이잖아요. 지금 안 자면 이따 피곤할 텐데. …무 슨 일 있어요? 제가 도울 일이라도.

대연이 횡설수설하는 도중 연화, 퇴장한다.
슬며시 눈 뜨는데 멀어지는 연화를 발견한다.

대　연　저기, 내려가는 길은 그쪽이 아니라 이쪽… 저기요! (사이) 뭐 이런 산이 다 있어.

대연이 무덤 뒤로 가서 연화를 부르는데, 묘비 뒤, 손이 빠르게 나타나 대연의 발을 잡는다. 놀라 소리 지르며 엎어지는 대연. 향아, 고개를 들며 등장한다.

향　아　(불쑥) 저, 대연 씨, 요원이라고 들었사옵니다.
대　연　뭐요? 넌 또 뭔데!
향　아　요원이라면 무언가 대단한 직책을 가지고 계신 거 아닌가요?
대　연　공, 공익 근무요원이에요. 공익 근무요원!
향　아　공익 근무요원이 무엇이옵니까?
대　연　(울먹이는) 말투는 왜 이런데!

박상궁, 등장한다.

박상궁　향아야, 그렇게 갑자기 등장하면 놀란다 하지 않았느냐.
향　아　박상궁님, 송구합니다.
대　연　제가 살아 있는 게 맞지요?
향　아　잘 모르겠사옵니다. 이승을 떠난 지 너무 오랜 세월이 흘러서 살아 있는 것이 어떤 느낌인지.
박상궁　일단 진정을 하시지요. 향아야, 가서 물을 좀 내오너라.

향아가 무덤 뒤로 들어가, 편의점에서 볼 법한 생수를 가지고
나온다.

대　연　(생수를 보며) 아니, 이건 어디서.

향　아　저 산 아래 편의점에서 슬쩍하였사옵니다. 드시지요. 1+1이라
　　　　소인의 것은 따로 있습니다.

박상궁　정신 차리셨으면 본격적으로 이야기를 해 보도록 하겠습니다.
　　　　봉두야!

봉두, 내시의 차림으로 등장한다.

대　연　(이젠 태연한) 오셨어요? 안녕하세요. 별일 없으시지요?

봉　두　이야기 브리핑하겠습니다.

대　연　허, 영어도 쓰네.

봉　두　21세기 글로벌시대이지 않습니까. (사이) 각설하고 간단하게
　　　　설명해 드리겠습니다. 소인은 조선 궁에서 환관의 일을 담당했
　　　　던 봉두라고 합니다.

박상궁　박상궁입니다.

향　아　수랏간 나인, 향아예요.

대　연　은평구청에서 공익근무하고 있는 김대연이라고 합니… 이게 아
　　　　니잖아!

봉　두　(무시하는) 아까 대연 군이 마주친 여인은 연화라 하는 나인입
　　　　니다. 우리 네 사람 모두 궁에서 일하던 귀신입니다. 연화라는

나인은 특히나 원한을 가지고 있는 원귀지요.

대 연 이거 실화냐, 지금?

향 아 실제 있는 이야기가 맞습니다.

박상궁 향아야, 이거 실화냐는 그런 뜻이 아니다. 시대를 따라가지 못
하여서 어찌할꼬.

향 아 송구합니다.

봉 두 다들 조용, 지방방송 끄시고. 우리 세 사람은 아니, 세 귀신은
200여 년이 넘는 시간 동안 구천을 떠돌다가 매년 2월이 되면
연화의 부름으로 이곳에 모이고 있습니다. 모두 연화의 원한을
풀어 주기 위함이지요.

대 연 대체 그게 무슨 소리예요!

사이.

봉 두 연화의 사랑을 이루어 주어야 합니다.

대 연 사랑이요?

봉 두 그것이 우리가 해야 하는 일이지요. 연화를 그녀의 연인이었던
다련과 이어 줘야 합니다.

대 연 다련? 아니 원래 사랑하던 사람인데 왜 헤어졌대요?

향 아 기억을 잃었습니다.

대 연 무슨 막장드라마냐?

박상궁 (때리려는) 아이씨.

대 연 가슴 절절한 로맨스군요. (사이) 거, 세 사람이 하면 되잖아요.

군이 내가 필요한 이유가 뭡니까.

부끄러워하는 세 사람.

향 아 소인, 사랑이란 감정 느낄 줄만 알지 서투릅니다.

박상궁 한평생 궁에서만 살아온 이들이어요.

봉 두 내시는… 말 안 해도 아시죠?

괜히, 같이 부끄러워진 대연.

대 연 힘내요.

봉 두 …뭘? 염장 지르냐?

박상궁 봉두야!

세 귀신, 서로 쳐다보다 이내 고개 숙인다.

일 동 부탁드립니다!

박상궁 우리를 본 인간은 당신이 처음입니다. 언제 또 다시 이런 기회
가 올지 모르옵니다.

대 연 아이고, 왜 그러세요. 진짜. 왜 여기들 이러고 계세요, 도대체!

박상궁 이 산은 평범한 뒷산이 아닙니다. 수많은 궁녀들과 내시들의 염
원이 묻혀 있는 땅이지요.

대 연 대관절 뭔 소리람?

향 아 그중에서도 연화의 염원이 가장 간절하죠.

대 연 궁녀와 내시들의 염원?

박상궁 이 산을 지나던 한 스님의 말로는 그 염원이 이 산에 이상한 기운을 불어넣었다고. 이상한 사고가 일어나는 것도 그 때문이지요.

향 아 시간이 가지 않는 산, 염원이 만들어 낸 결과물이지요.

대 연 시간이 가지 않는다니, 이거 참. 아니, 그럼 당신들은 왜 내 눈에만 보이는 건데요?

박상궁 …….

대 연 거봐! 뭔가 이상하잖아!

박상궁 아까 무덤 위에 저 꽃을 알아보셨죠. 흔치 않은 일입니다. 분명 우리와 알 수 없는 인연의 끈이 이어져 있다는….

대 연 (자르며) 끈은 개뿔. 사기 치면 잘 치시겠네.

박상궁 어찌 인연이라는 끈을 그리 가볍게 여기시는지….

대 연 (자르며) 몰라, 몰라. 내가 내 앞가림 하기도 바쁜데 누굴 챙겨요. 가서 연애 고수한테 부탁하라고.

향 아 요즘은 현대사회 아니어요? 연애 그까짓 거 별거냐라는 서적도 있다고 들었사옵니다.

박상궁 이론으로 배우는 사랑이라는 책도 있다고.

대 연 사람 잘못 보셨어요. 난 그런 사람이 아니에요.

봉 두 연화의 원한이 빚어낸 사고가 계속돼도 좋다는 말씀이십니까.

대 연 아니, 그런 게 나랑 무슨 상관이야.

뒷걸음질 치는 대연. 다가서는 세 귀신.

대 연 가까이 오지 마. 경찰에 신고할 거야.

봉 두 게 서십시오!

대 연 안 해. 안 한다고!

향 아 평생 쫓아갈 겁니다!

도망가는 대연, 산을 허겁지겁 내려간다.
노려보지만 쫓아가지 않는 귀신들.

봉 두 (사이) 야, 갔는데?

박상궁 인연의 끈이 어찌 저런 놈에게 묶였을꼬.

박상궁, 한숨 쉬면 무대가 잠시 어두워진다.
무대 한쪽이 밝으면, 편의점 의자에 현아가 취해서 앉아 있다.
대연, 등장해 현아를 찾는다.
현아, 재떨이를 술인 줄 알고 마신다.

대 연 자기가 편의점으로 오래 놓고 어디로 오라는 거야! (현아 발견하고) 주임님, 그거 재떨이에요!

현 아 (술에 취한) 이게 누구야. 쪼그맣다.

대 연 아니, 나 안 쪼그맣다니까요. 저도 스물일곱이에요.

현 아 키가 작다고, 키가. 인마. 키가 난쟁이라고.

대 연 …술 많이 드셨어요?

현 아 많이 먹었지, 그럼. 왜, 나는 술 먹으면 안 되냐?

대 연 아니, 너무 많이 드셔서 걱정돼서 그렇지.

현아, 대연의 볼을 꼬집는다.

현 아 으이그. 많이 늘어나네.
대 연 아, 하지 마요. 주임님, 근데 제가 지금 묘역길에서 내려오는데.

엎어지는 현아.

대 연 주임님-!
현 아 (고개 벌떡 드는) 산에서 사고가 일어날 수도 있지. 산에서 사고
    나는 게 당연하잖아.
대 연 누가 주임님한테 뭐라고 했어요?
현 아 그게 내 힘으로 되냐고, 내 힘으로.
대 연 알았으니까 일어나 봐요. 집에 가야지.
현 아 뭘 알아, 네가! 네가 내 맘을 알아?
대 연 나야 모르죠.
현 아 뭐라고? (사이) 접어야겠다.
대 연 뭘요?
현 아 공무원 말이야. 이참에 접어야겠어.
대 연 갑자기 무슨 소리예요.
현 아 너도 알잖아. 내가 맡기만 하면 망한 프로젝트가 몇 개니. 이번
    거까지 망하면 내가 창피해서 구청을 다닐 수가 없어.

대　연　술 취해서 무슨 헛소리예요. 아니, 당장 때려치우면 뭐 하시게요? 할 것도 없잖아요.

현　아　…감자 농사.

대　연　예?

현　아　우리 엄마 지방에서 감자 농사짓잖아. 꽤 커.

대　연　진심이에요?

현　아　몰라, 새끼야. (벌떡 일어나는) 안 되면 감자나 지어서 삶아 먹고 살 거야. 혼자 귀농하러 내려온 남자 있지 않겠어? 잘 꼬셔 갖고 결혼이나 하고….

대　연　아니, 언제 때려치우게요.

퇴장하다 돌아서는 현아.

현　아　네가 무슨 상관이야?

대　연　…감자! 나 감자 좋아하니까 좀 보내 주나 해서 물어봤지!

현　아　…집으로 꺼져라.

퇴장하는 현아.

대　연　아니, 지역이 어딘데요? 지방이에요? 예? 주임님!

대연, 현아가 퇴장한 곳을 바라보는데. 불쑥 등장하는 박상궁, 현아가 먹던 소주를 천천히 음미한다.

대 연 (박상궁을 발견하는) 아이, 깜짝이야!

박상궁, 대연을 조용히 바라보고, 현아가 퇴장한 곳을 보며 눈짓한다.

박상궁 인연의 끈은 그리 쉽게 끊어 낼 수 있는 것이 아닙니다.

대연, 현아를 쳐다보다 이내 결심한 듯 박상궁을 쳐다본다.

대 연 (한숨) 가시죠.

무대 암전.

제2장

불이 밝으면, 이말산 묘역길 귀신들의 아지트.
연화와 박상궁, 봉두, 향아가 모여 앉아 있고, 그들 주변으로 책들이 가득하다. '이론으로 배우는 연애', '연애 지침서', '연애 그까짓 거 별거냐' 등등의 제목이 눈길을 끈다.
박상궁은 머리에 띠까지 두르고 가장 열심이다.

봉 두 …근데 박상궁님은 왜 이렇게 열심히 공부하세요?
박상궁 (괜히 찔리는) 그야 연화의 사랑을 도와주기 위함이 아니더냐.
봉 두 그렇지 않은 거 같으니까 물어보는….

박상궁 배움에는 끝이 없는 법!

연 화 근데 썸이 무엇인가요?

박상궁 썸이라?

봉 두 (골똘히 생각하다) 섬인데 잘못 표기된 것 아닌가요?

연 화 여자와 썸을 타고 싶은 확실한 방법….

봉 두 (확신하는) 섬을 가는 방법을 이야기하는 모양이군요.

박상궁 섬… 섬이라. 향아, 그만 졸아라!

향 아 송구합니다. (책을 보며) 카톡을 매력 있게 하는 방법.

봉 두 카톡이라.

연 화 현대에는 알 수 없는 사랑법이 가득하군요. 헌팅이라….

봉 두 여자를 사냥하다니 이상한 어법이군요.

향 아 (책을 보다 놀라는) 세상에 어찌 이런 글이.

몰리는 사람들.

박상궁 무엇이냐.

봉 두 허허, 세상이 말세인 게 분명하옵니다.

연 화 여자를 꼬시는 법이라니 어찌 이런 상스러운 말이 책에 적혀 있을꼬.

박상궁 우리 때는 아녀자의 얼굴만 보아도 부끄러워 눈을 마주치지 못하였거늘.

연 화 (책을 보다 놀라는) 아니, 세상에 어찌!

몰리는 사람들.

박상궁 무엇이냐. 읽어 보아라.

연 화 차마 제 입에 담기 어려운 말입니다.

향 아 남자 역할과 여자 역할이 적혀져 있사옵니다.

봉 두 남자가 번호를 따는 법… 잠깐 기다리세요.

갑자기 일어나 책을 들고 뒤로 가는 봉두.

연 화 뭐 하세요?

봉 두 (책을 보며) 마치 100미터 밖에서부터 그녀에게 반해 뛰어온 것
처럼 숨이 차고 다급해야 한다….

연화에게 뛰어오는 봉두.

봉 두 (숨 가쁜 연기를 하며) 헉헉. 저기요, 저기요!

연 화 (상황극에 맞춰 주는) …예? 누구….

봉 두 아이고, 숨차. 걸음이 너무 빠르셔서.

연 화 저는 가만히 서 있었는….

박상궁 연화야, 상황에 집중해라.

연 화 제가 걸음이 좀 빨라요. 어릴 때부터 남달랐죠. 그래서 어머니
께서는 커서 달리기 선수를 하라고 할 정도였으니까요.

봉 두 (다시 책 보며) 고개를 숙이고 있는 것이 포인트. (고개 숙이는)

물어볼 것이다. 왜, 아무 말도 안 하냐고?

향 아 물어봐, 물어봐!

연 화 …뭘?

향 아 (답답한) 아이씨, 나와.

연화를 밀어내는 향아,

연기에 자신 있는 척 연기한다.

향 아 아니, 어찌 멀리서 달려오신 분께서 고개를 숙이고 가만히 있는
것이옵니까. 숨이 차서 그러하옵니까.

박상궁 어찌 현대를 살고 있는 여인이 그런 어법을 쓰더냐.

향 아 송구합니다.

향아 옆에 서는 박상궁.

의문의 표정으로 바라보는 향아.

박상궁 뭐 하느냐. 비키지 않고!

박상궁, 향아의 역할을 대신한다.

기분이 좋은 박상궁, 말투가 아주 현대식이다.

박상궁 저기, 저기요? 무슨 일 있으세요? 왜 그러시죠?

봉 두 그렇게 물으면 천천히 고개를 든다. (천천히 고개를 들며) 그리

곧 3초 정도 심호흡 후 멀리서 당신을 쳐다봤을 때 너무 아름다
우셔서 빛이 났는데 (박상궁의 얼굴을 보고) 가까이서 보니, 어,
사람을 잘못 본 것 같습니다.

등 돌리는 봉두. 잡아 세우는 박상궁.

박상궁 야.

봉 두 죄송….

박상궁 (자르며) 다시.

봉 두 가까이서 보니 정말 아름다우시군요. 실례가 안 된다면 번호를
여쭤봐도 될까요? (책을 보며) 쓸데없는 이야기는 하지 않는 것
이 좋다… 그것은 부담일 뿐 용건만 간단하게 이야기를.

연 화 근데 우린 핸드폰이 없는걸요.

향 아 수월한 게 하나도 없군요.

연화와 향아, 한숨 쉬는데 박상궁의 상황극은 끝나지 않았다.

박상궁 제가 핸드폰을 잃어버려서…. 실례가 안 된다면 메일 주소를 알
려 드려도 될까요?

봉 두 실례입니다. 그럼 전 이만.

'빡', 뒤돌아 가는 봉두의 뒤통수를 날리는 박상궁.

봉 두 아픕니다!

향 아 그나저나 책은 다 읽을 수 있는 건지. 도통 책을 봐도 무슨 소린
지 하나도 모르겠네.

대연, 의욕적인 모습으로 등장한다.

대 연 아이고, 죄송합니다. 퇴근하고 올라오느라 시간이.

봉 두 (울컥해서) 거 빨리빨리 좀 다니십시오!

대 연 (의아한) 이 양반은 왜 또 화가 났어?

향 아 요원님, 당최 무슨 소린지 하나도 이해할 수 없습니다. 썸이라
는 게 대체 무엇입니까. 외국 말입니까.

대 연 그건 나도 타 보지 않아서 잘 몰라. 내 평생소원이지.

향 아 요원님, 그게 무슨 말씀이시옵니까.

대 연 아니야.

연 화 이런 책은 대체 왜 가져와서, 이해도 못 할 것을.

대 연 그야 다련이라는 그 사람과 다시 사랑을 하려면 사랑하는 법부
터 배워야죠. 사랑하는 감정만 느낄 뿐 어찌해야 할지도 모른다
는 사람들이.

연 화 제가 언제 다시 사랑을 하고 싶다고 했어요? 저는 그저… (사이)
잃어버린 기억만 되돌리면 그뿐이에요. 기억이 되돌아오면 사
랑도 자연히 이뤄질 것이라고요.

대 연 기억이 돌아오지 않는다면서요. 아무리 노력해도 돌아오지 않
는다면서.

연 화 그야.

대 연 대체 무슨 일이 있었던 거예요?

　　　연화, 고개 돌린다.

대 연 어차피 기억이 돌아오지 않는다면 다시 사랑하면 되는 거잖아
　　　요. 다시 사랑하면 기억이 돌아올 수도 있는 거고, 결국은 사랑
　　　하기 위해 기억이 돌아와야 하는 것도 맞잖아요. 그렇다고 이렇
　　　게 가만히 있을 거예요?

연 화 난 잘 모르겠어요.

대 연 기억이 안 돌아온다고, 아무도 해결할 수 없다고, 이렇게 포기
　　　하고 이 묘역길에서 난동만 부릴 생각이에요? 그 일들 때문에
　　　힘든 사람들은 생각해 보셨어요?

　　　대연, 우울한 표정으로 자리에 앉는다.
　　　긴 침묵.

연 화 …그럼 뭐부터 하면 되죠?

　　　벌떡 일어나는 대연.

대 연 잘 생각하셨어요. …실전 연습.

연 화 예?

대　연　이론으로 배우는 사랑이야기가 말이나 되는 소리예요? 사랑은 이론이 아니에요. 언제까지 책만 보고 사랑을 배우실 거예요?

연　화　실전?

연화의 말을 끝으로 시간이 경과되는 템포감 있는 음악이 흐른다. 그들은 연애에 대한 실전연습을 하는 듯 마주 보고 있는 의자에 앉아서 서로를 바라보며 이야기한다. 대연은 그들 가운데서 선생님처럼 그들을 코치한다.

(*봉두, 박상궁, 향아는 모두 연화를 도와주는 다역의 인물을 연기한다.)

봉　두　안녕하세요. 연화씨?

연　화　…….

봉　두　오래 기다렸죠?

연　화　…….

봉　두　차라도 시킬까요? 좋아하는 차가 있으면….

연　화　…….

봉　두　저기요? …여보세요? (눈을 끔뻑이는) 벙어리세요? 차를 어떻게….

대　연　말을 해, 말을! 당신이 무슨 생각하고 있는지를 입 밖으로 꺼내지 않으면 아무도 모른다니까. 자, 다음!

봉두가 자리에 일어나면 곧 박상궁과 배턴터치한다.
박상궁은 남자를 연기한다.

박상궁 김봉달이라고 하는데유.

연　화 연화예요.

박상궁 허허허, 이름 참말로 이쁘구만유.

연　화 그쪽도.

박상궁 아이고, 태어나서 처음으로 이름 칭찬을 다 들어 보는구만유. 이 집이 국밥이 죽여요. 국밥 좋아하쥬?

연　화 저는 잔치국수 좋아하는데.

박상궁 그럼 잔치국수 먹으러 갈까유?

연　화 저 밥을 먹고 와서….

박상궁 나랑 지금 장난하나.

대　연 야-! 다음 투입!

박상궁, 향아와 배턴터치한다.

향　아 우리 집에서 라면 먹고 갈래?

봉두, 향아 머리 때리고 끌고 나간다.
박상궁은 자리에 앉아 아주 부산스럽고, 말이 빠른 친구를 연기한다.

박상궁 오호호호, 애 만나 보면 괜찮다니까. 아무튼 낯가리는 데 뭐 있어, 애.

봉두, 박상궁에게 아는 척하고.

박상궁 어어, 여기야, 여기. 앉아. 여기는 내 친구 봉두. 여기는 연화. 너
네 정말 천생연분인 것 같다, 그치. 왜냐면 내가 어제 꿈을 꿨거
든. 근데 내가 견우와 직녀가 만나는 오작교 역할을 하고 있지
뭐니. 아니, 내가 설레발치는 게 아니라 말이 그렇단 거지.

봉　두 저….

박상궁 (자르며) 연화 어쩜 옷 입은 것도 이렇게 조숙하고 예쁘니. 안
그래, 봉두야?

연　화 저….

박상궁 됐어, 됐어, 됐어. 얘, 아무튼 얘 부끄러워 가지고 말 못 하는 데
뭐 있다니까. 아마 우리나라에서 제일가는 낯가림쟁이일 거야.
그래서 내가 대신 이렇게 두 사람을 이어 주러 나왔다 이거지.

대　연 저, 저기 박상궁님 말씀하시면 안 되거든요! 주인공이 아니라
서브예요, 서브! 아니, 연기를, 이보세요!

박상궁의 부산스러운 말이 계속해서 이어지면, 대연은 인상 쓰
고 향아에게 고갯짓한다. 향아, 박상궁 머리 때리고 끌고 나간
다.
의자에 마주 보고 앉은 봉두와 연화, 쑥스럽고 어색하다.

두 사람 저….

사이.

연 화 말씀하셔요.

봉 두 아닙니다. 먼저 말씀하시지요.

연 화 그래도 봉두 씨가 조금 더 빨랐던 거 같은데 먼저 말씀하세요.

봉 두 레이디 퍼스트. 양보하겠습니다.

연 화 …아니에요. 어찌 아녀자가 자신의 의견을 먼저 말할 수 있겠습
　　　　니까.

봉 두 그래도 먼저 말을 꺼내셨으니 그 말이 궁금합니다.

연 화 먼저 하시죠!

봉 두 레이디 퍼스트!

연 화 먼저!

봉 두 레이디!

대 연 레이디 퍼스트는 개뿔. 아무나 말하면 되지 도대체 왜 이렇게
　　　　답답한 거야-!

박상궁 그럼 네가 해 봐!

대 연 예?

박상궁 당신이 보여 달라고요. 어떻게 하는지.

대 연 지금… 참나… 누가 하라면 못 할 줄 알고.

대연, 자리에 앉는다.
우물쭈물하는 대연.

대　연　식사는 하셨어요?

연　화　네.

대　연　이상형이 어떻게 되세요?

연　화　당신은 아니네요.

대　연　혹시 할 말이라도.

연　화　없어요.

엎어지는 대연.

대　연　역시 난 안 돼.

봉　두　박상궁님, 정말 그 사람이 맞을까요?

박상궁　(쉿 모양 하며) 어허, 봉두야.

봉　두　제대로 할 줄도 모르면서 왜 이 방법을 집착하는 거야? 이래 가
　　　　지고 빚이나 갚을 수 있을는지.

박상궁　봉두야! 들리겠다.

대　연　…다 들리거든요? 보통 이 정도 거리에선 다 들려요. (사이) 그
　　　　사람이라는 게 무슨 소리예요.

박상궁　아닙니다.

연　화　그만해요. 사실 이 방법도 결국 다련을 만나야만 하는데 어차피
　　　　다련은 나를 만나 주지도 않을 텐데요. 애초에 이런 방법을 배
　　　　우려 했다는 제가 미련합니다.

대　연　그건 별안간 또 무슨 소리예요?

연　화　그 사람은 여자에 관심이 없거든요.

대　연　아니, 왜? 이거 달고 태어나서 여자에 관심 없는….

봉두와 눈 마주친다.

대　연　죄송합니다.

연　화　그 사람도 내시니까.

대　연　예?

연　화　아마 나를 만나 주지 않을 거예요. 자신이 아주 높은 사람인 줄 알고 있죠.

대　연　무슨… 아니, 그걸 왜 이제 말해요.

연　화　혹시라도 당신이 우리를 떠나 버릴까 봐.

향　아　실성하고 본인이 왕인 줄 착각하고 사는 내시. 그가 다련입니다. 심지어 매년 이말산으로 돌아올 때마다 기억을 잊고 우리를 다른 사람 취급하지요.

대　연　그럼 가서 만나 보면 되겠네.

연　화　…잘 알지도 못하면서 함부로 말하지 말아요!

봉　두　연화야!

연　화　봉두 씨, 원귀의 힘을 빌렸으면 응당 대가를 치러야지요. 안 그래요?

연화, 한숨 쉬고 퇴장한다.

대　연　내가 뭘 잘못했다고.

봉 두 (어깨 두드리며) 그런 게 있어요.

향 아 지금은 그냥 두세요.

사이.

대 연 저기… 그런데 봉두 씨. 빚을 갚는다는 게 무슨 말이에요? 두 분 연화 씨한테 돈 꿨어요?

향 아 …….

봉 두 말하자면 깁니다.

향 아 처음에 우린 빚을 지어서 이곳으로 오게 되었죠.

대 연 그게 무슨 소리예요.

박상궁 우리는 조선 후기에 태어난 내시와 궁녀들입니다. (연화가 퇴장한 곳을 바라보며) 생전에 원귀의 힘을 빌려 그 대가를 치르고 있지요.

대 연 원귀의 힘?

박상궁 조선 후기에는 내시와 궁녀들의 사랑이 빈번했습니다. 평생 궐 밖으로 나가는 일이 힘들었던 탓이죠. 때문에 그것이 발각돼 직책을 파면당하고 궐 밖으로 내쫓기는 일이 많이 있었죠.

향 아 다련과 연화의 구슬픈 사랑이야기.

봉 두 보름달이 뜨는 날 정수를 떠 놓고, 달을 바라보며 그 이야기를 주문을 외듯 필사하고 피를 뿌리면 그들은 비밀리에 사랑할 수 있다는 소문이 떠돌았었죠.

박상궁 그 기도가 원귀의 힘을 빌린다는 것은 모른 채.

대　연　뭐야, 셋 다 그럼 사랑하기 위해서 기도를 하다가 여기 있다는
　　　거네.

　　　정적.

향　아　그나저나 어떻게 하지요, 이제.
봉　두　그러게 말이옵니다.
대　연　가만 보니 세 사람도 불쌍하네요.
향　아　사실 꼭 그래서 이곳에 있는 것만은 아니에요.
대　연　또 무슨 다른 약점을 잡혔어요?
향　아　그런 건 아닌데….
대　연　그럼 내가 한번 만나 볼게요.
박상궁　누굴 말입니까.
대　연　그 다련이란 사람 말이에요. 만나 주지 않는다면서. (사이) 근데
　　　다련… 나랑 이름이 비슷하네요.
박상궁　…….
봉　두　굳이 만나지 않는 것이 좋을 텐데요.
대　연　왜요?
봉　두　그게… 힘들 겁니다.
대　연　왜?
봉　두　…있어요, 그런 게. 그리고 어차피 연화를 기억하지도 못합니다.
대　연　그나저나 저 다련하고 연화 씨는 도대체 무슨 일이 있었던 거예요?
향　아　그게….

봉　두　이리 와 봐.

봉두, 대연에게 귓속말한다.

대　연　(놀라는) 예?

무대 암전.

제3장

불이 밝으면 이말산 묘역길엔 아무도 보이지 않는다.
스산한 기운이 들어오면 다련이 기품 있는 걸음걸이를 하며 등
장한다.
말없이 하늘의 달을 보는 다련.

다　련　…달이 밝구나. 나의 마음을 몰라주는 듯 한없이 밝아.

대연, 언덕 아래에서 다련을 훔쳐보다 다가간다.

대　연　저기….
다　련　물러가거라. 명상 중인 것이 보이지 않는 게냐.

대연, 다가가 어깨를 두드린다.

다 련 (놀라는) 누구냐!

대 연 아, (생각하는) 지나가던 행인인뎁쇼.

다 련 여기가 어느 안전이라고! 밖에 아무도 없느냐. 어찌 사전에 협
     의되지 않은 사람을 밤에 이곳에 들이느냐. 한참 명상에 빠져
     있었거늘.

대 연 …중증이군.

다 련 뭐라?

대 연 아닙니다.

다 련 썩 물러가거라!

대 연 (얼떨결에) 아, 예. 저는 그럼 지나가던 중이었으니까 계속 지나
     가 보겠습니다요.

     대연, 물러가려다.

대 연 이게 아니지. 저! 할 말이! (사이) 아니, 드릴 말씀이 있사옵니다.

다 련 이런 경우 없는 놈을 보았나.

     다련, 돌아서 대연을 쳐다보자, 대연 얼떨결에 엎드린다.

대 연 통촉… 음? 통촉하여 주시옵소서?

다 련 (사이) 과인은 경우 없음에 크게 노하였으나, 네 얼굴을 보아하
     니 간절한 사연이 있는 듯하여 특별히 이번 한 번만 용인해 주
     도록 하겠다. 말해 보라.

대　연　진짜요?

다　련　어허, 남아일언중천금이라고 하였거늘.

대　연　감사합니다. 감사합니다.

다　련　고개를 들라. 무엇이 그대를 이곳까지 오게 만들었느냐.

대　연　혹 연화라는 나인을 기억하시는지요.

다　련　연화? 나인이라 하였느냐.

대　연　(옛날 말투가 어려운) 그렇사왑니다요.

다　련　궁에서 일하는 나인이 맞느냐.

대　연　(일어나며) 그렇습니다.

다　련　어찌 과인이 한낱 나인들의 이름까지 일일이 기억하겠느냐. 또한 나인은 자신의 이름을 내비칠 수 없는 법, 알 길이 없다.

대　연　(부끄러워하며) 마음에 두었던 궁녀라면… 후궁으로 들일 수 있지 않습니까.

다　련　과인이 한 여자를 저버리고 후궁을 들이는 가벼운 사람으로 보이느냐.

대　연　(다련의 엉덩이를 치며) 에이, 그런 뜻이 아니잖아요.

다　련　(당황하는) 이, 이! 네 이놈-! 어디 과인의 몸에 손을 대느냐-!

대　연　(사이) 죽여 주시옵소서-!

다시 엎드리는 대연.

다　련　이상한 짓을 하지 말고 용건을 말하라.

대　연　…일어나서 해도….

다 련 (답답한지) 일어나! 일어나!

대 연 (일어나며) 과거 살아 있을 적 사랑한 여인이 있습니까?

다 련 …기억나지 않는다. 어떤 연유로 묻는 것이냐.

대 연 당신이 사랑하는 여인이 있었습니다.

다 련 어떻게 알고 그런 이야기를 하는 것이냐. 나는 그런 여인이 없다.

대 연 (발끈) 매번 그렇게 기억나지 않는다고 하니 방법이 없는 거잖
아!

다 련 네 이놈을 진짜….

대 연 죄송합니다.

다 련 쓸데없는 소리 하지 말고 썩 물렀거라. 밖에 누구 없느냐.

다급한 대연, 다른 방법을 찾기로 한다.

대 연 현재 사랑하는 여인이 있습니까.

다 련 누굴 사랑하는 그것은 과인의 문제다.

대 연 없잖아요. 지금 사랑하는 사람 없죠, 그죠?

다 련 과인은 사랑에 관심을 두지 않는다. 어찌 나랏일을 하는 사람이
그런 하찮은 것에 마음을 쓸 수 있더냐.

대 연 당신에게 반한 여인이 있습니다!

다 련 (슬쩍 기분 좋은) 그래? 권력에 눈이 멀어 나에게 다가오는 여인
은 충분히 많았다.

대 연 지금은 없잖아요.

정곡을 찔린 다련, 움찔한다.

다　련　과인은 그런 것에 관심 두지 않는다. 썩 물렀거라.

대　연　그럼 왜 이승을 떠도는 것입니까.

다　련　뭐라?

대　연　왜 그럼 2월이 되면 이곳 이말산을 떠도느냐 말입니다.

다　련　…몸이 이끄는 대로 움직이는 것일 뿐 연유는 알 길이 없다.

대　연　평생 이곳을 떠돌 생각입니까. 원한 없이 어찌 구천을 떠돈단
　　　　말입니까!

다　련　가까이 오라.

대연, 가까이 간다.

다　련　내가 이곳 이말산을 떠나지 못하는 이유를 아는 것이냐?

대　연　알려 줘도 믿지 않을 테고, 기억도 안 나잖아요.

다　련　그렇다면 왜 나에게 이런 이야기를 하는 것이냐.

대　연　그저 당신에게 첫눈에 반한 여인이 있다는 것을 전해 드리고 싶
　　　　었을 뿐입니다. 그 여인은 부끄러움에 당신 앞에 서지도 못한단
　　　　말입니다.

다　련　…….

대　연　한 번이라도 만나 볼 생각이 없으십니까.

다　련　없다.

대　연　…좋아요. 그렇다면 저는 매일매일 이곳을 올라와서 당신의 명

상을 방해할 것입니다. 그래도 상관없습니까?

다 련 만약 그러한다면 내 네놈의 죄를 물어 엄벌에 처할 것이다.

대 연 누가 엄벌에 처하는데요. 여기 누가 있는데요!

다 련 어허, 내 말을 믿지 못하겠느냐.

대 연 아무튼 그런 줄만 아세요. 내가 매일매일 당신을 괴롭힐 거라고.

움찔하는 다련, 대연은 기회임을 느낀다.
다련의 앞에 드러눕는 대연.

대 연 몰라, 몰라. 배 째. 여기서 일어나지 않을 겁니다.

다 련 그만하고 일어나거라.

대 연 몰라, 몰라. 통촉해 주세요. 통촉해 줘!

다 련 시끄럽다!

다련, 엎어진 대연을 일으키려 몸싸움한다.
대연, 바닥에 딱 붙어 절대 일어나지 않는다.
그 모습이 우스꽝스럽다.

대 연 왕이라고 하시는 분이 체면이 말이 아니시네요, 그죠?

다 련 네 이놈!

다련, 한참을 대연을 바닥에서 떼어 내려 하다 지쳐 드러눕는다.

다 련 후에 네 죄를 물어 엄벌에 처할 것이야.

대 연 그러시든가, 마시든가. 오랜만에 힘썼더니 죽겠다.

다 련 그 여인의 이름이 뭐라 하였느냐.

벌떡 일어서는 대연.

대 연 연화요, 연화.

다 련 연화라… 연화.

대 연 만나 주시는 겁니까?

다 련 그럴 일 없다. 물러가라.

다련, 사라진다.

대 연 아니, 갑자기 그렇게 가 버리는 법이 어디 있어요. 어디 갔어. 저기요!

무대 암전.

제4장

불이 밝으면, 이말산 묘역길.
묘비들이 마치 테이블처럼 놓여 있다.
다련과 연화는 서로 마주 보고 있다.
마치 소개팅의 첫 자리를 연상케 한다.

뒤쪽 무덤 옆에서 몰래 지켜보고 있는 사람들.

향아, 봉두, 박상궁, 그리고 대연이다.

최대한 조심하며 고개만 내빼고 있는 모습이다.

향 아 저것이 썸이라는 것이옵니까?

봉 두 신기하군요. 이렇게 두 남녀가 한 공간에 저리 가까이 붙어 있
다니, 조선시대 같았으면 노 웨이, 노 웨이.

박상궁 야, 영어 좀 그만 써.

봉 두 시대를 따라가지 못하여서 어찌할꼬.

박상궁 시끄럽다! 둘의 이야기를 방해할 셈이냐.

봉 두 박상궁님이 더 시끄러운데….

봉두의 머리를 때리는 박상궁.

봉 두 (울먹) 나만 미워해.

대 연 아이씨, 조용히 좀 해요.

봉 두 (울먹) 너무해-!

조용해지는 네 사람.

연화와 다련, 둘 다 한참을 말이 없다.

대 연 (가슴 두드리며) 말을 하라고, 말을!

다 련 어떤 연유로 과인을 만나고자 하였느냐.

향 아 합니다, 합니다. 배운 대로 잘해야 할 터인데.

네 사람, 영화 보듯 연화와 다련의 대화를 경청한다.

연 화 매년 2월이 되면 소인은 구천을 떠돌다 이곳으로 돌아옵니다. 연유는 알 길이 없겠지요. 그렇게 이백 년이 넘는 세월이 흘렀는데 매번 보름달을 보며 명상에 빠진 남자가 있었습니다.

다 련 과인을 이야기하는 것이군.

연 화 …무슨 생각을 그리 하는 것이옵니까.

다 련 생각을 정리하는 것이다.

연 화 아무런 기억도 없다 하지 않았습니까.

다 련 내가 무엇 때문에 이곳을 떠도는지.

다시 대화가 없는 두 사람. 어색하다.

봉 두 아유, 저 답답이! 이럴 땐 남자가 대화를 리드해야 한다고 배웠습니다. 이론으로 배우는 사랑 27쪽 챕터2 대화를 리드하는 남자가 여자의 마음을 홀릴 수 있다.

향 아 공부를 열심히 하셨군요.

대 연 대화가 없으니 진전도 없고만.

향 아 연화야, 어찌할꼬.

연화, 도움을 요청하는 듯 뒤쪽을 쳐다본다.

향 아 봅니다. 봉두 씨, 봉두 씨!

봉 두 (책을 보며 연화에게 외치는) 73페이지 챕터4 대화가 안 풀릴

때 화제를 돌려라!

연 화 (사이) 풀벌레 소리가 참 좋습니다.

다 련 그렇구나.

다시 정적, 일동 한숨.

대 연 싸우러 왔냐?

봉 두 아무것도 안 되잖아.

박상궁 안 되겠사옵니다. 이러다 이 밤이 다 갈 것 같습니다.

박상궁, 무덤 뒤에서 연화 쪽으로 다가간다.

대 연 아니, 박상궁님!

다 련 누구냐!

박상궁 박상궁이옵니다.

다 련 박상궁? 안 그래도 기다리고 있었다.

일동, 의아해한다.

박상궁 연화가 화장실이 급하다 하옵니다.

연 화 예? 아니.

박상궁, 연화를 끌어내고 뒤로 패스하자 향아와 봉두가 연화를 받아 끌고 나간다.

박상궁 시장하진 않으신지요.

다　련 혼이 되어 시장할 것이 무엇이 있겠느냐.

연　화 왜 이래요. 아, 한창 잘되고 있었는데.

대연, 봉두, 향아, 일동 한숨.

박상궁 연화라는 여인은 어떠십니까. 마음에 드십니까?

다　련 그것을 묻는 연유가 무엇이냐.

박상궁 저 여인은 당신을 사모하고 있사옵니다.

연　화 박상궁님-!

연화의 입을 막는 봉두.

다　련 …익히 들어 알고 있다.

박상궁 그러니 여쭤보는 것 아닙니까.

다　련 무언가 묘하다.

박상궁 무엇이 말입니까.

다　련 내 안의 누군가 그 여인을 밀어내고 있다. 그러면 안 된다고 과인에게 외치는 것 같구나.

박상궁 연유를 물어도 되겠습니까.

다　련　나의 과거와 연관이 되어 있는 듯싶구나.

박상궁　정녕 과거를 기억하지 못하신단 말입니까.

다　련　…….

봉　두　박상궁님 말 잘하네.

향　아　배움의 효과인 듯하옵니다.

대　연　연화 씨는 내 말 잘 들어요. 이 만남은 꽤나 어렵게 잡은 것입니다.

연　화　무엇이?

대　연　그러니까 내가, …배 째라고 눕고 땅바닥에 붙어 가지고 아무튼 그런 게 있어요. 그러니까 매일 밤에 이곳에서 보자고 해요.

연　화　어찌 여인네가 그런 말을 먼저 꺼낼 수 있단 말입니까. 책에도 분명 남자가 먼저 만남을 주도해야 한다 하였습니다. 선조들의 배움을 거스르는 것입니까. 옛말에 온고지신이라 하였습니다.

대　연　모르겠고, 다시 또 언제 만날지 모르잖아.

연　화　부끄럽습니다.

대　연　용기를 내야 해요.

연　화　나는 두렵습니다. 얼굴을 마주하는 것도 엄청난 용기를 내고 있는 것이란 말입니다.

대　연　용기는 그냥 내면 되는 거예요. 아무런 손해 없이 그냥 내기만 하면 되는데 그걸 못 내서 이렇게 힘들어하나요?

연　화　매일 밤….

향　아　(가르치듯) 매일 밤 저를 만나 주실 수 있을까요!

연　화　매일 밤 저를 만져 주실….

향　아　아니!

연　화　매일 밤 저를 만나 주실 수 있을까요?

　　　향아, 연화에게 하이파이브한다.
　　　대연, 무덤에서 연화를 밀어낸다.

연　화　(중얼거리는) 매일 밤… 매일 밤….

박상궁　(연화를 발견하고) 그럼 저는 이만 물러가 보겠습니다.

다　련　내 과거에 대해서 알고 있느냐. 그런 것이냐.

박상궁　연화야.

연　화　매일 밤?

박상궁　뭐라고?

연　화　…아, 아닙니다.

박상궁　뭐 하느냐. 얼른 자리에 앉지 않고.

　　　연화, 다시 다련과 마주 앉는다.
　　　역시나 한동안 말이 없다.

연　화　(용기를 내) 혹시 매일 이 시간이 되면 무엇을 하십니까.

다　련　달을 보며 명상에 든다.

연　화　매일 밤….

　　　말을 꺼내지 못하는 연화.
　　　안절부절못하는 대연 무리.

연 화 (까먹은 듯) 매일 밤, 매일 밤.

대연, 향아를 밀어낸다.
향아, 연화와 다련의 옆을 스쳐 지나가며.

향 아 매일 밤에 저를 만나 주실 수 있을까요-!

반대쪽으로 사라지는 향아.
확신에 찬 연화.

연 화 매, 매일 밤 저를 만져 주실 수 있을까요-!

정적.
당황스러운 다련.

다 련 그게 무슨 말….
연 화 그게 아니라….

횡설수설하는 연화.

연 화 저를 만져 달라는 게 (손동작 취하는) 사실 제가 첫 경험이어서.
다 련 첫, 경험…?
연 화 예? 아니, 잘못은 아니잖아요? 자신은 있어요! 제가 무슨 말을 하고 있죠? 연화야, 제발 좀 그만해. 제발 닥쳐.

연화의 말은 점점 더 부풀어 오른다.

다 련 나는 이만 가 봐야겠어.

일어서는 다련, 뒤도는데.

연 화 (다급한) 제 얼굴을 똑바로 보시지요!

다련, 연화를 천천히 돌아본다.

연 화 정녕 나를 기억하지 못하시나요? 정녕 그렇단 말입니까!
다 련 …기억하지 못하오.

연화, 무덤 위 꽃을 가리킨다.

연 화 당신이 나에게 준 이 꽃 기억나지 않습니까. 상사화, 꽃이 필 때
는 잎이 없고 잎이 자랄 때는 꽃이….

목 메이는 연화.
다련, 표정 찡그린다.

연 화 당신이 이런 의미를 알고 주었는지, 아니면 정녕 우리의 운명이
         상사화와 같은 건지. 괜히 꽃을 전해 주었던 당신을 원망하곤
         했죠.

다 련 머리가 아파.

연 화 기억해 보세요!

다 련 견딜 수 없구나. 나는 가야겠소.

연 화 기다려요-!

         다련, 퇴장한다.
         연화, 사라진 다련을 보며 무너진다.
         대연 무리들, 연화 앞에 등장한다.
         침묵의 시간.

대 연 저… 연화 씨. 괜찮아요?

연 화 내가 잘못 생각한 것 같아요. 어쩌면 우린 처음부터 이렇게 될
         운명이었을지도 모릅니다. 그 운명을 자꾸만 거스르려 하니 뜻
         대로 되지 않는 것일지도. (사이) 모두 돌아가세요.

대 연 왜 그래요. 다른 방법을 또 찾아보면 되잖아요.

향 아 이백여 년이 지난 시간입니다. 여러 수를 써 보았지만 제정신이
         아니라 모든 것을 잊고 딴소리를 내뱉지요.

대 연 아니, 그러니까 더 열심히 잘해야….

         연화, 퇴장하려는데.

대　연　연화 씨 어디 가요!

연　화　…상관하지 마세요.

대　연　또 이렇게 포기하는 거예요?

박상궁　이제 그만하거라. 연화야.

연　화　무슨 말씀이십니까?

박상궁　여기 이말산에 묻힌 이름 없는 묘만 해도 300여 개가 넘는다. 잘
　　　　알지 않느냐. 이들 누구 하나라도 원한 없이 죽은 사람이 있을
　　　　것이라 생각하는 것이냐. 왜 그런데 연화 너는 그를 잊지 못하
　　　　고 구천을 떠돌아 사람들을 괴롭히느냐 이 말이야! 여러 방법으
　　　　로 시도를 해도 금방 포기하고 넌 대체 그의 기억을 되돌릴 생
　　　　각이 있는 것이냐.

연　화　그의 기억이 돌아오는 것은 내가 가장 간절해요-! 알지도 못하
　　　　면서 함부로 이야기하지 말아요. 매년 볼 때마다 다른 사람 취
　　　　급하는 기분을 박상궁님이 알기나 하느냐고요.

박상궁　그래서 네 고집대로 이렇게 붙잡아 두는 것이냐?

연　화　언제 내가 붙잡았어요? 떠나라고 했잖아요. 내가 언제 빚 갚아
　　　　달라고 했어요? 이제 괜찮다고요! (사이) 이젠 괜찮으니 그만
　　　　돌아가요.

향　아　… 널 두고 어떻게 가니. 이젠 못 가. 우리가 함께한 세월이 이백
　　　　여 년이 넘어. 내가 붙잡혀서 여기 있는 줄 아니? 여기 있는 사
　　　　람 다 마찬가지야.

박상궁　그럼 다련이라도 보내 줘-! 너 때문에 기억을 잃어 연유도 모른
　　　　채 구천을 떠돌지 않느냐! 네가 이렇게 보내 주지 않으니 말이다!

연　화　나 때문에 기억을 잃어요? 내가, 내가 뭘 그렇게 잘못했느냐고요!

　　　　연화, 퇴장한다.

향　아　연화야-!

　　　　박상궁, 반대편으로 퇴장한다.

봉　두　박상궁님-!
대　연　아니, 또 어디 가요-!
봉　두　수고했어요. 고생이 많아. 박상궁님-!

　　　　봉두 퇴장한다.
　　　　혼자 남은 대연.

대　연　아니, 지들끼리 싸우고 가 버리면 날더러 어떻게 하라고-! 이보
　　　　세요-!

　　　　무대 암전.

제5장

불이 밝으면 편의점.
술을 마시고 있는 대연.

소주병이 여러 병 쌓여 있고, 표정은 절망적이다.

대연의 앞에는 현아 앉아 있다.

대 연 좋은 게 좋은 거잖아. 다 같이 잘되면 얼마나 좋냐고. 대체 나를 왜 이렇게 힘들게 하냐고. 왜 이리 나를 못살게 구냐고.

현 아 얘는 아까부터 무슨 소릴 자꾸 하는 거야.

대 연 (쳐다보는) 어? 언제 왔어요?

현 아 그 얘기 벌써 세 번째야. 너 왜 이렇게 술을 먹니?

대 연 마음이 아파서 그래요, 마음이.

현 아 뭐 소개팅 했는데 잘 안 됐어?

대 연 …….

현 아 맞구나?

대 연 나 소개팅 같은 거 안 해요.

현 아 그래? 의왼데. 여자 소개해 달라고 끈질기게 얘기할 거 같은 스타일인데.

대 연 …누나라고 불러도 돼요?

현 아 얘 술 취했네.

대 연 술 취해서 그러는 거 아니에요.

현 아 아니긴 뭘 아니야. 쪼그만 게.

대 연 아니, 자꾸 뭐가 쪼그맣다는 거야. 조선시대였으면 이 나이에 결혼해서 애가 셋이에요!

현 아 갑자기 조선시대 이야긴 왜 꺼내고 난리야?

대 연 제가 요즘 조선시대에서 살고 있거든요.

현 아 어후. 증말. 쓸데없는 소리 할 거면 간다?

대 연 내가 누구 때문에 거기 살고 있는데.

　　　　일어나는 현아.

대 연 누나.

현 아 어허?

대 연 앉아 봐요.

현 아 얘가 왜 이래?

대 연 좀만 기다려요.

현 아 뭘?

대 연 (웃는) 있어요. 그런 게.

　　　　엎어지는 대연.
　　　　현아, 당황한다.

현 아 야! 야- 여기서 이렇게 자면 안 돼. 나 너 두고 간다? (사이) 야,
　　　　진짜 너 두고 간다?

대 연 (벌떡) 감자 농사하러 같이 내려갈래요?

현 아 뭐?

대 연 그 감자 농사 말이에요. 저도 밭일 잘할 자신 있거든요.

현 아 …내가 너한테 그런 이야기도 했니?

대 연 네.

현 아   내가 너랑 왜 내려가.

대 연   네?

현 아   내가 너랑 감자 농사를 하러 왜 내려가냐고.

대 연   아니, 그게 아니라 저는….

현 아   너 사람 비꼬는 데 뭐 있다.

대 연   (술 깨는) 아니, 그런 뜻이 아니었어요.

현 아   됐어. 마저 먹고 가라.

일어나는 현아.

대 연   누나 잠깐만요!

현 아   왜- 이씨. 그리고 너 한 번만 누나라고 부르면 뒤진다. 진짜.

대 연   누나… 누나!

현아 퇴장한다.
한참 동안 현아를 바라보는 대연.

대 연   대체 일이 왜 이렇게 꼬이는데-!

연화처럼 괴성 지르는 대연.
멀리서 세연, 등장한다.
한심한 표정으로 대연을 바라보는 세연, 다가가 뒤통수 때린다.

세 연 야! 시끄러!

대 연 (쳐다보곤) 이게 누구야? (사이) 너 인마. 시간이 몇 신데 여태
       까지 싸돌아다니고. 요즘 뉴스도 안 봐? 밤에 위험하다니까. 그
       러다 잡혀 가, 인마.

세 연 오빠나 잘해. 내가 납치범이면 오빠 잡아가겠다.

대 연 이게, 이게, 이게. 너도 오빠 공익이라고 무시하냐? 내가 너 어
       릴 적에 똥오줌 다 가리고 업어 키웠어-!

세 연 그 얘기 두 번만 더 하면 백 번이야.

대 연 그래? 그럼 두 번 더 해서 백 번 채우지 뭐.

세 연 (술병 보고는) 뭔 술을 이렇게 많이 먹었어. 술도 못 먹는 사람이.

대 연 우리 으린이께서 으르신들의 마음을 으뚷게 알겠니. 그럴 만한
       사정이 다 있다, 사정이.

세 연 (앉으며) 에휴, 나도 모르겠다. 나도 한 잔 줘.

대 연 얘가. 애들은 이런 거 먹는 거 아니야. 스무 살 되면 이 오빠가
       다 알려 줄게. 요즘 것들이 이렇게 빨라요.

세 연 나도 힘든 일 있단 말이야.

대 연 학생이 인마, 힘든 게 뭐가 있어. 공부나 열심히 하면 되지.

세 연 …오빠도 학교 다닐 때 공부 못했잖아.

대 연 (말없이 소주 따르는) …….

세 연 남자 친구랑 헤어졌어.

대 연 또? 야, 됐다, 됐어. 뭔 놈의 남자를 갈아치우고 만나고 갈아치
       우고 만나고.

세 연 오빠 갈아치울 여자도 없잖아.

대　연　(말없이 소주 따르는) …….

세　연　아이, 몰라. 난 떠나는 남자 붙잡지 않고 오는 남자 막지 않는다.

대　연　얼씨구? 뭐 네가 만나고 싶으면 만나지냐? 그게 네 맘대로 되게?

세　연　오빠, 저 죄송한데요. 오빠랑 이런 이야기 섞고 싶지 않거든요? 연애란 말이야. 하고 싶으면 할 수 있는 거야. 세상에 어? 반이 남잔데 그중에 나 좋다는 사람 하나 없겠어?

대　연　이건 도대체 어디서 나오는 자신감이야?

세　연　자신감이라는 건요. 다 이 능력에서 나오는 겁니다. 남자 꼬시는 거? 내가 그걸로 시험 봤으면 서울대에서 모셔 갔어.

대　연　요게 뭐가 예쁘다고 인기가 이렇게 많을꼬.

사이.
정신이 확 드는 대연.

대　연　야.

세　연　뭐.

대　연　너 나랑 어디 좀 가자.

대연, 세연의 손 끌고 퇴장한다.

세　연　오빠, 왜 이래? 오빠-!

세연의 목소리 커지며 암전.

제6장

불이 밝으면 묘역길.

향아와 봉두, 박상궁, 대연이 나란히 앉아 있다.

선생님처럼 왔다 갔다 하는 세연.

세 연 아니라고! 아니라고! 아니라고! 한 번 말하면 들어 처먹지를 못

하네. 그러니까 만나서 아무 말도 못 하는 거 아니야.

봉 두 도대체 이런 괴팍한 인간은 어디서 데려온 겁니까.

대 연 …제 동생이에요.

향 아 전생에 대장부였던 것….

세 연 지방방송 *끄*자!

일 동 …예.

세 연 그리고! 꽃 이야기 하니까 머리가 아팠다면서! 기억이 돌아올랑

말랑 했다는 거 아니야? (사이) 거기! 너!

향 아 네?

세 연 가서 가방 좀 열어 봐.

향아, 세연의 가방을 연다.

대본들이 나온다.

대 연 저게 뭐야?

세 연 뭐 대본이라고 할까?

연화, 등장한다.

향 아 연화야! 어디 갔었어!

연화, 박상궁과 마주 본다.
알 수 없는 기운이 흐르는데.

세 연 뭐 해! 왔으면 빨랑빨랑 앉지 않고!

연 화 누구….

세 연 네 원한 해결해 주러 온 구원자시다.

연 화 네?

세 연 자, 처음부터 다시 이야기할게요? 사람과 사람이 만나는 데 가
장 중요한 건 뭐다?

향 아 타이밍.

세 연 자, 오케이. 사랑은 타이밍이야. 그러니까 당신이 그 사람을 만
나게 된 것도 다 운명이 정해 놓은 타이밍이라는 게 있다, 이 말
이야. 그 타이밍을 놓치면 정말 좋은 사람들도 만날 수가 없어.
이미 누가 채 가거든.

연 화 그럼 어찌해야 합니까. 이미 다련 씨는 기억을 잃었잖아요. 이
미 그렇다면 타이밍은 놓친 것이 아닙니까.

세 연 놓쳤지.

연 화 뭐라고요?

세 연 그렇게 화내지 말라고. 놓쳤으면 돌려놓으면 되는 거지.

연 화 어떻게요?

세연, 대본을 연화에게 내민다.
사람들에게 대본을 나눠 준다.

세 연 자, 봐. 내가 이제부터 어떻게 해야 할지 계획을 쫙 짜 줄 테니까
그대로 실행하라고. 알았어?

연화, 대본을 확인하더니.

연 화 말도 안 되는 계획이에요. 이렇게 해도 다련의 기억은 돌아오지
않아요. 그는 내가 아무리 사랑한다 이야기해도 기억하지 못해
요. 날 사랑하지 못한다고요.

세 연 사랑하지 않는다면?

연 화 예?

세 연 당신은 그 남자가 당신을 사랑하지 않으면 사랑하지 않을 자신
이 있는 거야? 혼자만 하는 사랑은 아프지. 그렇지만 그렇다고
해서 사랑하지 않을 수 없잖아. 그 사람이 당신을 사랑하지 않
으면 그렇다고 말하면 당신은 그 사람에게서 멀어질 수 있는 거
야? 근데 뭘 망설이고 앉아 있는 거야?

긴 정적.

세 연 그렇지 않은 것과 그런 것, 당신에게는 두 가지 선택뿐이야. 두 가지 선택 가운데서 이렇게 오랜 시간 어물쩍대는 것뿐이라고. 대체 당신의 진심은 뭔데? 진심을 말하지 못해서 이러고 있는 거 아니야?

연 화 (대본을 보다가) 그럼 어떻게 하면 되는 거죠?

세 연 충격 요법!

세연의 말을 끝으로 세연을 제외한 배우들
각자 상황에 맞게 자리를 잡는다.
세연이 계획을 설명하는 장면과 대연 무리가 준비하는 장면이
함께 간다.
(*서로 다른 시간이 무대 위에 공존한다.)

세 연 가장 충격적인 일을 눈앞에서 다시 보게 해서 기억이 날 수 있도록 만드는 거지. 다련이 자주 출몰하는 지역이 어디라 그랬지?

대 연 근데 이게 되겠어?

향 아 아무리 기억을 잃었다 한들 현재도 모르고 행동하겠냐구.

연화와 향아, 박상궁, 대연, 봉두는 각자의 자리에 숨어 있고 다련을 기다린다.
잠시 시간이 흐르면 다련이 등장한다.

세 연 안 해 보는 것보다는 낫지! 이백 년 동안 이런 거 안 하고 뭐 했

냐? 자, 다련이 등장하기 전에 준비를 다 끝내야 돼. 대사 다 외우고. 가장 중요한 것은 아무렇지 않은 척 행동해야 된다는 거야. 처음에는 어색하겠지만, 어느 순간 반드시 이 상황 속에 들어올 거야. 연화는 그 당시 네 역할을 하면 될 거고, 향아는 연화의 동료 나인 역할을 맡아. 역할이 이리저리 바뀔 거니까. 기억 잘하고!

상황극을 준비하는 사람들.
이걸 어찌해야 하는지 당황스럽고, 준비하느라 시끄럽다.

세　연　다련 역은 오빠가 해!
대　연　나도 출연이냐?
세　연　사람이 모자라잖아.
대　연　그럼 대감, 이건 누가 해. 남잔데!

세연, 들고 있던 가방에서 조선시대 대감 의상을 꺼내든다.

세　연　…그건, 내가 한다.

세연의 말을 끝으로 다련이 등장한다.
다련을 발견한 대연과 연화.
다련을 못 본 척하며 대본을 들고 연기를 시작한다.

대 연 무슨 일로 이곳에 왔습니까.

다 련 누구냐!

연 화 (긴장하는) 서찰을 전하려는 민상궁님의 부름에 응하여.

대 연 (자르며) 고개를 드십시오. (꽃을 내미는) 주위에 아무도 없습
　　　니다.

연 화 (웃으며) 웬 꽃이옵니까.

대 연 어제 궐 내 청소를 하다가 꺾었습니다.

다 련 누구냐고 묻지 않느냐! 한상궁이냐!

연 화 이쁩니다. 그런데 잎이 없습니다. 꽃뿐이… 떨어졌나 봅니다.

대 연 신기하네요. 분명 아무도 건드리지 않은 꽃인데.

연 화 아무렴 어떻습니까. 다련 님이 주신 선물인데.

　　　두 사람, 서로를 쳐다보다 포옹을 하려는데 향아의 목소리 들린
　　　다.

향 아 연화야!

대 연 어서 가 보아라.

연 화 단이, 저 눈치 없는 것. (웃으며) 살펴 가십시오.

　　　대연과 연화는 헤어진다.
　　　연화가 퇴장하고 대연은 다련을 스쳐 지나가며 다련의 표정을
　　　확인한다. 곧 그 앞에 등장하는 세연. 대감처럼 다리를 걸터앉
　　　고 뒤돌아 있다.

대　연　부르셨습니까.

세　연　들라, 자네가 다련이라는 내관인가.

다　련　뭐라? 어찌 과인의 이름을 입에 올리느냐!

대　연　그렇습니다.

다　련　어찌 과인의 이름을 함부로 부르는 것이냐.

세　연　내 전할 것이 있어 자네를 따로 불렀다.

다　련　과인의 말을 못 들은 체할 셈이냐? 내가 보이지 않는….

대　연　말씀하십시오.

세　연　요 근래 들어 전하의 수라를 관리하고 수라가 나갈 때까지 책임을 진다 들었다. 맞느냐?

대　연　그렇습니다.

세　연　내 지금 하는 말을 잘 새겨듣도록 하여라. …익일 점심 전하의 수라에 독극물이 들어갈 것이다.

다　련　뭐라?

세　연　독극물은 밥의 중간 부분부터 풀어 둘 것이니 익일 점심 전하의 수라에 은수저를 꽂을 때 깊이 꽂지 않도록 하여라.

대　연　허나, 이미 수라청에서 1차로 극약 검사를 할 터인데.

세　연　그건 염려치 말거라.

대　연　아니 되옵니다. 소인 따를 수 없습니다.

세　연　지금 내가 하는 말을 거역할 셈이냐. 내 말을 듣지 않으면 궁에서 쫓겨날 수도 있을 터인데.

대　연　설사 궁에서 쫓겨나게 되더라도 소인 따를 수 없습니다.

세　연　좋다. 물러가거라.

대　연　송구합니다.

　　　　대연, 일어나 나가려 하는데.

세　연　연화라는 나인과 연정을 나누고 있다 들었다.
대　연　그게 무슨….
세　연　궐에 내가 모르는 비밀이 있을 것 같으냐.
대　연　죽을죄를 지었습니다.
세　연　내 너와 연화라는 나인까지 궐에서 나가 아무도 모르는 곳에서 살 수 있도록 해 주겠다. 허나 일이 잘못되면 내 너뿐만 아니라 그 나인의 목숨까지 보장할 수 없다.
대　연　어찌 그런….
세　연　사랑하는 사람과 너의 신념. 어떤 것이 더 중하냐. (사이) 선택은 네가 하는 것이다. 아직 익일 점심까지는 시간이 있으니 잘 생각하고 결정토록 하여라. 이 모든 것이 네가 은수저를 얼마나 꽂느냐에 달려 있다.
대　연　재고해 주십시오. 대감! 대감!

　　　　세연, 퇴장하면 연화가 등장한다.

연　화　이 시간에 어쩐 일이십니까.
대　연　미안합니다. 내 급히 할 말이 있어 왔습니다.
연　화　무슨 일이십니까.

대　연　내일 정오 전하의 수라시간에 대전 근처에는 절대로 오지 마십
　　　　시오.

연　화　저 내일 대전에 나가는 날.

대　연　내일 대전에 나오시면 안 됩니다.

연　화　어찌 그러십니까.

대　연　내일 전하의 수라시간이 끝나는 대로 계무문으로 갈 터이니 그
　　　　곳에서 기다리고 계십시오.

연　화　그곳은 시신이 나가는 곳인데 어찌 그런 곳에서.

대　연　내 꼭 좀 부탁합니다. 이유는 묻지 말고 그리하겠다 약조해 주
　　　　십시오.

연　화　알겠습니다.

대　연　시간이 늦었습니다. 어서 가 보십시오.

　　　　대연, 급하게 퇴장한다.
　　　　곧 향아 다급히 등장한다.

향　아　연화야!

연　화　단이야. 무슨 일이야?

향　아　민상궁님이 급히 찾으신다. 곧 전하의 수라시간인데 어디 가서
　　　　안 오느냐고.

연　화　난 오늘 대전에 가는 날이 아니야.

향　아　내가 그걸 어찌 아니. 민상궁님이 널 불러오라 하셨어.

연　화　난 오늘 대전에 가면 안 되는데.

향 아 민상궁님이 노하는 꼴을 또 봐야겠니.

연 화 아니, 그게….

향 아 아무튼 가서 말씀드리고 쉬든가. 그건 네 맘대로 하고, 빨리 따라와!

향아, 연화를 끌고 퇴장한다.
곧 징소리가 울려 퍼진다.

세 연 (소리) 주상 전하 납시오!

대연, 세연, 박상궁, 향아가 모두 등장해 고개를 숙이고 엎드린다. 그 가운데로 왕의 의상을 입은 봉두가 등장한다. 뒤늦게 연화가 등장하자 대연은 연화를 보고 매우 놀란다. 연화는 대연을 보며 쓴웃음을 짓는다. 이 모든 연기를 하며 사람들은 다련의 눈치를 본다.

봉 두 다련아, 뭐 하느냐. 오늘 또 어떤 자들이 과인을 죽이려 하는지 어서 확인해 보아라.

다 련 (놀라며) 아아.

봉 두 민상궁은 뭐 하느냐. 어서 기미를 보지 않고.

박상궁은 은수저로 밥을 살짝 떠먹는다.

봉 두 (의심하는) 어허, 오늘 기미 상궁이 입맛이 없는가 보구나. 어찌
　　　　밥숟가락 하나도 가득 담지 못하는 것이냐.

박상궁 그런 것이 아니오라….

봉 두 됐다. 입맛이 없어 오늘 점심은 먹지 않겠다!

다 같이 엎드린다.

일 동 전하! 통촉하여 주시옵소서.

봉 두 통촉? 지금 과인에게 통촉하라 하였느냐. 좋다. 그대들의 뜻을
　　　　받아들이겠다. (사이) 너, 거기 너! 일어나 보라.

연화, 고개를 든다.

연 화 저 말씀이시옵니까?

봉 두 앞으로 나오라.

다 련 안 돼…. 나오지 말거라.

연화, 봉두에게 다가가는데, 다련이 연화의 손을 잡는다.

다 련 아니, 아니 된다. 가지 말거라.

연 화 당신은… 누구십니까.

다 련 나는… 나는….

봉 두 무엇 하느냐! 밥숟가락 가득 뜨거라.

연 화 전하!

봉 두 어허, 뜨지 않고 뭐 하느냐. 지금 과인의 수라에 문제가 있다고 생각하는 것이냐? 그대들도 그렇게 생각하느냐?

일 동 전하! 통촉하여….

봉 두 닥치거라. 먹어 보라. 꼭꼭 씹어 삼켜 보아라. 민상궁이 입맛이 없어 과인의 근심을 해소하지 못하니. 다른 사람이라도 확인을 해야 할 것이 아니냐?

　

연화는 밥에 무엇이 들어 있는지 모른 채, 밥을 입속으로 넘긴다.

　

다 련 안 된다!

　

연화, 쓰러진다.

　

대 연 연화야!

다 련 연화…!

봉 두 이것 보아라. 궐에 과인의 적이 이리도 많다. 과인은 이 나라의 임금인 것이냐. 죽어 마땅한 죄인인 것이냐. 이리도 어리석다. 이리도 어리석어! 물리거라!

　

봉두, 자리에서 퇴장하려는데. 대연, 주변에 있던 물건을 들고 봉두를 내리치려 한다.

대　연　죽어-!

대연, 봉두에게 달려드는데 봉두가 손을 휘젓자 자리에서 쓰러
진다. 이 모습을 본 다련은 절규하며 머리를 부여잡고 쓰러진
다. 누워서 그 모습을 안쓰럽게 쳐다보는 연화. 일동, 대연을 잡
아 구속한다.

봉　두　(냉정하게) 나라가 미쳐 돌아가는구나. 나라가 미쳐 돌아가. 내
시가 궁녀를 연모하여 과인을 죽이려 들다니. 통탄스럽구나, 통
탄스러워!

봉두, 퇴장한다.

다　련　(중얼거리듯) 연화야, 미안하다. 내가 너를 살리려 그랬다.

다련이 머리를 부여잡는 틈을 타 사람들이 퇴장하고, 대연은 주
리를 트는 모양새를 한다. 박상궁과 향아, 봉두는 대연의 뒤에
서 대연을 압박한다.

박상궁　어서 바른대로 고하지 못할까. 그곳에 독이 들어간 것을 어찌
알았느냐.

향　아　누가 사주하였느냐.

대　연　아무것도 모릅니다. 그냥 날 죽이시오.

향 아 너와 함께 역모를 꾀한 자가 누구냐. 어서 바른대로 고하지 못할까.

박상궁 형장은 뭐 하느냐. 이놈이 입을 열 때까지 매우 쳐라.

대 연 죽여 주시오.

대연, 쓰러진다.

대연은 고문당하다 미치는 연기를 시작한다.

대 연 으허허. 으허허… 으허허! 바른대로 말하지 못할까! 어찌 과인에게 이런 처사를… 통탄스럽다. 통탄스러워!

봉두와 향아, 박상궁이 대연을 압박하다가 곧 그들의 목소리가
커다랗게 울려 퍼지면서 겹쳐 다련의 심리를 압박한다.

봉 두 (소리) 다련의 모든 직책을 파면하고 궁 밖으로 내쫓아라.

향 아 (소리) 궁녀와 궐에서 사랑을 나누다니.

박상궁 (소리) 궐에서 내쫓아라. 수치스러운 놈.

대 연 으허허! 어찌 과인에게 그런 이야길 하는가. 게 누구 없느냐. 게 누구 없느냐!

대연, 힘없이 주저앉는다.

대 연 …게 누구 없느냐… 게 누구 없느냐….

다련, 눈물을 흘린 채 고개를 들고 대연을 마주한다. 다련과 마주한 대연의 눈에 이유 모를 눈물이 흐른다. 당황하는 대연, 눈물을 닦는다.

대　연　(의아한) 대체 왜….

다　련　여기 있습니다. 나 다련 여기 있습니다.

뒤쪽에서 이 모습을 지켜보던 세연, 연화를 밀어 넣는다. 가운데 연화와 다련을 두고 물러서는 나머지 사람들. 마주하는 연화와 다련. 한참을 말하지 못한다. 대연은 이를 한참 동안 지켜본다.

연　화　…이젠 어떡하나. 이게 제일 걱정이었어요. 이젠 어떡하나. 이렇게 했는데도 돌아오지 않으면 어떡하나 말이에요.

다　련　…….

연　화　아니죠. 아니라고 말해요. 어서 아니라고….

연화, 무덤에서 상사화를 꺾는다.

연　화　기억해요? 당신이 나를 만났을 때 주었던 꽃이잖아요.

다　련　…….

연　화　제발. 평생 간직하려고 했어요. 기억하지 못하죠? 기억하지 못한다 해도 상관없어요. 어차피 당신이 기억하지 못한다면 이것은 더 이상 아무 의미도 없으니까. 나, 나 이제껏 당신과 어찌하면 다시 사랑할 수 있을지 고민했어요. 미련을 버리지 못하고 어떻게든 당신의 기억을 돌려놓으려고.

다 련 상…사화.

대 연 상사화?

연화, 다련에게 안긴다.
다련, 울음을 터뜨린다.

다 련 내가 미안해. 내가, 내가 미안해요.

두 사람, 안고 오열한다.

연 화 정말 돌아온 거죠. 돌아온 게 맞는 거죠?

다 련 그래요. 나, 나 정말 잘못했어요. 내가 당신에게 씻을 수 없는 죄를 지었어요.

연 화 난 당신을 원망했어요. 어찌 사랑했던 여인을 기억하지 못하는지. 아무리, 아무리 큰 충격을 받았다 한들 어찌 이 연화를 기억 못 하는지 말이에요. 나는, 소인은 이곳에서 귀신이 되어 구천을 떠돌며 당신을 기다리는데 어찌 내 마음 모르고! …이젠 괜찮아요. 내가 잘못했어요. 당신을 이렇게 떠나지 못하게 붙잡고만 있었죠. 당신이 비겁자라고 생각했어요. 사랑하는 사람을 죽음으로 내몰았다는 죄책감에 실성을 해 그 여인이 다시 돌아와도 알아보지 못하는 비겁자요. …그런데 비겁자는 나였어요. 당신이 돌아오지 않음에도 계속해서 당신을 붙잡은 내가 비겁자예요.

다 련 그렇지 않아. 이렇게 돌아왔잖아요.

손에 잡힌 꽃을 바라보는 다련.

다 련 이 꽃을 여태 간직하고 있었어요?

연 화 평생을 소중히 간직하겠다고 약속했잖아요. 혹여나 당신이 이 꽃을 알아보는 날이 있을까 하여. 무덤 위에 꽂아 두었죠. 꽃을 바라보며 여러 생각을 했어요. 당신이 왜 이 꽃을 주었는지. 하필 우연히 예뻐 보였던 꽃이 왜 이 꽃이었는지 말이에요. 상사화, 꽃이 필 때 잎은 없고 잎이 자랄 때 꽃이 피지 않아 서로 볼 수 없다고. 그게 우리의 모습인가 하여. 수백 년간 우리는 결코 만날 수 없는 운명이라고 생각했어요. 이 꽃은 나에게 더 이상 기다리지 말라고 이야기하고 있다고. 그런데 이렇게라도 당신을 다시 만나게 되어 나는, 나는 정말 행복합니다.

다 련 나를 놓지 못했군요.

연 화 이젠 아니에요.

어느 정도 마음의 정리가 된 연화.
다련, 연화 손을 잡고, 포옹한다.
하늘에서 새하얀 빛이 내려와 두 사람을 비춘다.

세 연 (의아한) 어, 뭐지. 뭐예요.

박상궁 사라질 때가 된 것이지요.

세 연 네?

박상궁 떠날 때가 되었다 이 말입니다.

대 연 다련… 다련.

박상궁 (대연을 보며) 이제 이 산의 시간이 멈출 일은 없겠군요.

세 연 시간이 멈추다니요?

박상궁 모든 것이 제자리를 찾았으니. 대연이라, 대연. 인연이란 참 재
        밌구나. 끊어 내려 해도 끊어 낼 수 없는 인연의 힘이란.

향 아 (이제 알았다는 듯) 그렇다면 인연의 끈이라는 것이.

봉 두 향아야, 쉿.

연 화 난 단 하루만이라도 당신이 나를 기억하는 날이 올 수 있을까를
        고대했어요. 그런데 오늘이 그날이군요.

다 련 내 기억이 또 지워지게 되면 어떡하죠.

연 화 괜찮아요. 설령 당신이 다시 기억이 지워지더라도 난 이제 나의
        마음을, 나의 지난 아픔을 모두 지워 내고… 이젠, 이젠 괜찮아요.

다 련 이제 이곳 구천을 떠도는 것을 그만두고 나와 함께 가시지요.

연 화 다음 생에 우리가 또 만날 수 있을까요.

다 련 다음 생.

연 화 다음 생에 우리가 스쳐 지나가더라도 우리는 기억할 수 있을까
        요? 그땐 모든 것을 잊었을까요? 그때도 기억하지 못한다면….

다 련 (자르며) 아닙니다. 그때는 내가 기억하겠어요. 내가 잊지 않고
        꼭 기억하리다.

다련, 연화 하늘에서 내리는 빛을 바라본다.

하늘로 올라가는 다련과 연화.

무대 암전.

제7장

불이 아주 천천히 밝는다.

이말산 묘역길이 보이고, 햇빛이 쨍하다. 귀신들은 원래 존재하
지 않았다는 듯 공간이 헛헛하다. 세연과 대연, 멀찍이 떨어져
있는 무덤 두 개를 번갈아 쳐다본다. 대연, 쓰러진 묘비를 바로
세운다.

대　연　(큰 한숨) 요 며칠간 내가 무슨 일을 겪은 건지, 참.

세　연　…기억 말이야.

대　연　응?

세　연　다시 잃었을까?

대　연　글쎄.

세　연　잘 떠났겠지?

대　연　아마. 이젠 이곳에서 일어나는 알 수 없는 사고들도 이젠 일어
　　　　나지 않겠지.

세　연　근데 궁금한 게, 왜 이 일에 그렇게 집착이야? 오빠 소집해제도
　　　　며칠 안 남았잖아? 구청에 잘 짱 박혀 있다가 나오면 되겠드만.

대　연　다 이유가 있어. 으린이들은 모르는 어른들의 일이.

세 연 나이만 먹으면 어른인 줄 알지. 연애도 한 번도 못 해 본 게 뭔 어른?

대 연 뭐?

세 연 아니, 근데 아까부터 그 꽃은 왜 들고 있는 거야?

대 연 꽃?

대연의 손에 상사화가 들려 있다.

대 연 이게 왜 나한테 있지?

세 연 나야 모르지. 그나저나 오빠 연애 안 하냐? 아니, 귀신들도 연애 하는 판국에… 이거 정말 안타까운 사연은 여기 있는 거 아니야?

한참, 멍하니 생각하는 대연.

대 연 갈 데가 있어.

세 연 뭐?

대 연 해결해야 될 게 있어.

세 연 또? 무슨 귀신한테 빚졌냐? 돌아가면서 귀신 원한 해결해 주게?

대 연 (웃으며) 가장 안타까운 사연을 해결하러 가서야겠다.

세 연 배고파. 밥이나 먹고 가! 아니지, 내가 또 도와줄까? 밥 사 주면 또 해 주지롱.

대 연 쓸데없는 소리 하지 말고. (시계 보다 놀라는) 야이씨, 벌써 6시 잖아!

대연, 허겁지겁 내려간다.

대　연　나 가야 돼-!

세　연　오빠-!

대연, 산을 내려 허겁지겁 뛰어
현아가 있는 곳으로 향한다.
구청에서 일을 하고 있던 현아, 대연을 보고 깜짝 놀란다.

대　연　(헉헉대는) 아직, 아직 퇴근 안 했네요.

현　아　넌 또 어디 쏘다니는 거야. 내가 과장님한테 둘러대느라 얼마나
　　　　고생한 줄 알아?

대　연　저도 누나 때문에 고생 많이 했어요.

현　아　…너 내가 누나라고 하지 말랬지. 이거 구청을 무슨 생각으로 나
　　　　오는 거야? 야, 됐고, 얼른 보고하고 들어가라. 으이그, 아무튼.

현아, 퇴장하려는데.

대　연　누나!

현　아　아이 씨. (사이) 왜 또.

대　연　저번에 미안해요.

현　아　뭘.

대　연　감자 농사 따라가겠다고 한 거.

현 아 …술 먹으면 그럴 수도 있지 뭘.

대 연 진짜예요, 그거.

현 아 뭐?

대 연 누나가 감자 농사 지으러 간다고 하면 갈 수 있고, 과수원 들어
가서 사과 딴다고 하면 같이 가서 딸 수 있어요.

현 아 너 또….

대 연 (자르며) 소집해제 돼도 누나가 여기 있으면 맨날 나올 수 있어요.

대연, 상사화를 내민다.

현 아 웬 꽃을.

대 연 그냥 스쳐 지나가지 않을 거예요. 이젠 내가 기억할게요.

현 아 무슨 소리야. 너 내가 올해 몇 살인지 알고 하는 소리니?

대 연 누나, 저도 나이 먹을 만큼 먹었어요.

현 아 전역도 못 한 게 뭘. 빨리 들어가. 나도 일해야 돼. 쓸데없는 소
리 하고 있어.

대 연 대답 안 해 줄 거예요?

현 아 안 돼.

대 연 예?

현 아 안 된다고. 난 원래 어린이는 안 만나는 주의라.

대 연 누나!

대연, 절망적인 표정으로 서 있는데, 현아 퇴장하려다.

현 아 군대도 안 갔다 온 게 무슨 어른이라고.

현아, 옅은 미소 지으며 퇴장한다.
대연, 현아의 말을 곱씹어 본다.

대 연 누나! 누나! 같이 가요-! 저 곧 어른이잖아요. 그쵸- 맞죠-!

웃음 올라오는 대연, 현아를 쫓아간다.

막.

김성진 첫 번째 희곡집

김성진 작가의 '일상언어와 위트의 감각'

김건표(연극평론가)

  1991년생 김성진 작가는 드라마 장르의 폭이 넓다. 33세 나이를 짐작할 수 없는 광범위한 글쓰기로만 측정하면 중견작가다. 20여 편의 희곡과 TV, 웹드라마와 각색한 작품들까지 그가 대중적으로 섭취한 작품을 보면 1년 2~3편은 써 온 셈이다. 또한 나고야 TV를 통해 올해 11월에 방영이 된 〈The time without her〉라는 일본 드라마만 봐도 작가적 장르가 특정되지 않는다는 것을 알 수 있다. 희곡 외에도 드라마, 시나리오, 웹소설과 각색까지 장르를 넘는 전방위적인 작가 활동과 연출을 보여 주고 있다. 동아방송예술대학교 방송극작과를 2014년도에 졸업하고 그해 극단 갱스터의 연극 〈치고받고〉를 작·연출한 이후, 정범철 사단이 이끄는 '극발전소301'(2016)에 입단해 희곡과 연출적인 역량을 동시에 섭렵하며 2019년에는 본인의 극단 몽중자각을 창단했다.

  대학에서 극작을 전공하면서도 '창작과 무대'라는 학과 연극반을 통해 희곡을 쓰고, 글의 언어가 무대로 형상화될 수 있도록 자발적이면서도 집단적인 훈련을 받은 것이 작가적인 역량을 키우는 시간이었다면, (사)한국극작가협회 극작 워크숍을 통한 희곡 쓰기 훈련은 작가의 희곡들을 안정적으로 발전시키는 계기가 되었다 할 수 있다. 그의 희곡 「이를 탐한 대가」, 「가족사진」, 「소년 공작원」 세 편이 『한국희곡 명작선』으로 희곡집(평민사)을 발간할 정도로 그의 생산적인 희곡은 2016년부터 2024

년까지 20여 편의 희곡들이 집중적으로 창작되거나 발표된 작품들이다. 대체적으로 작연출로 무대화되었거나 연출가들에 의해 공연되었다는 점에서 놀라운 희곡 쓰기의 속도감을 보인다. 또한 희곡집 역시 개인으로는 처음이지만 이미 여러 작가들과 함께 작품집을 낼 정도로 많은 작품을 가지고 있다. 『동시대 단막극선 2』(연극과 인간)에서는 이강백, 오세영, 전옥주 작가들의 희곡과 김성진 작가의 「먹감나무 아래 있는 집」이 함께 실렸으며, 러시아어로 번역된 『한국 단막극』에는 단막극 「빈방」이 수록되어 있다.

김성진 작가는 연극 연출가로도 다양한 활동을 이어 가고 있는데 특히 그가 타 작가의 연출작품 중에서 평단에서 주목받았던 공연 작품은 〈물고기의 남자〉(작 이강백, 연출 김성진), 〈밀정 리스트〉(작 정범철, 연출 김성진)이다. 〈물고기 남자〉는 '자본독식주의'로 오염된 죽음의 물속을 헤엄치며 삶의 아가미로 허우적대는 한국 사회 전경을 사실적으로 그려냈다는 평가를 받기도 했다. 〈밀정 리스트〉는 영화적 기법으로 밀정들의 친일 역사성을 감각적인 연출력으로 표현하기도 했다.

불안과 절망을 작가적 언어로 치유하는 위트의 감각

이번 김성진의 희곡집에 수록된 「마리모에는 소금을 뿌려 주세요」(2021), 「탄내」(2020), 「가족사진」(2019), 「안녕, 오리!」(2019), 「조선궁녀 연모지정」(2020) 희곡은 대체적으로 2019년부터 2020년 사이에 발표된 희곡들이다. 「탄내」는 '대전창작 희곡공모' 우수상을 받은 작품이고 「마리모에는 소금을 뿌려 주세요」는 대한민국연극제 명품 단막 희곡에 당선된 작품으로 김성진 작가가 수상한 희곡들이 수록되어 있다. MZ세대들을 대표할 수 있는 작연출을 통합하는 청년 예술가들이 부재한 상황에서 '으랏차차 세우다 공모전' 선정에 당선된 「당신의 오리는 안녕하십니까」 (2017) 희곡을 기점으로 그의 출현은 MZ세대들이 바라보는 돌직구적인 한국 사회의 현실성을 내포하고 있다. 부조리한 모순과 현실, 결혼관과 취업, 세대 갈등과 기성세대의 불신, 희망이 부재한 청소년들의 삶과 고뇌 등을 세밀한 작가적 시선으로 포착한다. 극 중 인물들은 대체로 삶에 대한 불신과 불안감들을 내포하며 작품이 관통하고 있는 것은 삶의 욕망으로 점화될 수 없는 사랑의 결핍들이다. 이들의 결핍은 충분한 삶의 영양소로 공급되지 못하고 있는 한국 사회와 삶에서 발화되는 모순과 부조리에서 그 희망을 잃어 가고 있다. 삶의 불균형을 치유할 수 있는 것은 관심, 연대, 공감, 사회제도와 정책들이다. 이들 삶은 강렬한 햇빛이 스며들지 않는 모퉁이에 놓여 있다. 그러니 사랑이 결핍될 수밖에 없으며 삶에 영양소가 차단된 극 중 인물이 선택할 수 있는 것은 절망과 죽음뿐이다.

절망의 사회에서 희망을 기다리는 「안녕, 오리!」도 그렇지만, 대출 연대보증으로 한 가족이 자살을 시도할 정도로 균열이 간 「가족사진」도 불평등한 사회구조에서 매몰되어 이들이 선택할 수 있는 것은 더 이상 살아갈 수 없는 희망이 전소된 세상에서는 죽음으로 맞서는 것이다. 그럼에도 작가는 극 중 인물들의 삶을 극한의 세상으로 내몰지 않는다. 희망에 대한 기다림은 물병 속에 갇혀 소금으로 성장하는 마리모를 인간이 살아가고 있는 구조의 삶으로 바라보고 있다. 소금의 영양분으로 살아

가는 희귀 녹조류인 마리모는 물병 속으로 퍼져 가는 염분의 농도로 죽음이 갈리게 된다. 염분이 말라 죽어 가는 마리모의 물병 속으로 소금을 뿌려 달라고 말한다. 물의 온도와 양, 공기 순환의 환경, 어항과 물병은 삶의 구조이고 마리모는 인간과 동일시되는 삶과 인생의 환경들이다.

왕따를 당하고 있는 「탄내」의 극 중 인물 승근이의 자살소동과 친구들의 집단적인 언어적 폭력성도 타인에 대한 사랑이 결핍되어 일어나는 행위들이다. 그럼에도 작가의 세계에서 살아가는 인물들은 희망을 기다린다. 작가는 이들 세상을 절망적인 죽음으로 내몰지 않으며 악물고 웃음으로 버틴다. 그래서 김성진의 이야기는 어둡고, 불안한 사회를 은유하는 것 같으면서도 따뜻하다. 200년 동안 이말산 묘역을 떠나지 못하는 「조선궁녀 연모지정」의 궁녀 연화와 내시의 사랑처럼 작가가 바라보는 세상은 불안해도 200년을 기다리며 위트의 웃음을 잃지 않고 우직하게 버티며 삶의 고뇌와 불안함을 치유해 줄 수 있는 소금 같은 희망을 포기하지 않고 기다림으로 나타나고 있다.

김성진 작가의 기다림과 희망의 은유

「안녕, 오리!」는 오리 보관소가 배경인 판타지 우화 희곡으로 사람들은 태어날 때부터 목에 긴 줄을 매달고 태어나고 작은 오리 한 마리가 달려 있다. 사람들은 오리가 하늘을 나는 새가 되어 자신을 하늘 위로 올려다 줄 것이라고 믿으면서 생활한다. 오리를 아끼고 새장을 만들어 오리를 키우는 것이 삶이다. 언젠가는 이들이 희망하는 세상으로 갈 수 있다는 기다림으로 말이다. 그러나 오리가 새가 되는 것을 본 사람도, 하늘로 날아간 오리 이야기를 들어본 사람들은 존재하지 않는다. 오리를 키우는 일은 힘들어지고 사람들은 오리를 죽이고 줄을 끊어 낸다. 오리에 대한 꿈의 환상은 절망으로 바뀌고 오리를 단지 어릴 때 잠시 키워 보는 애완동물쯤으로 여기게 된다. 거리는 전쟁터보다도 지독한 오리들의 죽음으로 넘쳐나고 정부는 죽은 오리들을 처분할 수 없어 보관소에 맡기는 시민들한테는 생활보조금을 지급하게 된다. 오리 보관소에 온 한 남자(어른)는 오리 보관을 거부당하고 배고파하는 오리를 위해 자기 몸을 오리에게 던져 주고 충격을 받은 아들은 자신의 목줄을 끊어 버리고 오리를 죽여 버린다. 「안녕, 오리!」는 우화적인 희곡이면서도 현실을 투영하는 은유적인 구조가 탁월한 작품이다.

새장은 삶의 집으로 텅 비어 있을 뿐이다. 오리가 새가 되어 새장을 달고 하늘을 날 수 있다는 기다림만이 유일한 희망이고, 반복될 뿐이다. 새장을 매달고 오리를 키우기 위해 어른들이 살아가는 세계는 날 수 없는 절망의 세계이다. 미래가 없는 세상에서 어린이는 종이비행기를 접어 하늘에 날리는 행위를 반복하고 마법처럼 이들이 기다리던 새가 된다. 오리 사체로 넘쳐나던 도시의 사람들의 절규는 희망으로 아우성치고, 담당관은 여전히 오리 보관소만을 지킬 뿐이다. 오리가 새가 되어 날아갈 수 있다는 희망은 기성세대의 불신으로 비롯된다. 정부는 오리를 맡기고 지급되는 보증대여프로그램으로 국민을 현혹할 뿐, MZ세대가 바라보는 정책은 삶의 현실이 될 수 없는 불신과 불안감으로 표출된다. 부는 대물림되고, 삶의 불평등은 희망의 기다림만으로 지속되는 도시이다. 넘쳐나는 오리들의 죽음에도 정부는 오리 보관소만을 지킬 뿐 미래 세대들에게는 미래가 없는 절망의 도시이다. 작가가 바라보는 오리들이 죽어 가는 불투명한 세계는 미래를 담보할 수 없는 세상에 대한 우울, 불안, 고독, 절망과 죽음으로 세계로 이어진다. 희망이 소멸된 세상이다. 텅 빈 새장, 오리가 새가 될 수 있다는 꿈같은 세상의 현혹은 어른들도 몸을 희생하면서도 목숨을 끊을 수밖에 없는 세계인 것이다.

그럼에도 작가는 죽음의 절규를 종이비행기를 접으면서 희망으로 기다린다. 작가의 기다림은 삶의 체험적 아픔과 통증들을 「안녕, 오리!」를 통해 은유적으로 드러내고 있다. 세상을 이처럼 불안한 세계로 바라보고 있는 것은 작가적 내면은 「안녕, 오리!」에 등장하는 극 중 인물 어린이와 작가는 유년 시절로 동일화되어 있는 것처럼 보인다. 어떤 것이 작가를 이처럼 비관적인 시선으로 세상을 바라보게 했을까. 1991년생 33세의 청년 작가 김성진이 다량의 희곡을 섭취하고 세상을 향해 빠른 속도로 희곡을 토해 낼 수 있었던 것도 그의 성장기는 작가가 될 수밖에 없는 아픔의 경험들이 투영되는 것 같다. 영정 사진을 찍겠다며 허름한 사진관에 들어와 살고 싶지 않다며 막무가내로 영정 사진을 찍어 달라는 「가족사진」의 고등학생 아들도 그렇고, 시각장애인들의 삶을 그리고 있는 「마리모에는 소금을 뿌려 주세요」도 불안전한 삶의 허무와 고독을 드러내는 것을 보면 김성진 작가의 성장기가 느껴진다. 33세의 나이에 방대한 장르의 희곡과 대본을 쓸 정도로 그의 내면은 극 중 인물들이 경험하고 있는 세상을 이미 다 경험한 것처럼 느껴지면서도 「탄내」에 등장하는 학교에서 왕따를 당해 유튜브 영상으로 자살 예고편을 만들고 친구들의 반응을 보려고 하는 승근처럼 그의 희곡은 죽음과 절망, 불안과 우울로 채워져 있으면서도 주눅 들지 않는 위트의 감각에 있다. 그의 낙천적인 성격이 그대로 투영되고 있다. 김성진 작가는 삶의 어두운 이면을 바라보면서도 일상적인 언어로 채워지는 그의 희곡은 아프면서도 삶의 통증을 치유할 수 있는 위트의 감각이 넘치는 게 특징이다.

그만큼 김성진 작가의 희곡은 경험적 서사가 내재하여 있는 것처럼 일상적인 풍경과 언어에 맞닿아 있으며 삶을 관조(觀照)하는 작가적 시선은 상상으로만 채워 낼 수 없는 경험의 섬세한 설정과 서술이 많다. 그가 희곡작가가 될 수 있었던 것은 「조선궁녀 연모지정」에 등장하는 20대 중반 공익근무요원처럼 능청스럽게 연상의 누나한테 사랑을 고백할 수 있는 위트의 감각이라고 생각한다. 그만큼 김성진 작가의 희곡에는 아픔도, 절망도, 희망의 부재로 가득 차 있지만 드라마, 영화, 희곡 등 장르를 넘나들며 글을 쓸 수 있는 것은 아프고, 견디기 어려워도 웃음을 잃지 않는 타고난 작가적 기질에 있다. 이번에 발표되는『김성진 첫 번째 희곡집』은 33세의 나이라고 믿기지 않을 정도로 메시지는 무겁고 언어는 MZ 세대처럼 감각적인 위트로 넘친다. 시공간을 전개시키는 구성은 때로는 영화와 드라마적이면서도 연극적인 구도를 이탈하지 않고 그만의 세계로 밀고 가는 힘도 느껴진다. 극 중 인물들의 언어로 발화되는 의미들은 작가가 경험을 하지 않거나 희곡 공부를 게을리해서는 서사로 묻어나올 수 없을 만큼 단단하다. 앞으로『김성진 두 번째 희곡집』에서는 삶의 세상을 바라보는 아픔의 언어가 치유된 희곡들이 작가 특유의 기질로 더 담겼으면 하는 바람이다.